SOLOVKI

www.lemasque.fr

CLAUDIO GIUNTA

SOLOVKI

Traduit de l'italien
par Marc Lesage

Titre de l'édition originale :
Mar Bianco
publiée par Mondadori

Maquette de couverture : Louise Cand.
Photo de couverture : © plainpicture/Janusz Beck.

ISBN : 978-2-7024-4974-5

Claudio Giunta est professeur de littérature italienne à l'université de Trento. Il est l'auteur de nombreux essais et collabore à l'hebdomadaire *Internazionale* et au quotidien *Il Sole 24 Ore*. *Solovki* est son premier roman, pour lequel il a reçu le Prix Kihlgren et le Prix *Transfuge* du meilleur espoir polar.

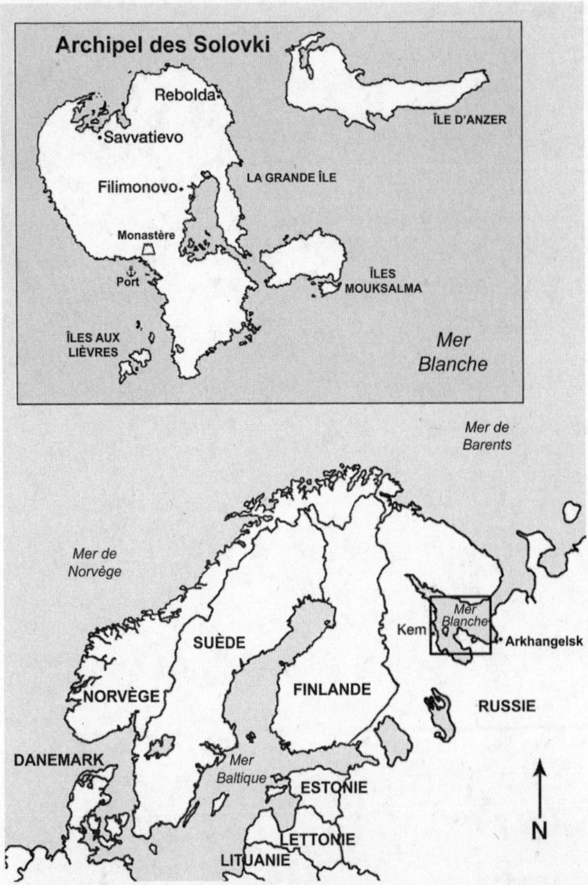
Archipel des Solovki
Rebolda
Savvatievo
ÎLE D'ANZER
LA GRANDE ÎLE
Filimonovo
Monastère
Port
ÎLES
MOUKSALMA
ÎLES AUX
LIÈVRES
Mer
Blanche
Mer de
Barents
Mer de
Norvège
Mer
Blanche
Kem
Arkhangelsk
SUÈDE
FINLANDE
NORVÈGE
RUSSIE
DANEMARK
Mer
Baltique
ESTONIE
LETTONIE
LITUANIE
N

Prologue

Au début, il n'y a qu'une tache noirâtre et oblongue qui s'agite.

Il faut attendre quelques secondes : un éclair blanc, une secousse de la caméra, et la pellicule se fait plus nette. La tache est une file immense de personnes, des hommes et des femmes avec des cabas à commissions – on pourrait penser à des sachets en nylon, mais non, à cette date, ce n'est pas possible – surveillés par d'autres hommes et d'autres femmes en civil, un fusil à la main. Ils sourient tous, les surveillants et les surveillés. Et puis il y a d'autres gens qui descendent d'une barque, seulement des hommes cette fois, courbés sous le poids des paniers et des paquets hissés sur leurs épaules. Quelques-uns regardent vers la caméra, mais là, plus personne ne sourit. Hommes, femmes, gardes, tout le monde franchit alors un portail surmonté d'une inscription en cyrillique. À l'intérieur, sur une esplanade face à un long bâtiment sombre qui pourrait être un dortoir, tous se mettent en rang et se comptent. L'un après l'autre, ils se tournent vers leur voisin de gauche, disent quelque chose – le film est muet, mais de toute évidence, chacun dit un numéro ou un nom –, puis c'est au suivant et ainsi de suite.

Un autre éclair blanc. La caméra coupe, et nous sommes en hiver.

Les prisonniers avancent dans la neige, une pelle sur l'épaule, ils parlent entre eux et sourient, puis regardent en direction du type qui filme et lui font signe de la main : on voit le souffle blanc qui sort de leurs bouches, leurs têtes enveloppées par des cagoules qui ne laissent apparaître que leurs yeux. Sur le plan suivant, ils sont à l'intérieur d'un baraquement, en train de se déshabiller. La caméra fait un panoramique puis s'arrête sur le thorax d'un petit homme noir aux traits orientaux. Il est couvert de tatouages. Les autres en indiquent un, hilares : un buste de femme nue avec trois seins, entouré d'une espèce d'auréole, comme une icône.

En l'espace de deux ans, la moitié des personnes qu'on voit dans ce film a dû trouver la mort.

Maintenant, il y a un homme qui attend devant une grande porte, sourit à tout le monde et regarde la caméra en posant la main sur l'épaule d'un type long et maigre qui hoche la tête avec un sourire timide, ou intimidé, puis entre par la grande porte. Gros plan sur l'homme. Il est gros, trapu, le crâne rasé. Il n'est pas chauve : il s'est rasé la boule à zéro, comme on faisait autrefois pour éviter les poux. Mais ça se fait encore aujourd'hui, pour masquer une calvitie; de fait, il a un visage étrangement contemporain, et pas un visage daté, comme s'il avait été tiré d'un autre film ou d'une époque bien postérieure puis inséré d'on ne sait quelle façon dans ce documentaire daté de 1928. On comprend que c'est quelqu'un d'important car la caméra finit par zoomer sur son bras droit et cadrer trois rangées de galons comme pour dire que c'est lui qui commande. Tous ceux qui passent devant lui le saluent d'un signe de tête qui devient parfois une demi-courbette. Puis la caméra coupe encore et c'est maintenant une vue aérienne prise on ne sait comment, car on a du mal à croire qu'en 1928, en Union soviétique, il était possible de filmer depuis un aéroplane. Mais l'opérateur pouvait être à bord d'une montgolfière. Il y a la mer, puis de petits rochers plats sans arbres et sans maisons, puis une île plus grande couverte de sapins et, entre la forêt de sapins et la mer, un monastère entouré d'un mur immense. Puis apparaît une inscription en surimpression qui dit, en russe, « Îles Solovki ».

Voilà le film. Le film que, des années plus tard, Enrico Saraceno a vu sur l'écran de son PC, dans son mini-appartement de célibataire dans la banlieue de Florence. Il l'a vu et a décidé de partir pour les Solovki en entraînant deux de ses amis. Et c'est là, quelque part entre la forêt de sapins et la mer, qu'ils ont tous les trois disparu.

PREMIÈRE PARTIE

1

Ça a commencé par une convocation à Milan, à la rédaction de *Fatti*.

Convoquer, c'est le mot juste. J'écrivais comme free-lance pour différents journaux locaux et c'est dans l'hebdomadaire *Fatti* que je publiais, quand j'avais de la chance, tantôt de brèves interviews de deuxièmes ou troisièmes couteaux du spectacle ou du sport, tantôt cette espèce de mélasse obscène à laquelle on donne le nom de « sujets de société ». Jamais d'articles à la une, cela dit. Et jamais d'articles de plus de deux feuillets. Être free-lance, ça sonne classe, mais en fait, ça sonne, et c'est tout. Car ça veut surtout dire passer une grande partie de sa journée à pleurnicher au téléphone, tandis qu'à l'autre bout du fil un rédacteur sexagénaire abruti par ses privilèges – quatorzième mois, fonds de pension, mutuelle, indemnités de déplacement même pour aller aux chiottes – t'explique que non, les quatre feuillets prévus sont passés à deux, photos comprises (pas besoin des tiennes, on en téléchargera deux sur Internet), du coup, une fois tes frais déduits, tu as du bol de rentrer dans tes sous. « Mais en attendant, tu vois que ton nom tourne, non ? » Enfoirés, va.

Quoi qu'il en soit, mon vrai travail n'était pas à *Fatti*. Je vivais à Florence, cette ville de province bradée pour trois fois rien aux touristes du monde entier, ce marché à la camelote *en plein air**[1], cette Venise sans eau, ce Luna Park à hauteur de teenager américaine traînant ses tongs, ce Cancún Renaissance où on a toujours l'impression qu'à part les garçons de café personne ne travaille vraiment…

Moi, je travaillais, façon de dire. J'écrivais pour des petits journaux locaux que les gens lisaient d'un œil en prenant leur petit déjeuner au bar, ou le lendemain matin aux toilettes, et je dois dire que cette pénible certitude – celle d'être lu principalement aux chiottes – m'accompagnait durant toute la préparation et la rédaction de ces articles, y compris quand je ne faisais que *penser* à mes papiers ou au travail merdique que je faisais. C'était des micro-reportages sur le derby Fiorentina-Sienne, sur les milliardaires russes lancés à la conquête de la Versilia, sur les dizaines de foires absurdes que le territoire toscan sécrète comme du pus tout au long de l'année : la Foire à la cèpe, la Fête du sanglier, le Festival de la *schiacciata* au raisin… et tous les événements paraculturels que ma solide formation universitaire – comme me le rappelaient en ricanant les rédacteurs en chef – m'autorisait fort légitimement à couvrir : les débats à la Versiliana, le prix Viareggio, les concerts du Mai musical, les conférences de « Lire pour ne pas oublier », le séminaire sur l'art contemporain à Peccioli, j'en passe et des meilleures…

Et puis il y avait les interviews. Si l'interviewé avait un diplôme supérieur au brevet des collèges et s'occupait de choses inutiles comme la peinture,

1. Les mots ou expressions suivis d'une astérisque sont en français dans le texte (Note du traducteur).

la poésie, l'histoire, alors c'est moi qui montais au créneau, avec ma recette « Tact & Compétence ». À vrai dire, ce n'était pas la mienne mais celle du directeur d'un des journaux-caniveau locaux auxquels je collaborais, Agostino Vezzali, qui avait l'habitude d'étiqueter tous ses journalistes avec des formules définitives du type « Substantif & Substantif ». Depuis, il circulait dans les couloirs une gamme infinie de variations ironico-grotesques : « Cellulite & Ignorance » pour l'éditorialiste obèse, « Caleçons à coque & Transpiration » pour le chroniqueur sportif gay, ce genre de choses. Fort de mon tact et de ma compétence, j'allais pour ma part chez les « représentants du monde de l'art et de la culture » et posais les bonnes questions sur la poétique de l'artiste, les Grands Maîtres du passé, les jeunes qui ne lisent plus de poésie, et cetera. Mais il fallait que le peintre, l'écrivain ou le professeur en question soient des petits calibres. Car si d'aventure (et c'était assez rare) un « Invité International », comme disait Vezzali, débarquait à Florence, je devais m'effacer et laisser le champ libre à un collègue plus âgé, Salsano.

Salsano venait de Nocera Inferiore, raison pour laquelle, une fois par jour, on avait l'habitude de voir un des anciens de la rédaction se lever de son bureau, tendre le bras vers lui et déclamer la réplique de Stefano Satta Flores dans *Nous nous sommes tant aimés* : « Nocera est inférieure car elle a donné naissance à des individus ignorants et réactionnaires comme toi ! » Salsano encaissait d'un air séraphique avant d'agiter le bras de droite à gauche en une lente parabole, le majeur levé bien haut. Après quoi, tout le monde se remettait à bosser en ricanant.

Comme il se plaisait à le glisser un jour sur deux dans la conversation, quitte à profiter du moindre prétexte, même le plus futile, Salsano « avait étudié avec Eugenio Garin » mais n'avait pas fait de carrière académique « à cause des mafias florentines, qui sont pires que celles du Sud ». Pendant quelques années, il avait été président d'une école supérieure puis était parvenu à devenir « chroniqueur culturel » pour deux, trois journaux toscans. Il peignait, écrivait des poèmes. Il était entré dans l'histoire locale pour avoir fait une longue interview du linguiste Noam Chomsky quand celui-ci était venu à Florence retirer un doctorat *honoris causa*. Ce qui n'avait pas empêché Salsano de le prendre, allez savoir pourquoi, pour Andy Warhol. Pourtant, par l'un de ces miracles qui viennent en aide aux bonnes âmes (et Salsano était le meilleur homme du monde), le malentendu avait pu perdurer pendant toute la conversation. Et c'est ainsi qu'était sortie le lendemain l'interview du « grand Chomsky », heureusement sans aucune autre précision, mais avec à côté une photographie de la boîte de soupe Campbell.

Voilà qui étaient mes collègues. Rectification : mes supérieurs.

Cela dit, je jouais aussi sur un troisième front un peu plus intéressant et un peu mieux payé. De temps en temps, des revues sur papier glacé du type *Levrieri e mastini*[1], *Software and Hardware* ou *Viaggiare*[2] me demandaient ce qu'on appelle des « sujets d'accompagnement », c'est-à-dire cinq ou six feuillets avec photos qui devaient servir de bouche-trou au milieu des publicités pour de la nourriture pour chiens, des ordinateurs ou des compagnies aériennes. Naturellement, c'est le cas

1. *Lévriers et mâtins*.
2. *Voyager.*

de tous les magazines, même les plus sérieux : la vérité, c'est qu'aujourd'hui les articles sont presque toujours des « sujets d'accompagnement » étalés entre deux couches de pub. Mais les revues comme *Software and Hardware* et consorts sont particulièrement atroces. « Des belles choses, des belles choses ! », me répondaient les directeurs quand je leur demandais sur quoi ils voulaient que j'écrive. « Des couleurs, de beaux endroits, des corps, beaucoup de corps… Mais sans dépenser des sommes folles, hein ! » Résultat des courses : en l'espace de deux ans, je m'étais spécialisé dans les articles glamours écrits sans bouger de chez moi, rien qu'en téléchargeant des données et des photographies sur Internet et en inventant de toutes pièces des détails inexistants, des interviews jamais réalisées, des dîners aux chandelles avec monsieur ou avec madame sur une terrasse face à l'Atlantique, les maisons blanches de Mykonos, les cabanes en guano de Bornéo, les nids de l'échasse blanche dans le parc national du Gargano, les glaciers d'Islande (« Le Vatnajökull est une gigantesque langue de glace qui occupe l'horizon dans le lointain. Mais tout près de nous bouillonne une eau aux relents de soufre… »). Je payais mes factures avec.

Fatti était ma bouée de sauvetage. « J'écris pour *Fatti* » : voilà ce que je répondais quand quelqu'un me demandait ce que je faisais, même si j'y écrivais cinq, six fois par an à tout casser. *Fatti* était aussi la dernière chose qui me retenait de conclure qu'à trente-six ans bien sonnés, avant d'être un journaliste free-lance, j'étais un journaliste raté. Galliano, le directeur, le savait. C'est pour ça qu'il ne me demandait pas de venir le voir : il me convoquait.

2

— Bon, t'as suivi, non? a lancé Galliano pour m'accueillir.

J'ai levé un sourcil, intrigué.

— Ce truc dans ces îles, là. Les îles… So-lov-ki, énonça-t-il en tapotant de l'index la une du *Corriere* qui rapportait la nouvelle en pied de page.

Oui, je savais, j'avais suivi, distraitement, surtout dans les journaux locaux. Depuis environ une semaine, on avait perdu la trace de trois jeunes Italiens en mission « pour le compte de l'Unesco » dans les îles Solovki, en pleine mer Blanche. L'ambassade d'Italie en Russie avait envoyé un chargé d'affaires sur place. Interpol, disaient les agences de presse, s'était saisi de l'affaire. Mais rien. Et plus rien dans les journaux non plus. De toute évidence, cette histoire allait être classée, elle avait déjà été classée, avec celle de tous ces autres touristes dont la mort remplit chaque année les faits divers pendant quelques jours : une imprudence, une tragédie. C'est vrai : on n'avait pas trouvé les cadavres, ce qui était étrange, car, après tout, ces îles n'étaient pas si grandes. Mais tout autour, il y avait la mer et – à en croire la reconstitution de la police russe –, le jour de leur disparition, les trois jeunes avaient dit qu'ils voulaient se rendre dans la partie nord de l'île, celle qui regarde vers le Pôle, la plus battue par les vagues – des vagues qui, dans le passé, avaient trahi plus d'un pêcheur expérimenté, les entraînant de la rive vers le large, puis au fond de la mer. Et c'était là, selon la police, que se trouvaient les cadavres des trois Italiens : sous deux cents mètres d'eau, au fond de la mer Blanche.

— Ces gars sont de Florence, pas vrai ? Et c'est toujours là que tu habites, non ? Du coup, j'ai pensé à toi...

Je l'ai remercié de sa confiance. J'ai souri. Il a souri lui aussi. Oui, les trois jeunes disparus étaient florentins. Et oui, moi aussi j'habitais Florence, même s'il n'y avait pas de raison particulière à ça, depuis que je m'étais séparé de Gaia, ma femme, une Florentine-florentine – c'est-à-dire, dans l'argot de la ville, une Florentine du centre, non, des collines environnantes, issue d'une vieille famille authentique, des gens avec des maisons et des sous, pas une immigrée de la campagne. Pour faire simple, je restais à Florence uniquement parce que tous mes contacts avec les journaux locaux se trouvaient en Toscane, alors qu'à Rome ou à Milan il y avait trop de concurrence, et personne ne voulait de moi. J'y restais pour des gens comme Vezzali et Salsano. L'angoisse.

— Eh oui, j'habite toujours Florence. Tant que tu ne m'appelles pas à Milan...

Naturellement, Galliano savait que j'aurais donné un bras pour être embauché à *Fatti*. Le directeur précédent me l'avait quasiment promis. Et puis il était parti, et toutes ses promesses – embauche, réaffectation, lancements de carrière – avaient été récupérées par Galliano. Qui en avait passé à la trappe quelques-unes et en tenait quelques autres. Moi, j'étais sur le fil du rasoir, et ça l'arrangeait que j'y reste.

— Mon cher Capace… Tu penses bien que ça serait pratique pour moi de t'avoir ici, à deux pas, dans le bureau d'à côté, au lieu de te faire venir exprès de Florence… Mais après tout, tu as de grandes *capace-ités* !

Et il s'est mis à ricaner.

Je m'appelle Capace, Alessandro Capace, et même au bout de la dixième fois, Galliano continuait de me ressortir son jeu de mots prévisible. Un con ? Ça oui, c'en était un. Mais c'était aussi le directeur, et il avait mes trente prochaines années de carrière entre ses mains. Alors j'ai ricané moi aussi.

— On est en pleine tempête Internet. Cette saloperie d'Internet. Qu'est-ce que tu veux ? On n'embauche pas de journalistes, à l'heure actuelle, on embauche des informaticiens… L'an prochain, peut-être, si c'est dans la stratégie du Groupe…

Il a fait une courte pause et conclu :

— Bref, fais-moi ce reportage et tu verras que…

Il était comme ça. Je ne l'avais jamais entendu finir une phrase. C'était un virtuose des points de suspension, un champion olympique du sous-entendu. Chacun de ses propos finissait dans un murmure confus, accompagné par un geste d'agacement mêlé de stupéfaction : comme si le monde, pour une raison obscure, refusait obstinément de suivre les conseils de Vincenzo Galliano d'Agropoli. Mais il s'agissait peut-être d'une forme rare de dyslexie. Que de toute façon personne ne découvrirait jamais dans la mesure où cela faisait des années, désormais, qu'il n'écrivait plus une ligne, pas même les éditoriaux. Et son histoire de stratégie, c'était des conneries. Le Groupe Éditorial Merde-en-branche – comme l'appelaient affectueusement mes non-collègues de *Fatti* – n'avait rien à voir là-dedans. Le Groupe, c'était lui et le patron du journal. C'était eux deux qui faisaient tout – stratégies, organigramme, fiches de paie.

— Je suis là si besoin, j'ai conclu.

Toujours sur le fil du rasoir.

L'idée était de contacter les familles, interviewer parents, fiancées, amis, comprendre quels types étaient ces trois jeunes puis, *éventuellement*, de partir pour les Solovki et essayer de tirer de cette histoire – pour employer la formule avec laquelle Galliano m'a expédié – le plus « de sang et de mystère » possible. Il a souligné trois fois « éventuellement ». La rétribution était bonne, excellente, même, vu mes tarifs habituels, mais, « tu le sais mieux que moi », il fallait impérativement restreindre les dépenses. Voyage dans les Solovki uniquement si nécessaire, à bas coût quoi qu'il arrive, et pas avant une « exploration de l'affaire à distance ». Bref, cela pouvait être un truc à la *Levrieri e mastini*, mais aussi quelque chose de mieux.

À cette période, je travaillais, entre autres, à une enquête sur la santé en Italie qui me paraissait susceptible de déboucher sur des résultats intéressants : une histoire de valves cardiaques jamais testées et mises en circulation grâce à la complicité d'un certain nombre de chirurgiens et à une distribution de pots-de-vin. Un vieux camarade d'école qui travaillait au parquet de Turin m'avait dit que l'enquête était déjà lancée depuis des mois et qu'il y aurait sous peu des arrestations – des gens importants, mais aussi des gros bonnets du personnel politique local. En plus d'avoir déjà un article sous le coude, et peut-être même deux, j'avais bon espoir d'interviewer, grâce à mon ami, deux des « gentils » médecins qui avaient dénoncé l'escroquerie. D'après mes informations, j'étais le seul à suivre cette histoire en Italie. Je l'ai dit à Galliano, avant tout pour lui faire comprendre que j'avais un agenda déjà rempli, qu'il m'était toujours possible de refuser – bref, qu'on devait me traiter comme il faut. C'est là qu'il a sorti d'une pile de journaux le dernier numéro de *L'Espresso*.

— C'est sorti aujourd'hui, m'a-t-il informé.

En couverture, il y avait le visage d'un chirurgien, une charlotte sur la tête, un masque sur la bouche. Le titre disait : *Sans cœur*. Et le sous-titre expliquait : « A-t-on posé des valves défectueuses dans le cœur des patients des hôpitaux de Turin ? L'enquête choc de *L'Espresso*. » Cette fois, c'est lui qui a souri le premier. J'ai souri moi aussi. Nous nous sommes mis d'accord sur un premier sujet à rendre dans les trois jours : sang et mystère dans les îles Solovki.

Mes piges à *Levrieri e mastini* m'avaient au moins appris une méthode. Voilà pourquoi, de retour à Florence, j'ai passé deux heures à me documenter sur Internet. Les îles Solovki sont un petit archipel au large de la côte nord de la Russie, entre la Carélie et la péninsule de Kola, au milieu de la mer Blanche. La bourgade la plus proche, à trois heures de ferry, est Kem. La ville la plus proche, à une demi-heure de vol, est Arkhangelsk. Saint-Pétersbourg et Moscou sont infiniment plus au sud, dans un autre monde fait de belles rues élégantes, remplies de monuments et de musées, de maisons confortables, de bars, de restaurants et, surtout, d'autres êtres humains. Aux Solovki, il n'y a rien de tout cela. Tripadvisor ne signalait qu'un hôtel-restaurant qu'on avait appelé, sans grande imagination, *Solovki*. Trois étoiles et une seule critique, résumée en un mot : *Average*.

L'été, aux Solovki, il n'y a que quelques centaines d'habitants : les moines du monastère orthodoxe qui domine l'île principale, les pêcheurs et, ces dernières années, les prestataires de services destinés aux touristes à la recherche d'un exotisme moins prévisible que Bali ou le Sahara et qui, après la chute du communisme, ont découvert ce coin du Grand Nord. Cela dit, si les touristes ne sont pas nombreux, c'est d'abord parce que les Solovki sont loin de tout et, ensuite, parce que les fanas d'« aventures dans le monde » (parka, sac à dos, ski de fond, grands espaces vierges et tout le tralala) préfèrent la Scandinavie ou l'Islande, plus pittoresques et plus hospitalières. Comme l'écrivait un type sur Travellersonline : « Quand on arrive dans certaines vallées d'Islande ou de Norvège, on a l'impression de se trouver face au monde tel qu'il devait être avant les hommes. Aux Solovki, c'est comme si les hommes et la nature étaient en guerre depuis des siècles et continuaient encore maintenant à se battre, défigurés par leurs blessures. Il y a la dureté, le froid, le danger du Grand Nord. Mais aucun sentiment de paix. »

À la saison froide, de novembre à mars, il n'y a guère que les moines, qui restent entre eux de leur côté, et les familles de pêcheurs. Au temps de l'Union soviétique, la plus grande île de l'archipel comptait une petite garnison militaire désormais transférée sur la terre ferme. Sont restés debout une aile de l'ancienne caserne et, à environ un demi-kilomètre du port, le squelette d'un entrepôt militaire parti en fumée voilà trente ans mais qui n'a jamais été ni reconstruit ni abattu : un quadrilatère de béton grand comme la moitié d'un terrain de foot que la végétation et les animaux sauvages ont peu à peu reconquis.

Vers la fin du mois de novembre, l'eau de la mer se transforme en glace ; venir en bateau d'Arkhangelsk ou de Kem est pratiquement impossible.

Le seul moyen pour arriver sur les îles, et le seul moyen pour les quitter, est le petit avion militaire qui part d'Arkhangelsk une fois par semaine, le lundi matin, et rentre à Arkhangelsk une fois par semaine, le vendredi. Les habitants de l'île préfèrent cependant ne pas l'emprunter, parce que le billet est trop cher pour les civils, d'une part, et parce que le vol n'est pas très sûr, d'autre part. Depuis la création du service hivernal, c'est-à-dire à la fin des années 1990, deux avions se sont abîmés en mer et deux autres ont dû effectuer des atterrissages d'urgence, le dernier en date à cause d'une panne de carburant. Sans compter qu'en raison du froid, de l'obscurité et du fait qu'en Russie c'est comme ça que les choses se passent, les opérations de sauvetage ne sont même pas lancées. Comme le résumait le blogueur de Travellersonline : « En octobre, on ferme les portes. Ceux qui sont dedans sont dedans, ceux qui sont dehors sont dehors. » Mais on a du mal à imaginer ce que ça fait d'« être dedans » un soir de janvier, par trente degrés en dessous de zéro.

Pour les Russes, le nom de « Solovki » a quelque chose de sinistre, un peu comme Kolyma ou Auschwitz, même si ces îles ont aussi une histoire sacrée qui complique les choses et les rend encore plus tristes, un comble. Le monastère a été construit au début du XVe siècle. Pendant trois cents ans, les moines ont vécu en paix : ils priaient et peignaient des icônes. Tout a pris fin avec les rêves de modernisation de Pierre le Grand. Peu à peu, les moines ont été dépossédés de leur autorité et contraints de vivre dans une des ailes du bâtiment, laissant l'autre aile et le corps principal aux soldats russes envoyés contrôler la frontière nord-ouest. C'est ainsi que, pendant des décennies, ce monastère-forteresse – quatre tourelles gigantesques unies par une muraille d'environ quinze mètres de haut – a surtout servi de garnison, d'arsenal et, enfin, de camp de travail. Au début des années 1920, Staline a fait déporter les moines du nord-ouest au nord-est, des Solovki à la Sibérie : plus de six mille kilomètres de marche, dans la glace. Sur les deux cents personnes forcées à partir, entre les moines et les convers, quarante sont arrivées là-bas : les autres sont morts de froid ou de faim en cours de route. Aucun des survivants n'est revenu. Tout le monastère est devenu un goulag. Pendant trente ans, un édifice dédié au sacré a été utilisé comme lieu de détention, d'abord pour les criminels de droit commun, puis pour les dissidents. Détention : c'est-à-dire torture. J'ai dit qu'il est difficile de concevoir ce que passer l'hiver aux Solovki signifie vraiment. Mais passer aux Solovki cinq, dix, vingt hivers sans la nourriture ni les vêtements nécessaires dépasse l'entendement humain car ce n'est pas humain : on ne peut que renoncer à l'imaginer, c'est tout. Et pourtant, comme on l'a calculé, voilà quel a été le destin d'environ trois cent mille êtres humains entre 1925 et 1954.

La majorité des prisonniers n'est pas revenue des Solovki. Ils sont morts de faim, de froid, victimes des coups assénés par les gardes ou égorgés par leurs compagnons de cellule. Les cadavres étaient jetés de la falaise ou dans le marécage de tourbe qui s'étend au nord du monastère. Aucun cimetière, aucune croix : les seules qu'on voit encore sont celles qui sont restées à l'intérieur du monastère, au-dessus des tombes, et elles sont rares, des moines qui sont morts voilà un demi-siècle.

Aujourd'hui, le monastère est redevenu un monastère. Même s'il tombe en morceaux et garde encore les traces de décennies d'atrocités : les vieilles cellules des moines transformées en dortoirs, les inscriptions en cyrillique sur les murs, les souterrains sans fenêtres et sans égouts où étaient enfermés pendant des mois, des années, les ennemis du peuple – c'est là que « les rats », comme les avait baptisés la propagande du régime soviétique, étaient vraiment traités comme des rats, qu'ils devenaient des rats.

3

J'ai décidé que j'en savais assez sur la géographie et l'histoire des Solovki : je pouvais enfin passer au sang et au mystère. J'ai appelé le siège de l'Unesco à Rome et j'ai eu de la chance. Comme j'étais le premier journaliste qui s'intéressait vraiment à cette affaire, c'est-à-dire qui ne se contentait pas des dépêches officielles, je suis arrivé presque aussitôt à parler avec le fonctionnaire qui suivait le projet auquel participaient les trois disparus et était maintenant en contact avec leurs familles. Il était inquiet, il était affolé ; tout ce qu'il voulait, c'était une épaule sur laquelle pleurer. Je lui ai offert la mienne et promis de lui envoyer le brouillon de mon article pour avoir son avis, avant que tout parte chez l'imprimeur.

Les trois jeunes – m'a-t-il dit – étaient arrivés aux îles Solovki au début du mois d'août. Fabio, architecte. Francesco, architecte aussi. Enrico, enseignant. De Florence tous les trois ; trente, trente-cinq ans chacun.

Si le monastère orthodoxe était en aussi piteux état, c'était parce qu'il n'avait presque pas été entretenu après la fermeture du goulag dans les années 1960. Manque d'argent, manque d'intérêt de la part du gouvernement de Moscou et des gens du coin, trop occupés à survivre pour prendre soin des bâtiments historiques. Plus exactement, en prendre soin voulait dire y faire le ménage. Le pillage est une technique de survie certes radicale mais efficace. Par conséquent, rien d'étonnant à ce que les habitants de l'île aient mis à sac le monastère un nombre incalculable de fois, malgré la surveillance des soldats de la garnison. Ou avec la complicité de certains d'entre eux. Briques, chambranles, meubles, objets, outils avaient été volés au fil du temps et avaient servi à construire, meubler, décorer les maisons du village. Mais les maisons, malgré ce flot continu de matériaux frais, restaient des taudis misérables : une misère que rendaient encore plus déchirante et ridicule les ornements, les motifs religieux incongrus – une poutre constellée de petites croix, une stèle insérée sans rime ni raison à côté de l'entrée d'un garage – qui restaient coincés entre les briques, en souvenir de ces vols.

L'immense aile ouest du monastère avait servi d'entrepôt pendant de nombreuses années mais était désormais inutilisable. Le toit avait cédé en plusieurs endroits et l'eau s'était infiltrée, ravageant les murs et tout ce qui se trouvait là : les restes du goulag – une montagne de lits, de chaises, d'armoires moisies, de vieux uniformes de forçat et de surveillant – étaient devenus un repaire pour les animaux sauvages. Cela faisait des années que personne n'avait le courage d'y entrer ; et personne ne savait ce qu'il y avait là-dedans exactement. Dans le corps principal du monastère et l'aile est vivaient les moines qui, par petits groupes, étaient revenus aux Solovki à la fin des années 1980. Mais ces parties du bâtiment étaient mal en point, elles aussi. À part le sol et le toit instables, à part les cuisines et les dortoirs envahis par la saleté et les insectes, le problème était toujours le même. De l'eau, de l'eau, de l'eau dans tous les coins. De l'eau qui dégoulinait des fissures entre les tuiles ; de l'eau qui suintait des murs en laissant des traces humides qui ne séchaient jamais, pas même les jours les plus étouffants de juillet ; de l'eau croupie qui remontait des égouts à moitié détruits et inondait les salles de bains et les couloirs ; de l'eau gelée qui stagnait dans les éviers, faisait éclater les tuyaux, couvrait le sol comme une couche de vernis. De l'eau, partout.

L'Unesco avait financé un plan qui prévoyait la restauration du monastère et la construction, dans la crypte, d'une salle-musée où seraient exposées les icônes ayant survécu aux années du communisme et qui, pour l'heure, restaient entassées dans les sous-sols à moisir : des icônes très anciennes appelées à former - comme l'expliquait le compte rendu qui avait sollicité et obtenu le financement – l'une des collections d'art sacré les plus importantes à l'échelle de la planète.

Enrico, Francesco et Fabio étaient bénévoles. Le siège de l'Unesco à Rome couvrait les frais de voyage et de logement mais ne prévoyait aucune rétribution pour autant. Ils n'étaient pas là-bas pour l'argent, aucun de ceux qui participaient à la restauration du monastère – pour l'essentiel des gens plus jeunes qu'eux, de vingt, vingt-cinq ans – n'était là pour l'argent. Il y avait autre chose : l'envie de se sentir utile, de voir des endroits que peu de monde avait vus, et même l'idée de prendre des vacances pas comme les autres. Et il y avait encore autre chose, dont j'allais prendre conscience au fur et à mesure, en me renseignant sur eux, en parlant avec leurs amis – en apprenant à les connaître. Autre chose – une idée, un ensemble de sentiments, une façon de voir la vie – qui, j'ai l'impression (non, *j'en suis sûr,* maintenant que tout est fini), était la vraie raison de leur voyage.

Le fonctionnaire m'a confirmé qu'ils étaient censés rester à peine un mois aux Solovki : « Le temps de tout régler. » Enrico, qui parlait un peu le russe, était chargé des contacts avec le groupe qui travaillait déjà au monastère – un coordinateur de l'Unesco ainsi que des étudiants en architecture et en beaux-arts de différentes nationalités. Francesco et Fabio avaient préparé le projet de la salle-musée dans la crypte, qui avait été approuvé par les responsables techniques de l'Unesco ; ils auraient dû suivre les premières phases de sa réalisation. Quand ils avaient un moment, ils pouvaient jeter un œil aux travaux de restauration sur le corps central et l'aile est du monastère. Il y avait sur le chantier des maçons et des contremaîtres du coin, ou de Kem, mais tous les architectes étaient des bénévoles qui se relayaient : peu nombreux et de passage. Deux architectes supplémentaires capables de lire les projets n'auraient pas été de trop, même sur le chantier principal. L'aile ouest, pour sa part, resterait fermée en attendant de savoir si (et comment) on pouvait la retaper ou s'il était plus économique de l'abattre.

Leur vol retour depuis Saint-Pétersbourg était réservé pour le 28 août en fin de matinée sur Alitalia. Escale à Rome et arrivée à Florence en fin de journée. Mais le soir du 28, les trois jeunes n'étaient pas là.

Comme elle me l'a elle-même raconté quelques jours plus tard, la mère de Francesco Luciani avait appelé les proches des deux amis de son fils. La mère de Fabio était plus étonnée qu'inquiète. Les garçons avaient certainement raté leur avion, mais c'était tout de même bizarre que son fils ne l'ait pas appelée : ça lui aurait évité d'aller l'attendre à l'aéroport de Peretola comme elle l'avait fait. Elle avait aussitôt essayé de l'appeler mais son portable était éteint. « À peu près comme d'habitude, m'a-t-elle dit plus tard. Fabio voyait ce téléphone comme une contrainte inutile, il le gardait souvent éteint. C'était lui qui appelait ; à la limite, il laissait un message. C'est pour ça que je ne me suis pas trop inquiétée, même à ce moment-là. »

La mère d'Enrico était la seule à ne pas savoir que son fils devait rentrer ce jour-là. Une dizaine de jours plus tôt, celui-ci lui avait écrit un SMS depuis l'iPhone de Fabio (Enrico n'avait pas pris son portable : « Quand il part, devait plus tard m'expliquer sa mère, il part pour faire une coupure, alors il coupe tout. ») : ça allait bien, ils devaient bientôt rentrer en Italie. Mais avec Enrico, « bientôt » pouvait vouloir dire un jour ou un mois : cela faisait longtemps que sa mère avait renoncé à suivre ses déplacements. Enrico vivait seul depuis qu'il avait dix-huit ans, et elle n'avait jamais eu à s'inquiéter.

Mme Luciani, elle, était très inquiète. Le 29 au matin, elle avait appelé le siège de l'Unesco à Rome. Elle avait dit que les trois garçons devaient rentrer en Italie la veille mais qu'on ne les avait ni vus ni eus au téléphone : on était même sans nouvelles d'eux depuis trois jours. Le 26 août au matin, Fabio avait envoyé un e-mail à sa mère. Les travaux au monastère tournaient au ralenti, il y avait aussi des imprévus avec les ouvriers. Il allait rentrer avec ses amis le 28 sans savoir s'ils retourneraient sur l'île au printemps suivant – comme il en était question au départ. L'expérience, manifestement, n'avait pas été très agréable, le travail s'était révélé moins facile ou moins fructueux que prévu, mais il y avait peut-être autre chose. Fabio devait le lui expliquer une fois de retour en Italie. Et puis plus rien.

Le fonctionnaire de l'Unesco avec qui je discutais avait appelé « personnellement » la compagnie aérienne qui avait envoyé les billets, et la compagnie lui avait confirmé les dates : les trois jeunes gens avaient une réservation sur le vol au départ de Saint-Pétersbourg, le 28, en début d'après-midi, mais ne s'étaient pas présentés ; ils n'avaient même pas repoussé leur voyage. Le fonctionnaire avait rassuré Mme Luciani en lui disant qu'il allait aussitôt se mettre en contact avec un des coordinateurs qui se trouvait encore aux Solovki. Il y avait de fortes chances pour que les garçons aient loupé le ferry pour Kem ou que le bateau ne soit jamais parti pour une raison ou une autre : ils étaient donc restés bloqués sur l'île.

« Mais ils nous auraient appelées ou écrit ! »

Là non plus, rien d'étonnant : les communications avec les Solovki, c'était un coup oui, un coup non. Trouver un téléphone public ou un accès Internet ne devait pas être une mince affaire.

Mme Luciani avait objecté que Fabio et Francesco avaient chacun un portable. D'accord, lui avait répondu le fonctionnaire, mais du côté du cercle polaire arctique, les téléphones pouvaient rester sans réseau. Il fallait juste attendre.

Les proches des trois garçons avaient attendu toute la journée. Leurs portables étaient toujours éteints. Le 30 août au matin, Mme Luciani avait rappelé pour savoir s'il y avait du nouveau. Le fonctionnaire lui avait répondu qu'il n'avait pas encore pu joindre les coordinateurs du projet aux Solovki mais qu'il comptait s'en occuper dans la matinée : il lui ferait signe. Quelques minutes plus tard, il l'avait rappelée. Il était vraiment désolé, mais les nouvelles des Solovki n'étaient pas bonnes. Cela faisait au moins quatre jours qu'on n'avait pas vu les trois jeunes gens. Ils n'avaient sans doute pas quitté l'île, car tous leurs bagages étaient encore dans leur chambre. Mais ils avaient disparu. Et il y avait autre chose – une chose que personne jusqu'ici n'avait jugé bon de communiquer aux bureaux de Rome. Au début du mois d'août, peu avant l'arrivée des trois Italiens, il y avait eu un accident. Un jeune Allemand, un de ces vingt bénévoles qui participaient aux travaux de restauration, s'était volatilisé. Quelques jours plus tard, on avait découvert son cadavre au pied de la falaise qui longe le côté ouest du monastère, à moitié dévoré par les animaux. Un accident. Le jeune homme, qui sortait faire du jogging très tôt chaque matin, avait dû glisser et tomber plusieurs dizaines de mètres en contrebas. Et maintenant, eux : trois autres étrangers portés disparus. Sur un bout de terre à peine plus grand que l'île d'Elbe et en grande partie inhabité. On avait alerté – trop tard, bien trop tard – la police de Kem qui, entre-temps, était arrivée pour inspecter les lieux.

Quelques minutes plus tard, deux jours après la date prévue de leur retour et quatre après le dernier contact entre les trois garçons et leurs parents, le fonctionnaire de l'Unesco avait prévenu la police italienne et Interpol.

4

J'avais rassemblé les données dans mon article pour *Fatti* en les agrémentant de quelques photos d'archives et des informations historiques que j'avais dégotées sur Internet. Dans ma conclusion, j'essayais d'instiller des doutes, de l'angoisse, de la tension. Ce n'était pas encore le « sang et mystère » que voulait Galliano, mais on s'en approchait :

> […] Ils ne se sont pas absentés volontairement. Toutes leurs affaires sont restées à côté de leurs lits, dans l'ancienne caserne où sont logés les bénévoles qui travaillent au monastère. Il y a leurs sacs à dos, leurs pulls en laine pour se protéger du froid et de l'humidité du chantier. Il y a leur carte de l'île, l'appareil photo de Francesco, leurs brosses à dents, leurs dentifrices, leurs shampoings et tout ce qu'on prend généralement avec soi si on veut faire une excursion, ne serait-ce que pour quelques jours. Il y a même le portefeuille de Francesco avec ses papiers et trois cents euros en liquide. Ainsi que les iPhone de Fabio et de Francesco, éteints. Personne n'a rien touché.
>
> Accident ? On peine à y croire. Il n'y a ni montagnes ni crevasses ; ni fleuves impétueux ni lacs où l'on pourrait se noyer. Il y a bien des animaux sauvages, mais aucun n'attaque l'homme :

les élans peuvent se révéler dangereux s'ils se sentent dérangés, mais pas tuer quelqu'un. Et d'ailleurs, pourquoi trois personnes intelligentes se mettraient-elles à déranger des animaux ? On trouve de temps en temps des ours et des loups sur le continent, à trois heures de bateau, mais certainement pas ici, dans la végétation basse d'un bout de terre à peine plus grand que l'île d'Elbe. Où se faire mal ? Et où se cacher ?

Certes, il se pourrait que les trois jeunes gens aient quitté la Grande Île pour faire un tour de l'archipel et qu'il leur soit arrivé quelque chose en cours de route ou une fois à destination. Il se pourrait qu'ils soient restés bloqués quelque part, sur l'un des cent récifs qui se dressent dans un rayon d'environ dix milles autour de la Grande Île. Mais dans ce cas, pourquoi n'ont-ils pas pris leurs sacs à dos avec eux ? Pourquoi n'ont-ils pas prévenu leurs camarades ? Et s'ils ont loué la barque d'un pêcheur du coin – ce qui devait être la seule solution –, pourquoi personne n'a-t-il remarqué que la barque avec les trois garçons à son bord n'était pas revenue ?

Vu que je n'étais jamais allé aux Solovki et que j'écrivais à mon bureau, chez moi, à Florence, ce premier reportage à la *Levrieri e mastini* contenait quelques imprécisions. En réalité, des crevasses, il y en a, et aussi quelques animaux sauvages agressifs : les Solovki sont beaucoup plus inhospitalières et dangereuses que ne le laissent penser les trois lignes de leur page Wikipédia et le site de l'hôtel *Solovki*, lequel promet « la magie de l'ancienne Russie dans un décor naturel d'une incomparable beauté ». Mais pour le reste, tout était vrai et élaboré dans les règles de l'art.

Galliano ne m'a pas téléphoné mais il m'a fait appeler par Mlle Zampa, sa secrétaire qui depuis trois ans, chaque fois que sortait un de mes articles, me contactait pour obtenir mes coordonnées bancaires, « car je ne saurais dire si nous les avons ».

— M. Galliano est très content. Alors nous attendons la suite pour le prochain numéro, si vous êtes d'accord.

Moi, j'étais d'accord.

— Et... monsieur Capaci, pouvez-vous me faire parvenir vos coordonnées bancaires ? Car je ne saurais vous dire si nous les avons...

Moi, je m'appelais Capace. Pas Capaci, comme la ville où la mafia a tué le juge Falcone. Mais je n'ai rien dit. Et j'ai fait parvenir mes coordonnées bancaires.

— Une amitié masculine. Ça s'appelle comme ça, non ? Une de ces belles choses pour lesquelles nous n'avons pas vraiment l'air d'être taillées, nous les femmes... Parce que nous sommes trop angoissées et trop affolées pour être bien juste entre nous. Ce qui les unit, c'est une belle amitié masculine.

J'ai rencontré la mère de Francesco Luciani quelques jours après que la nouvelle de la disparition était sortie dans les journaux nationaux – après le premier assaut des journalistes des quotidiens et de la télé. Un assaut, je me souviens, inhabituellement digne. Mais tout le monde était convaincu qu'il s'agissait d'un accident estival, rien de morbide. Et les accidents estivaux, à la fin de l'été, qui pouvaient-ils encore intéresser ?

Mme Luciani se servait du présent : *c'est* une belle amitié masculine. Comme s'il ne faisait aucun doute que les trois jeunes gens allaient revenir. En réécoutant le fichier de l'interview, je comprends aujourd'hui deux choses qui m'avaient alors échappé, ou que je n'avais pas voulu comprendre (*Ils reviendront*, tel était le titre mélodramatique – que je n'avais évidemment pas choisi – de mon second article publié dans *Fatti*). La première : au fond d'elle-même, la mère de Francesco savait qu'ils ne reviendraient pas ; la seconde : dans cette « belle amitié masculine », il y avait quelque chose qui ne la convainquait pas complètement.

Ils étaient amis depuis leurs études, au lycée Michel-Ange.

— Toujours ensemble. Eux trois, mais pas juste eux trois. C'est un groupe bien plus large. Quand ils sortent, ici, à Florence, ou qu'ils partent en vacances, ils sont une douzaine, entre les garçons et les filles.

J'ai fait observer que ces garçons et ces filles avaient dépassé la trentaine depuis un bon bout de temps.

— Oui, mais ils ont encore la logique des adolescents. De groupe. Ils aiment ça, tout faire ensemble : du sport, leurs études, travailler, aussi ; même s'ils ont des professions différentes, ils sont toujours là à discuter de leurs projets communs. Et je dois dire que moi aussi j'aime les avoir autour de moi. L'été, surtout, ils font le tour des maisons au bord de la mer ou à la montagne. Et nous, les parents, on aime ça, parler avec tous ces jeunes.

— Mais le noyau – les fondateurs, disons – c'était Enrico, Francesco et Fabio.

Elle m'a corrigé d'un sourire, et je me souviens encore à quel point ce sourire désarmant m'avait mis mal à l'aise :

— Oui, le noyau, *ce sont* eux.

— Avec leurs copines respectives ?

— Je vous l'ai dit : c'est une amitié essentiellement masculine. Les copines, ça va, ça vient. J'ai même l'impression qu'encore très récemment elles n'avaient pas tellement d'importance. Ce qui comptait, c'était eux, les garçons.

Encore les garçons. Je me souviens d'avoir pensé : à quel âge arrête-t-on d'être des *garçons*, en Italie ? Mais en réalité, ce qui m'agaçait le plus dans cette expression, ce n'était ni son caractère infantilisant ni ce qu'il y avait de ridicule à traiter des plus que trentenaires comme des adolescents. Le fait est qu'inconsciemment j'avais relié les *garçons* aux *braves garçons*, les *goodfellas* d'un vieux film de Scorsese sur la mafia. Je n'aime pas ce genre de solidarité entre hommes, je n'aime pas les communautés fermées : les clubs, les loges, les gangs et même ces amitiés de camarades de classe qui se prolongent jusqu'à la retraite, les voyages en tribus, les anniversaires, les pathétiques souvenirs communs dépoussiérés de temps en temps... Il y avait quelque chose de puéril dans cet attachement. Et de pas très sain non plus.

— Certains se sont tout de même mariés, non ?

— Oui, mais quoi qu'il arrive, ils restent, comment dire, dans les parages. Ils se voient au moins deux fois par semaine, même avec leurs femmes et leurs enfants, quand l'occasion se présente. Ils jouent au baby-foot, au billard, ils vont au cinéma. J'ai toujours eu l'impression que leur amitié était une espèce de seconde famille. D'ailleurs, pour Fabio, dont les parents sont séparés, c'était quasiment sa vraie famille. Comme pour Enrico, qui a perdu son père il y a des années. Même s'il a toujours été le plus autonome.

Quant aux vacances, elles étaient sacrées.

— Il y a une espèce d'accord. Ils passent une partie de l'été avec leurs copines ou leurs femmes, quand ils en ont une, et une partie entre eux, dans une ville à l'étranger ou à la mer. La première fois, c'était à la fin du lycée, en Interrail. Je me souviens de leurs appels, tous les deux, trois jours, depuis les quatre coins de l'Europe. Nous, on avait confiance, et on avait raison. On n'a jamais eu de raison de s'inquiéter pour eux.

C'était exactement la phrase qu'avait employée la mère d'Enrico : son fils ne lui avait jamais donné de raison d'être inquiète. Je lui ai dit qu'au lycée j'avais pris l'Interrail moi aussi, mais qu'ensuite j'avais perdu de vue mes amis, emménagé avec ma compagne, fait un enfant, et fini par retrouver ma vie de célibataire (je l'ai dit comme ça, histoire de faire court : les choses étaient un peu plus compliquées, mais ça n'avait pas d'importance). Je me souviens bien de la réponse de la mère de Francesco :

— Je crois qu'ils sont heureux comme ça.

Je m'en souviens bien car j'avais aussitôt pensé que moi, pendant cette période, pendant ce résidu d'été florentin, j'étais tout sauf heureux. Si ça se trouve, c'était eux qui avaient fait le bon choix. Vingt ans d'Interrail.

— Francesco vous a écrit ou téléphoné des Solovki ?

Oui, Francesco avait téléphoné deux ou trois fois. Prendre la communication n'était pas facile, il y avait très peu de réseau. C'était des petits coups de fil pour dire qu'ils allaient bien, guère plus. Ils étaient un peu déçus par l'état d'avancement des travaux. Non, peut-être pas déçus. Ils savaient que ce serait difficile là-bas. Quelques jours après son arrivée, Francesco avait envoyé un message à son père, architecte lui aussi : « Envoie une douzaine de maçons de Bergame et tout sera réglé en une semaine. » Ils semblaient néanmoins contents des camarades de travail qu'ils avaient rencontrés là-bas, et surtout contents de cette nouvelle *tziganade*, contents d'être encore ensemble, contents de leur « amitié masculine ».

« Tziganade » : c'est exactement ce qu'avait dit Mme Luciani. Ce mot venait du film *Mes chers amis* de Mario Monicelli : c'est comme ça que les quatre héros appellent leurs vadrouilles dans toute l'Italie, loin de leurs familles. Je l'avais toujours trouvé amusant, ce film. Mais je n'aimais pas toute cette rhétorique qui consistait à fuir, s'amuser ensemble, avoir un comportement de gamin même à cinquante ans, comme si la vie devait forcément être une calamité, une longue peine – le travail, des enfants qui te déçoivent, l'amour avec une femme que tu n'aimes pas, ton corps qui devient ton pire ennemi – entrecoupée de moments d'oubli total et d'euphorie (l'un ne va pas sans l'autre), comme des trips sous cocaïne. Par ailleurs, l'idée de partir à l'aventure une fois par mois en Mercedes et gabardine taupe m'avait toujours semblé un brin pathétique. Quant à « mes trois chers amis » des Solovki, vus sous cet angle, ils avaient l'air un brin pathétiques eux aussi : cette fuite, pas de femmes, pas d'enfants, ce bénévolat au beau milieu de la mer Blanche, certainement des pétards, peut-être une partie de jambes en l'air avec des minettes rencontrées là-bas par hasard... Mais d'un autre côté, comme le disait Mme Luciani, ils étaient amis, ils étaient heureux. Moi, des amis avec qui partir pour les îles Solovki (ou même à Viareggio, pour être honnête), je n'en avais pas, à moins d'embarquer Salsano. Alors au bout du compte, qui avait raison ?

Francesco vivait encore avec ses parents dans cette belle maison de Coverciano où j'avais été reçu ce jour-là. Deux étages, un jardinet à l'arrière, une petite allée et un portail qui gardait à distance le peu de circulation ; depuis la terrasse, que Mme Luciani avait tenu à me montrer (« Vous aimez mes fleurs ? Je fais tout moi-même »), on avait une vue magnifique sur une belle portion du centre-ville. Et derrière nous, à un pas, la colline de Fiesole. M. Luciani, son père, était l'associé d'un des plus importants cabinets d'architecte de Florence. Sa mère, elle aussi diplômée en architecture, n'avait jamais exercé.

— Oui… J'ai préféré être maman. Si on le fait bien, c'est quelque chose qui remplit vraiment une vie. Je n'ai jamais eu de regrets. Vraiment. Et avec Francesco, les résultats ont été formidables.

Ses sanglots éclatèrent brusquement, juste après le mot « formidables », des sanglots incontrôlables, torrentiels, comme si cette phrase avait brisé les barrières de protection que Mme Luciani avait réussi à bâtir autour d'elle tous ces jours. Je lui ai demandé si elle voulait que je m'en aille, mais elle m'a retenu d'un geste. Quelques secondes plus tard, elle a même quitté la terrasse avant de revenir avec un pichet de thé glacé, toujours en sanglots. C'était une vraie bataille entre l'instinct maternel et les bonnes manières (ou ce qui passe comme telles) qui était en train de se jouer. Et l'instinct maternel n'avait aucune chance. Pour elle, comme pour nombre de bourgeoises florentines qu'il m'était arrivé d'observer, atterré, pendant toutes ces années, rien ne pouvait justifier un thé glacé trop peu glacé, pas même la disparition de leur fils. J'ai éprouvé de la pitié pour ce qui lui était arrivé ; et puis j'ai éprouvé de la pitié pour sa vie en général, pour ses fleurs, ses pichets de thé. Elle a arrêté de pleurer. Et dit quelque chose d'atroce mais qui sonnait vrai aussi.

— L'investissement d'une vie…

Francesco était son investissement. Et maintenant, il y avait le risque que l'investissement capote, que le capital – son fils unique – ne revienne pas.

— Et tout ça…

Elle a fait un geste circulaire, mais je n'ai pas compris si c'était pour indiquer la fugacité des biens matériels et leur peu d'importance face à la mort ou bien l'ennui de voir subitement disparaître un héritier : un souci testamentaire.

Francesco travaillait dans un cabinet du centre («Il a toujours refusé de travailler au cabinet de son père. Ils s'aiment beaucoup, mais ils ont trop de divergences, Francesco n'accepterait jamais qu'il lui donne des ordres, au travail du moins»); il gagnait pas mal d'argent mais continuait à vivre chez ses parents, même s'il était fiancé.

— Vous ne trouvez pas ça bizarre?

— Non. La maison est grande, Francesco est fils unique, et il peut faire ce qu'il veut. Il est totalement libre. D'ailleurs, sa fiancée habite en centre-ville, et il dort souvent chez elle. Disons que c'était un peu une solution transitoire : ils vivaient ensemble, mais pas *toujours* ensemble. Je crois que c'était le bon choix, tant qu'ils n'étaient pas sûrs de ce qu'ils voulaient.

Je me souviens d'avoir noté les verbes à l'imparfait. C'était la première fois qu'elle s'en servait. Francesco était encore là, présent, mais sa fiancée appartenait déjà au passé.

5

J'avais vu Mme Luciani le 4 septembre. L'interview était sortie dans *Fatti* le 12, accompagnée d'un long article qui présentait les développements des enquêtes et un grand assortiment de photos des îles et du monastère téléchargées sur Internet. Mais pour ce qui était des développements, en réalité, il n'y en avait pas.

Les communiqués disaient que la police italienne « travaillait en étroite collaboration avec Interpol et la police russe » mais, plus de deux semaines après la disparition et plus de dix jours après le signalement, on n'avait aucune piste, aucun témoin, aucune idée de ce qui avait pu se passer. La police russe avait perquisitionné leur chambre au premier étage de l'ancienne caserne où dormaient les bénévoles de l'Unesco. On avait l'impression que tout était à sa place. Que les trois garçons venaient juste de sortir de leur chambre, sans rien prendre avec eux, comme s'ils devaient rentrer quelques minutes plus tard. Et à vrai dire, on avait même l'impression qu'ils ne s'étaient jamais éloignés du bâtiment et qu'ils étaient encore là, cachés dans une pièce secrète – eux ou leurs cadavres. S'ils étaient sortis, pour quelle raison avaient-ils laissé dans leur chambre non seulement leur argent mais aussi leurs parkas ? Sur l'île, il pleuvait en permanence et il commençait à faire froid dès le mois d'août. Dans leur commode, la police avait également trouvé leurs passeports, les trois, et leurs billets de retour Kem-Saint-Pétersbourg et Saint-Pétersbourg-Florence. Mais aucun message écrit, aucune trace qui aurait laissé penser à un départ, et encore moins à un départ précipité. De toute évidence, ils étaient partis avec l'intention de revenir, et n'étaient pas revenus.

À partir de là, différentes hypothèses, ou, plus exactement, différentes non-hypothèses. Un enlèvement semblait à exclure. Qui pouvait avoir intérêt à le faire, et pourquoi ? Qui aurait l'idée d'enlever quelqu'un sur une île aussi petite, franchement ? Et de toute façon, personne n'avait demandé de rançon. Éloignement volontaire ? Mais alors pourquoi laisser leurs sacs à dos ? Et puis, pourquoi s'en aller ? Personne ne semblait avoir un motif sérieux pour le faire. Restaient deux possibilités raisonnables. La première, c'était que les trois Italiens avaient été tués. Mais d'après ce qu'avait pu établir la police, ils n'avaient pas l'air de s'être fait des ennemis dans l'ancienne caserne ou au monastère. Quel pouvait être le mobile qui aurait poussé quelqu'un à tuer trois pacifiques bénévoles de l'Unesco ? Et si par extraordinaire quelqu'un l'avait fait, où étaient les corps ? La seconde possibilité, c'était le coup du sort, l'accident – laquelle plaisait aussi bien à Interpol qu'à la police russe, car en plus d'être l'hypothèse la plus évidente, c'était celle qui permettait de clôturer l'enquête vite fait, bien fait. Est-ce qu'il ne s'était pas passé la même chose qu'avec le jeune Allemand retrouvé sous la falaise quelques semaines plus tôt ? Ça arrivait, c'était déjà arrivé : un accident, une randonnée qui finit mal, la chute d'un des trois garçons dans un ravin ou – plus probablement – en contrebas des falaises qui longeaient la partie nord de l'île. La chute, et puis une tentative ratée pour lui porter secours, la nuit, le froid, la marée... Ça avait dû se passer comme ça.

J'avais un bon contact à l'Interpol de Rome, le commandant Monina. Je l'avais connu deux ou trois ans plus tôt alors que je menais, toujours pour *Fatti*, une enquête sur les infiltrations mafieuses dans les entreprises siciliennes d'import-export entre l'Italie et l'Allemagne. Comme il avait quasiment deux fois mon âge et dix fois mon expérience, dans les faits, c'était lui qui avait écrit mes articles. Moi, j'avais juste ajouté un peu d'atmosphère et l'emphase du débutant. C'était mon premier vrai reportage, celui qui m'avait convaincu que oui, je pouvais être journaliste pour de vrai, vivre de ce métier. Je l'ai appelé deux ans plus tard avec la crainte qu'il ait déjà pris sa retraite, qu'il ait été muté à un autre poste ou qu'il ne se rappelle plus qui j'étais. Mais non, il était toujours là, il se souvenait. Et il n'était plus juste commandant. Maintenant, il était commissaire de police mais il s'accordait autant d'importance qu'à l'époque où il n'était que commandant : aucune. « Hé, Aless', quel bon vent t'amène ? », a-t-il lancé.

Il avait lu l'histoire dans les journaux, mais ce n'était pas son service qui s'en occupait. Il m'a demandé quelques heures pour rassembler les informations et dit de l'appeler chez lui le soir. Est-ce qu'il était aussi gentil avec tous les journaux ? Non, je savais avec certitude qu'il n'était gentil avec personne. Mais la joie avec laquelle il avait répété à haute voix mon nom et deux, trois aspects de notre dernière rencontre dont j'avais gardé le souvenir me laissaient penser que c'était un homme seul qui vivait mal sa solitude. Il ne devait pas y avoir de Mme Monina, pas plus que des enfants ou des petits-enfants Monina qui grimpaient sur les genoux de leur papi policier le dimanche. Il avait besoin d'un enfant à protéger, j'ai pensé, et c'est moi qu'il avait choisi. Mais si ça se trouve, il cherchait une distraction parce qu'il s'ennuyait à mourir, et je faisais parfaitement l'affaire.

Le soir, au téléphone, c'est sa fille qui m'a répondu ; la phrase « Je vous le passe tout de suite » a été aussitôt engloutie par le ramdam d'un groupe d'enfants qui se battaient pour apporter le combiné sans fil à leur grand-père. Depuis ma séparation avec Gaia, ce n'était pas la première fois que je projetais mon malheur sur les autres. En réalité, ça m'arrivait même avant, dès mon adolescence. À partir d'une inflexion de la voix, d'une ride sur le visage, j'imaginais des souffrances, je devinais des peines cachées, je plaignais des gens qui en fin de compte, à y regarder d'un peu plus près, se la coulaient douce. J'avais une sensibilité de poète romantique (et ce n'était pas un compliment, précisait Gaia), mais je me trompais d'objectif. Celui qu'il fallait plaindre, c'était moi. Pas Monina. Et ce n'est pas lui qui avait besoin d'un enfant, c'était moi. Moi qui en avais un, d'ailleurs.

— Excuse le chahut : dîner en famille. Laisse-moi fermer la porte et je t'explique.

Maintenant qu'il n'était plus au bureau, dans l'exercice de ses fonctions, il avait abandonné son rôle de flic dur à cuire. Et changé de voix.

— Bon, la caserne, c'est vraiment une caserne. Je veux dire, une caserne abandonnée depuis quinze ans. Dégueu de chez dégueu.

— Dégueu de chez dégueu.

— Oui, dégueu de chez dégueu. Depuis deux ans, au printemps et en été, c'est là que vivent les maçons qui essaient de remettre le monastère d'aplomb. Ceux de l'Unesco sont à l'hôtel *Solovki*, deux cents mètres plus loin : ce n'est pas un palace, mais c'est propre.

— Et pourquoi nos trois gus ont fini à la caserne et pas à l'hôtel ?

— Parce qu'on les a mis avec les autres bénévoles. Des gamins de vingt, vingt-cinq ans qui vont là-bas pour voir un peu comment est fait le monde, se mettre minable, baiser. Ils sont trop nombreux pour qu'on les envoie tous à l'hôtel. Mais il y a peut-être eu une erreur. Mouais. Bref, tes trois potes, on les a collés avec ces mecs-là, même s'ils sont plus vieux, même si c'est des ingénieurs et pas des maçons.

— Et leurs camarades de caserne, on les a interrogés ?

— Écoute, les rapports, on ne les a pas et on ne les aura jamais. Les Russes, ils font les choses de façon un peu sommaire. Traduction : avec le cul. Ce qu'ils m'ont envoyé, c'est un rapport de deux pages, dans un anglais encore plus mauvais que le mien. J'y ai jeté un œil et je peux te dire les grandes lignes.

Les grandes lignes, c'était exactement ce que je voulais. Cette fois encore, c'était Monina qui allait écrire mon article.

— Les grandes lignes, c'est que les mecs d'Interpol ont fait deux groupes. Ils ont mis les bénévoles européens d'un côté. Et ils les ont interrogés. De l'autre, ils ont mis les maçons russes. Et ils les ont interrogés. Mais ceux-là, ils les ont même cognés. Le rapport dit qu'il a fallu agir avec une certaine fermeté face à… au manque de coopération des ouvriers.

— De coopération ?

À l'époque, j'avais encore ces tics d'ancien étudiant de l'université.

— Tu me fais passer un examen ou quoi ? Ça veut dire que ceux qui ne parlaient pas…

À présent, il était de nouveau dans l'exercice de ses fonctions : il défendait sa corporation, encore que je n'aurais jamais imaginé le placide Monina en train de passer un prévenu à tabac, un sachet de sable à la main.

— Et vu qu'ils ne parlaient pas, on les a cognés.

— Et comme ça, ils ont parlé.

— Ils ont parlé. On dirait que nos trois bonhommes restaient pas mal dans leur coin. Qu'ils gardaient leurs distances. C'était des architectes ; les autres ouvriers, des crève-la-faim ou des étudiants. Ils allaient sur le chantier, jetaient un œil au projet, donnaient des ordres au traducteur qui les donnait aux maçons, retournaient dans leur chambre et allaient manger un morceau à l'épicerie, une espèce de bistrot géré par un Finlandais, avant de retrouver deux plus jeunes, du groupe des Français, après dîner.

— Unis come les cinq doigts de la main, en somme.

— On dirait, oui. Juste une fois, il y a eu une mini-émeute parce que celui qui parlait russe… Enrico Saraceno, il s'appelle… il s'appelait… a dit un mot de travers à un des maçons ou lui a demandé de faire quelque chose que ce type ne voulait pas faire. Rien d'extraordinaire. Le maçon a pris sa brouette pleine de briques et l'a renversée tout près de ses pieds. Là-dessus, un des moines est intervenu pour ramener le calme. Saraceno s'est excusé, le maçon s'est excusé et ils se sont serré la main. L'incident était clos.

J'ai conclu par une réplique à la Monina :

— Il s'est fait marcher dessus par un Russe, cette grosse larve…

Il n'a pas relevé.

— Et il a bien fait, d'après moi... Bref, une quinzaine de jours avant leur disparition, il s'est passé un autre truc qui pourrait être intéressant. Il y avait eu une petite dispute entre un des trois types, Fabio, et un des Russes, un gros qui était un peu le chef de meute, un militaire...

— Comment ça, un militaire ?

— Oui, parmi les maçons, il y a aussi quelques militaires, quelques sous-mariniers qui se font un peu de blé entre deux embarquements... Bref, une histoire de gonzesses. Il semblerait que ce Fabio ait dragué une Belge et qu'il l'ait ramenée dans sa chambre. Et pile au moment où ils faisaient leurs petites affaires, ce type, Misha, est entré sans crier gare avec un seau d'eau et leur a balancé dessus. Ils ont interrogé ce Misha, et...

— Traduction : ils l'ont cogné.

— Je t'ai dit comment bossent les Russes, non ? Disons qu'ils l'ont interrogé en le cognant. Lui a dit que non, que c'était juste une blague, que même l'Italien avait rigolé, qu'il ne s'était pas fâché. Moi, je ne sais pas si le bonhomme ne s'est pas fâché parce qu'il était philosophe ou parce qu'après la flotte il avait peur de se prendre des beignes. Bref, les autres ont confirmé. « *No nasty feelings* », il y a écrit dans le rapport. Ce qui veut dire...

— Je sais ce que ça veut dire. Donc, ce type l'arrose pendant qu'il baise et il n'y aurait pas de *nasty feelings* ?

— C'est ce qui est marqué là.

— Et la fille a confirmé ?

— La fille, entre-temps, est rentrée en Belgique. On n'a pas encore retrouvé sa trace. Au chantier, maintenant, il ne reste plus que les ouvriers russes. Et dans quelque temps, ils vont partir eux aussi. Et là, au revoir les interrogatoires.

Eh oui. C'était le début du mois de septembre. À Florence, c'était encore l'été, mais au nord de la Russie, l'hiver frappait à la porte, et très vite, le chantier fermerait. Les ouvriers retourneraient sur le continent, à Kem, à Arkhangelsk, dans les autres villages de la côte. Si on voulait comprendre ce qui s'était passé, il fallait faire vite. Envoyer quelqu'un là-bas. Aller là-bas.

— Et puis il y a la question de l'autre disparu.

— Oui, justement… Qu'est-ce qu'ils disent là-dessus ?

— Doooonc…

Jusqu'à cet instant, je n'étais pas arrivé à me souvenir exactement du visage du Monina. Tous les visages que je voyais pour le travail – policiers, juges, journalistes, intellectuels, gratte-papier, petits délinquants –, je finissais tôt ou tard par les oublier ou par les mélanger ensemble, ce qui donnait naissance à d'étranges croisements : le pickpocket avec la tête d'un juge, le juge avec la silhouette d'un dealer… Mais ce « doooonc » m'a aussitôt rafraîchi la mémoire, et je l'ai vu distinctement, dans la pénombre, en train de se lever lentement de son fauteuil et d'ouvrir le dossier sur son bureau. C'est pour moi qu'il l'ouvrait, il m'aidait une fois encore. Je me souviens qu'en attendant qu'il reprenne la parole j'ai senti un élan d'affection, étrange et soudain, qui m'a presque mis les larmes aux yeux.

Voilà. C'est ça, la sensibilité de poète romantique… et ce n'est pas un compliment.

— Uwe Neubauer, né à Hambourg en 1984, étudiant en History of Architecture, c'est ce qui est marqué. Expert en architecture religieuse d'Europe de l'Est. C'était un peu l'intellectuel du groupe. La dernière fois qu'on l'a vu, c'était le 7 août. Le matin. Je te lis le truc.

Et il m'a lu dans un mélange d'anglais et de dialecte romain le rapport de la police russe qui disait que… Qui ne disait rien, en fait. Dans le placard de Uwe, on avait retrouvé ses papiers, sa carte de crédit, de l'argent, un portable, ses vêtements, un sac de voyage comme ceux qu'on prend pour un trek. Et puis, quelques jours plus tard, son corps avait été découvert au pied de la falaise. Baskets, short, T-shirt : il était allé courir, comme chaque matin. La police russe, qui n'était arrivée qu'après la découverte du corps par les autres jeunes, avait ouvert et refermé le dossier dans la même journée : accident.

— Et le corps ? L'autopsie ?

— Beeeen… Une autopsie, dans le cercle polaire arctique… Pas d'autopsie : fractures multiples causées par la chute sur le crâne et les membres… Plaies ouvertes avec perte de tissus au tronc et au visage entraînées par… des morsures et des écorchures. C'est ce qui est marqué, « *bites and unfleshing* ». Ça veut dire que les bêtes sauvages l'ont à moitié bouffé. Corps, enfin, ce qui restait du corps, empaqueté et réexpédié à Hambourg, dans sa petite famille. Voilà où ça mène, d'être bénévole…

J'ai glissé :

— À part ça, Uwe et nos trois gars avaient quelque chose à voir entre eux ? Un lien quelconque ? Misha lui avait balancé des seaux d'eau, à lui aussi ?

— Non, il n'y a rien de ce genre dans le rapport. Au contraire, on dirait que ce Uwe était un peu la mascotte du groupe, que tout le monde l'aimait bien et qu'il aimait tout le monde. C'était un petit gars ouvert, gentil… Rien d'autre pour le moment. Mais bon, on peut aussi mourir bêtement, hein…

— Oui, mais quatre morts bêtes en trois semaines… Et maintenant, il y a qui là-bas ?

— Il y a la police russe qui continue les interrogatoires et passe l'île au peigne fin. Maintenant, est-ce qu'ils le font vraiment ? Ils n'ont peut-être fait qu'un tour en bagnole. Tiens, ils m'ont dit que notre ambassade a envoyé un chargé d'affaires. Va savoir pourquoi, d'ailleurs. Peut-être pour récupérer les bagages…

— Et d'après toi, il y des chances ?

— Des chances pour quoi ?

— Pour qu'on les retrouve vivants.

— Vivants ? Tu te fous de ma gueule ou quoi ?

Je l'avais déçu une fois encore.

— Ces mecs, ils sont morts. Morts et archimorts. Ils ont dû se prendre un truc sur le coin de la gueule, casser les burnes à un moine qu'il ne faut pas chercher, se faire mettre en charpie par un lion, j'en sais rien… Ce sera déjà beau si on retrouve les corps…

— Écoute, je sens que je vais aller jeter un œil là-bas. À *Fatti*, ils veulent une enquête, des photos, des interviews… Une fois sur place, je pourrai donner ton nom ?

— Donne, donne… De toute manière, tu ne trouveras plus personne. Les journaux disent que la police russe continue les recherches. Mais la police russe, d'ici quelques jours, elle va plier bagage et rentrer à la maison. Ils ont la Tchétchénie et des gens qui se font sauter la tronche à gérer, alors franchement, tu les vois perdre une semaine supplémentaire à chercher trois crétins d'Italiens qui n'ont pas voulu rester tranquilles chez eux ?

— Raison de plus pour y aller, non ? Il y a moyen de découvrir quelque chose.

Monina a ricané :

— Il y a moyen de se faire mal. Note ces deux noms, si jamais tu te perds au milieu des glaciers.

J'ai noté les noms. Ceux d'un officier de la police russe et de l'agent d'Interpol qui avait signé le rapport arrivé à Rome.

C'est lui qui a conclu la discussion :

— Tiens, note ça aussi, Capace : ils sont ar-chi-morts.

Le lendemain matin, j'ai appelé Galliano. Les choses devenaient intéressantes, mais il fallait aller sur place, et y aller vite.

— Vas-y, toi, m'a-t-il dit.

Je ne sais pas par quel miracle j'étais arrivé à éviter de passer par Mlle Zampa.

— Et pour les frais ? Il faudra un interprète, aussi. Je ne parle pas russe, moi.

— Le Groupe a confiance, Capace, le Groupe t'apprécie. Tes articles ont plu, on s'y intéresse. Tu vas y aller tranquille, prise en charge étendue, cette fois. Je vais te passer Mlle Zampa, tu te mettras d'accord avec elle.

Il m'a mis en attente. Mais j'étais tellement content que je me suis accordé une petite satisfaction. « Prise en charge étendue », ça voulait dire voyage, repas et logement payés, ainsi qu'une bonne gratification. Le Groupe Éditorial Merde-en-branche misait sur moi. C'était à moi d'avancer les sous, je le savais, mais ça me permettait d'éviter de discuter les détails avec l'ignoble Mlle Zampa. Prise en charge étendue. J'ai raccroché et, avant que l'enthousiasme retombe, j'ai téléphoné à Julia.

6

Quelques années plus tôt, je m'étais diplômé en sciences politiques après avoir suivi environ douze cours. Les titulaires de la chaire envoyaient les chercheurs, les chercheurs envoyaient les assistants, les assistants lisaient le livre du professeur et nous, on passait notre temps à fumer des pétards, rouler des pelles, lire le journal et parler politique. C'était comme un club, la dépense moyenne pour les frais d'inscription – un million de lires de l'époque, environ cinq cents euros d'aujourd'hui – était même plus ou moins équivalente à ce qu'on payait pour une bonne salle de sports en centre-ville. L'avantage, c'était qu'à l'université le public était bien plus varié, amusant et détendu. Thèse en relations internationales sur *Les autonomies régionales et le processus d'unification européenne*, mention très honorable avec les félicitations du jury, autorisation de publier et certitude d'un futur de précaire à vie dans les rangs de la faculté florentine. Ma thèse, je ne l'ai jamais publiée, j'ai même laissé mon futur de contractuel précaire à quelqu'un d'autre, à un des innombrables assistants dont mon directeur de thèse, homosexuel notoire, aimait s'entourer pour convaincre tout le monde qu'il n'était pas homosexuel. Je l'ai remercié pour tout ce qu'il n'avait pas fait pour moi, dit adieu pour toujours à l'université et commencé à écrire.

J'écrivais de tout. Pendant un moment, j'ai essayé d'être un écrivain, un vrai, et commencé une espèce de roman d'apprentissage qui s'est échoué vers la page 50 quand le héros – moi, évidemment, mais un moi qui dès l'âge de cinq ans savait déjà exactement ce qu'il voulait de la vie, alors qu'à cette époque, du haut de mes vingt-six printemps, je n'en savais rien du tout – quand le héros, disais-je, passe brillamment son brevet des collèges, entre au lycée Dante de Florence et fait ses premières expériences sexuelles. Moi, en réalité, j'avais fait mes premières expériences sexuelles *à la fin* du lycée, ce qui suffisait à me rendre absolument incapable de décrire une scène de sexe tendre et maladroite entre deux ados de quatorze ans. Lui (c'est-à-dire moi) ressemblait à Bogart, elle, à une *entraîneuse* en fin de carrière.

J'ai bifurqué vers la forme brève – histoires brèves, miniatures, petites nouvelles morales à la manière de Gogol et Pirandello, car chacun doit se choisir des modèles, alors autant prendre les classiques. Je m'enfermais chez moi ou à la Bibliothèque nationale, de huit heures du matin à six heures du soir, et remplissais des cahiers de notes sur la vie imaginaire d'une dame en fourrure entrevue la veille à l'arrêt d'autobus, sur les soliloques intérieurs du chauffeur de l'autobus ou sur un type qui voit passer l'autobus et se pose des questions sur la vie, la sienne ou celle des passagers.

Et puis il y a eu la période des enregistrements. J'avais acheté un magnétophone que je gardais toujours allumé partout où j'allais : au bar avec mes amis, dans les magasins et dans la rue en plus de la chambre à coucher que je partageais avec ma fiancée et future femme Gaia, que je ne tenais naturellement pas au courant de mes expérimentations pour éviter qu'elle se mettre à jouer la comédie. Je voulais la vérité, sans médiations. Le soir, tard, je déroulais mes bobines, des heures de dialogues décousus avec l'espoir de voir jaillir de ce chaos mon *Ulysse*.

Après environ six mois d'échecs, j'ai compris qu'il me manquait un élément essentiel pour écrire des histoires imaginaires : de l'imagination.

Restait la réalité. Depuis deux ans déjà, pour me payer le gîte et le couvert alors que Gaia gagnait des milliards en étant serveuse en mini-jupe dans un restaurant pour touristes du centre-ville, j'écrivais des petits sujets pour la rubrique spectacles de *La Nazione,* des trucs d'une ou deux colonnes sur le concert de Gigi D'Alessio au théâtre Saschall ou la scène jazz florentine, sans même savoir faire la différence entre une trompette et un violoncelle. Si on fait ces choses-là, c'est parce qu'on espère être remarqué, voir le directeur du *New Yorker* ou du *Monde* passer par là et pointer un doigt vers nous comme Jésus-Christ en disant : « Toi, viens avec moi », et cetera, et cetera. Naturellement, tout cela n'arrive jamais. Mais à moi si, ça m'était arrivé.

Dans un sujet sur la première de *Macbeth* au Théâtre Verdi, je m'étais lancé dans une longue tirade sur les mises en scène expérimentales, les actualisations débiles, les lady Macbeth qui ressemblaient à Margaret Thatcher ou Cruella D'Enfer. Je ne savais pas de quoi je parlais, mais l'article était amusant. Le directeur du journal avait eu l'extrême gentillesse de le passer à une grosse pointure du tentaculaire Groupe Éditorial Merde-en-branche, amoureux affiché du « vrai Shakespeare », qui l'avait à son tour passé aux directeurs des magazines contrôlés par le groupe.

J'ai été convoqué à Milan. J'ai amené une partie de mes archives : des vieux articles, des enquêtes sur l'université parues dans les journaux étudiants. On s'est étonné de mon jeune âge, de ma maturité, de ma syntaxe et ainsi de suite. Tous ces mois de Tchekhov et de déroulage de bobines avaient payé, finalement. Me faire embaucher dans la seconde n'était pourtant pas possible, même si je m'établissais à Milan. Il valait mieux que je finisse mes études à Florence et que j'acquière encore un peu d'expérience en qualité de free-lance dans les journaux locaux. Mais celui qui était alors directeur de *Fatti* – l'homme de mon Destin – m'a proposé de lui envoyer des articles plus longs, de loin en loin, « si quelque chose me venait ». La rétribution était bonne – et bien supérieure à ce dont j'aurais pu rêver en étant écrivain sans imagination. J'ai accepté.

Après ce démarrage fulgurant, les choses avaient un peu marché au ralenti. *La Nazione* me donnait quelques miettes de temps à autre mais, pour ce qui était de m'embaucher dans des délais raisonnables, il n'y avait aucune raison d'y croire. Le directeur de *Fatti* qui me trouvait sympathique était parti en claquant la porte lorsque le conseil d'administration du Groupe Éditorial Merde-en-branche lui avait « suggéré » des coupes drastiques dans le personnel et les frais d'impression ainsi qu'une injection de publicité qui aurait transformé l'hebdomadaire jadis prestigieux en une espèce de catalogue de vente par correspondance pour diplomates. La direction avait échu, par la suite, à deux rédacteurs du journal, après quoi Galliano avait été appelé de l'extérieur. « L'extérieur », ça voulait dire d'un de ces journaux à grand tirage roses et décérébrants qui sont aujourd'hui, en Italie, la seule vraie lecture fédératrice. En six mois, il avait remis les comptes d'aplomb et lancé l'édition pour tablettes sans pour autant, rendons-lui cette justice, bouleverser la ligne éditoriale : plus de photos, des articles plus brefs, une police agressive mais aucun racolage. Moi, je restais dans l'orbite, plein d'espoir, et en attendant, je jouais les free-lance sur les routes de la province toscane en me disputant les interviews avec Salsano. Mais le temps passait.

Une des rares belles choses qui me restaient de mes années d'université, c'était Julia. Julia était lectrice de russe à la fac de Lettres, elle venait de Kiev et était – pour employer l'expression inventée par mon camarade Latella, qui la lançait toujours avec une espèce de grimace dégoûtée sur la figure – « d'une beauté presque insultante ». Julia, moi, je l'avais rencontrée par hasard à une fête de rentrée universitaire, quand j'étais déjà fiancé avec Gaia. Non, ce n'était vraiment pas par hasard : on ne rencontre jamais une fille pareille par hasard. Elle était arrivée depuis quelques mois en Italie dans le sillage de son mari, un médecin milliardaire d'Arezzo qui l'avait draguée à l'Ermitage de Saint-Pétersbourg. La légende disait qu'il l'avait suivie pendant deux, trois salles en faisant tout pour qu'elle s'en aperçoive puis avait lancé la conversation en anglais. Avec la phrase suivante : « Chez moi j'ai un tableau avec une femme qui te ressemble trait pour trait. » Elle avait demandé quel tableau c'était, et lui avait répondu : « Une *Vierge à l'Enfant* du Pérugin. » Le soir même, il l'avait emmenée au restaurant, le soir d'après, à l'hôtel, et trois jours plus tard, il était rentré en Italie. Le mois suivant, elle l'avait rejoint dans sa villa d'Arezzo et ils s'étaient mariés. Il y avait bien la Vierge du Pérugin, et tout le reste aussi : la villa, la piscine, les voitures, les milliards. Il ne manquait qu'elle à la collection, et maintenant, elle était là.

Mes camarades de fac et moi, nous n'avions jamais vu le mari de Julia. En réalité, personne ne voulait vraiment le voir. On savait qu'il avait dans les trente-cinq ans, qu'il était beau-sympathique-intelligent et riche, et qu'il avait Julia, qu'il avait réussi à draguer avec une réplique mémorable dans une salle de l'Ermitage. C'était plus que nous n'étions prêts à supporter. Mais cette réplique resta longtemps une espèce de mot d'ordre pour moi, Latella et mes trois ou quatre potes avec qui je passais mes journées et mes soirées quand Gaia travaillait. Si on voyait un clodo dans la rue, deux chiens niquer ou un Marocain dealer, il y en avait toujours un pour dire : « Chez moi j'ai un tableau comme ça, tout pareil. » Chacun retrouve dans les images de la réalité ce qu'il mérite : nos vies étaient branchées sur les clodos, les chiens, les Marocains ; la vie du médecin arétin était branchée sur Julia.

Mais le soir de la fête de rentrée, j'avais eu ma chance. Une copine de promo qui assistait à ses cours nous avait présentés. Plus exactement : j'avais supplié une copine de promo pour qu'elle me la présente. Pendant les cinq premières minutes de conversation, j'avais balancé au moins dix noms d'écrivains russes que « j'aimais beaucoup », des très célèbres aux obscurs – j'avais lu Gontcharov ! Je savais où était enterré Nabokov, et je savais qu'on prononçait Nabòkov et pas Nàbokov ! J'avais ensuite simulé un certain intérêt pour la langue russe et ses dialectes, « parce que le russe n'est certainement pas la langue monolithique qu'on s'imagine bêtement, elle doit avoir toute une gamme de nuances infinies, comme l'italien ». Et là, je m'étais lancé dans un de mes numéros favoris, un de ceux qui me réussissaient plutôt pas mal, d'habitude, quand je discutais avec des étrangères, à savoir : l'italien. « Parce que tu vois, si l'Italie est tellement fragmentée, diverse et intéressante, c'est parce qu'elle a une histoire *dense* et *plurielle*. Il y a encore un siècle, un siècle et demi, ce n'était pas une nation, c'était une somme de petits États, cités, duchés. Et la trace, la mémoire de cette fragmentation politique se trouve encore aujourd'hui dans les dialectes. Mais pas à Florence, car il faut que tu saches qu'à Florence… »

La phrase avec laquelle Julia a bloqué cette tirade absurde est aussitôt devenue célèbre dans mon cercle d'amis, plus ou moins comme celle du « tableau qui est ton portrait craché ». Il y a eu quelques sceptiques. Certains refusent encore de croire que Julia ait dit ce que je prétends être la stricte vérité. C'était en effet quelque chose d'assez incroyable, et je me souviens que ma première réaction, ce soir-là, avait été de jeter des regards autour de moi à la recherche de témoins, mais il n'y en avait pas.

Elle a dit : « Écoute. Je serais ravie de baiser avec toi. Tu es mignon et gentil. Mais je suis mariée, tu sais. »

Et elle m'avait montré son alliance à l'annulaire avec un sourire et un haussement d'épaules, comme si c'était quelque chose d'indépendant de sa volonté.

J'avais répondu par une phrase qui est allée rejoindre celle du « tableau que j'ai chez moi » et du « Je serais ravie de baiser avec toi » dans le *hall of fame* des répliques mémorables : « Je te comprends. » J'avais répondu ça. Et pendant des mois, toute déclaration impliquant un renoncement (à une balade au bord de la mer, à une deuxième part de gâteau, à une dernière bière) se concluait par le commentaire de Latella ou de quelqu'un du groupe : « Je te comprends. »

Je l'avais revue à de nombreuses reprises, dans les couloirs de l'université. Des cafés ensemble, parfois un déjeuner, de rares allusions à notre première rencontre. Une fois mes études terminées, les occasions ne s'étaient pas présentées. Et puis, bien sûr, je m'étais casé « sérieusement » avant de finir par me marier. Et j'avais eu un gosse, ce qui réglait plus ou moins la question. Mais cela faisait très longtemps que je cherchais une bonne occasion pour l'appeler. Même quand les choses se passaient bien avec Gaia.

Et puis les choses avaient commencé à mal se passer avec Gaia. Elle est retournée dans son mini-appartement de Settignano, « juste un petit moment, on essaie », avec notre fils Niccolò, évidemment, et j'avais traversé une longue période de latence, suivie de deux relations très soft avec deux collègues, une de Florence et une de Milan, toutes les deux déjà trentenaires, célibataires et donc terrorisées, et donc insupportables. Ces relations avaient un peu traîné en longueur et pris fin au même moment, ce qui m'avait plutôt soulagé, quand l'une de mes deux collègues avait eu la bonne idée de confier à l'autre qu'elle sortait avec moi depuis un petit bout de temps. Le SMS d'adieu avait été mémorable : « Salut, c'est Paola et Lorena, on est tombées d'accord sur le fait que tu baises comme un pied. »

Ça s'était passé avant les vacances, deux mois avant les événements aux Solovki. Je me rends compte que c'est assez obscène de le dire, mais c'était comme si ces trois types avaient disparu pour que je puisse avoir une seconde chance avec Julia.

J'ai appelé sur son portable et tout de suite ressenti un petit pincement au cœur parce qu'à son « oui ? », j'ai compris qu'elle ne m'avait plus dans son répertoire.

— Julia, c'est Alessandro. Capace. Alessandro Capace.

— Je sais que c'est toi… Tu pensais que je t'avais effacé, hein ?

Voilà qui avait suffi à me ramener une dizaine d'années en arrière. C'était moins encourageant que « Je serais ravie de baiser avec toi », mais plus affectueux. Cela dit, après Gaia et le SMS de mes ex-maîtresses qui s'étaient liguées contre moi, j'avais surtout besoin d'affection.

Je lui ai raconté la disparition des trois Italiens aux Solovki. Dit que j'écrivais des articles pour *Fatti*. Que je pensais aller là-bas quelques jours pour voir si on pouvait découvrir quelque chose. Que je n'avais jamais appris le russe, parce qu'après tout Nabokov avait presque toujours écrit en anglais, alors à quoi bon se compliquer l'existence ?

— En réalité, si j'ai accepté, c'est uniquement parce que ça me donnait une excuse pour t'appeler.

— Mais tu n'avais pas besoin d'une excuse.

De l'affection, encore de l'affection : c'était comme si je lui écrivais ses répliques. Pourquoi est-ce que je ne l'avais pas appelée pendant tout ce temps ?

— Bon, voilà, j'ai besoin d'un interprète et j'ai pensé à toi. Voyage et logement payés, et un peu de sous pour le dérangement.

— Combien exactement ?

Drôle de question, pour une milliardaire. Je n'avais pas idée de la somme qu'on me donnerait à *Fatti*, mais la perspective d'une semaine aux Solovki avec Julia m'a fait dire, comme en transe :

— Dix mille euros, tous frais payés.

— Bon, ça peut toujours servir. Je suis une célibataire qui travaille, maintenant.

J'ai entendu distinctement sa phrase, vu tout le tourbillon de possibilités qu'elle ouvrait, mais je l'ai mise de côté : je savais que je la ressortirais plus tard, que j'allais la tourner et la retourner doucement dans ma tête, mais pour l'heure, je devais me concentrer sur mon boulot, sur notre mission à venir aux Solovki.

— Ah, tu es célibataire... Désolé...

J'ai bafouillé :

— Est-ce que je dois être désolé ?

— Eh bien, je dirais que oui, tu ne crois pas ?

— Évidemment ! Enfin, je veux dire... Est-ce que ça s'est passé sereinement, ou bien... Rien de dramatique, j'espère.

— Ben, tu sais ce que c'est : on a beau être intelligent et civilisé, une séparation est toujours dramatique...

« Tu sais ce que c'est » : elle devait savoir pour moi et Gaia. Ou elle lançait l'idée pour voir. Toujours est-il qu'elle a ignoré ma tentative pour l'interrompre en lâchant :

— De toute façon, ça n'a aucune importance. Ce travail m'intéresse et on peut discuter de la somme.

J'ai pris moi aussi le ton neutre du professionnel :

— Parfait. Et pour la fac ? Tu peux t'absenter ?

— La fac n'a pas encore repris. Je vais me faire remplacer à deux réunions. J'ai mes examens après le 20, on a tout notre temps.

— Et tu penses pouvoir partir quand ?

— Ben, c'est toi le chef, non ?

— Après-demain.

— Je laisse t'occuper des billets, alors, tu me rappelleras plus tard.

Aucun doute possible : ces trois mecs étaient partis, ils s'étaient perdus et devaient certainement être morts, mais tout ça, c'était pour moi, pour que je puisse avoir ma seconde chance. J'ai appelé Mlle Zampa et lui ai dit qu'il me fallait deux billets d'avion pour Saint-Pétersbourg. La mégère a commencé à rechigner :

— M. Galliano ne m'avait parlé que d'un seul billet…

Sauf qu'après ma conversation avec Julia, j'étais prêt à bouffer la terre entière. À commencer par Galliano. Je ne l'ai pas laissée finir.

— Il y a deux billets. J'ai avec moi une interprète qui est aussi photographe. Galliano est d'accord. D'ailleurs, il faudrait un peu se dépêcher. Alors si vous pouviez me passer le bureau qui s'occupe de ces questions…

Quelques heures plus tard, j'avais deux sièges réservés sur le vol Rome-Saint-Pétersbourg du surlendemain, avec poursuite du voyage en train pour Kem.

7

La mère de Francesco Luciani m'avait dit que les trois disparus formaient une espèce de seconde famille : eux et leurs autres amis du « groupe » se voyaient systématiquement en ville et passaient leurs vacances ensemble, quitte à laisser leurs copines et leurs femmes à la maison si nécessaire. Voilà pourquoi j'ai pensé continuer avec elles : les exclues.

La fiancée de Francesco avait une trentaine d'années, elle était d'un genre intéressant, même si on ne pouvait pas dire qu'elle était belle : un peu trop grande, un peu trop maigre, le cou un peu trop long, elle ressemblait un peu à cette top model, Olivia Palermo, sauf que cette Olivia-là – qui en réalité s'appelait Ludovica – appartenait à l'une des plus riches, importantes et anciennes familles florentines. Et, comme l'avait précisé Mme Luciani quand elle m'avait fait brièvement son portrait au vitriol, elle le savait.

Ludovica avait accepté de me recevoir après déjeuner dans sa grande maison de la via Maggio, dans un de ces grands jardins de ville dont personne, depuis l'extérieur, ne pourrait imaginer l'existence en passant devant les portes qui donnent sur la rue, des jardins remplis d'arbres séculaires et de statues Renaissance *authentiques* – des arbres plantés et des statues commandées par des ancêtres qui avaient non seulement le même nom de famille que mon interlocutrice mais aussi, à en juger par les bustes disséminés ici et là le long de l'allée d'entrée, la même maigreur revêche. Une vieille famille de banquiers, c'est-à-dire d'usuriers. Et pour le savoir, il n'y avait pas besoin d'avoir passé un examen en histoire des anciens États italiens, comme je l'avais fait, car on lisait l'avidité sur ces visages, fixée pour toujours dans la pierre.

Elle avait dit très exactement : « Je peux vous recevoir », et cette expression a cessé de me paraître prétentieuse quand je suis entré par la porte principale avant de parcourir, escorté par un majordome, les cinquante mètres qui m'ont conduit à une gloriette couverte de glycines. Car non, ce n'était pas le genre d'endroit où on passait faire coucou, histoire de dire : c'était le genre d'endroit où on était *reçu*. J'ai essayé de défroisser la veste sportive que je portais, comme toujours, par-dessus mon polo Lacoste. Heureusement, Ludovica était elle aussi en mode *casual* ce jour-là, mais peut-être avait-elle pensé que pour recevoir un journaliste (« Pardon, vous êtes de quel magazine ?... Ah, oui, *Fatti*, c'est ça... »), un jean et des tongs suffisaient amplement.

— Il y a du thé glacé. Mais nous pouvons aussi demander du café.

Le thé glacé m'allait très bien. Le majordome a été congédié avec un merci.

J'ai commencé par lui rapporter la définition de la mère de Francesco. Elle a souri :

— Oui, une amitié masculine. Excellente formule.

La mère de Francesco m'avait prévenu : « Vous ne la trouverez pas effondrée de douleur. » Et elle avait eu un sourire amer. En effet, Ludovica n'avait pas l'air effondrée de douleur. Elle avait l'air plus intéressée par la température du thé ou les allées et venues du chat de la maison venu se frotter près de ma chaise. Je déteste les chats, et particulièrement les chats de salon gras du bide comme celui-là. Je lui ai donné une taloche tandis que Ludovica était occupée à remplir nos verres.

— Une amitié masculine. Oui, c'était un groupe très soudé où nous n'avions pas notre place, nous, les femmes – épouses ou copines. Ce qui m'agaçait, c'était que la chose soit presque théorisée. Comme un panneau accroché à la porte, vous savez : « Ceci est un club réservé aux hommes. » Au début, c'était agréable, on avait l'impression d'être revenus au lycée : garçons contre filles, avec une trêve de temps en temps pour baiser.

C'est ce qu'elle a dit : « Baiser ».

— Et puis à force, on se lasse aussi du lycée, non ? Mais eux, ils ne se lassaient pas. Quand ils m'ont dit qu'ils allaient partir trois semaines dans le nord de la Russie et que je n'étais pas invitée, ça ne m'a pas surprise. Chaque année, c'était la même chose : deux semaines entre amis, deux semaines avec moi. Le fait est que cette fois, ça n'avait plus d'importance. Je ne sais pas si la mère de Francesco vous l'a dit. En gros, on s'était séparés avant l'été, d'un commun accord.

Ce qui voulait évidemment dire que c'était elle qui l'avait quitté.

Pendant un instant, j'ai cru avoir dit cette dernière phrase à haute voix, car elle a aussitôt ajouté :

— Je veux dire, *vraiment* d'un commun accord. Nous étions ensemble depuis quatre ans, et ça faisait un petit moment que les choses n'allaient pas. C'est l'âge auquel on finit par se dire : « Soit on se marie, soit on se quitte. » Ce qui veut dire que c'est terminé.

Elle a bu une gorgée de thé et m'a invité à en faire autant. J'en ai fait autant.

— Par exemple, il n'a jamais particulièrement aimé tout ça.

Elle a fait un grand geste de la main droite pour englober la maison, le jardin, le majordome, la Jaguar parquée au garage, et m'a regardé pour s'assurer que j'avais compris – compris que Francesco n'avait rien contre la Jaguar, le majordome et tout le reste, mais contre l'idée générale, ou le mode de vie qui était derrière ces choses-là.

J'avais compris.

Elle a ajouté d'un ton amusé :

— Moi, en revanche, je dois dire que tout ça… Eh bien oui, oui… Ça me plaît.

J'avais compris ça aussi.

— Et puis je dois dire que j'en avais assez de partager mon compagnon, oui, le futur père de mes enfants, avec une bande de vieux adolescents d'un côté, et une mère neurasthénique de l'autre. Une mère qui allait devenir ma belle-mère et qui, malheureusement, habite à quelques kilomètres d'ici.

— Oui, je l'ai rencontrée. Je crois comprendre ce que vous voulez dire.

— Oh non. Je ne crois pas, non, a-t-elle souri, glaciale.

Je lui ai alors demandé des détails sur les compagnons de voyage de Francesco.

— Fabio, je le connais depuis l'époque du lycée, c'est – mon Dieu, est-ce que je dois dire « c'était » ?

J'ai fait une grimace, l'air de dire : « Dieu seul le sait. »

— C'est un ami : pas un ami proche, mais un ami, oui. Depuis qu'on avait fait « une pause pour réfléchir », avec Francesco, je le voyais peu, cela dit. Ça fonctionnait comme ça : le groupe était formé par les garçons, toujours les mêmes, et les femmes tournaient, entraient, sortaient, quittaient, étaient quittées. Après, certaines des ex se retrouvaient pour manger une pizza, faire un tour en ville, ce genre de choses : c'était pathétique... Les veuves inconsolables qui essayaient de se remonter le moral. Je dois dire que, malgré la tristesse d'avoir perdu Francesco, j'ai été soulagée de perdre toute la bande... Mais Fabio, j'étais toujours ravie de le voir, parce que c'était... je veux dire, c'est un type joyeux, déterminé, toujours plein d'idées, de choses à faire... Alors qu'avec Francesco, nous avions fini par être un couple malheureux.

Voilà une chose qu'il m'était arrivé de remarquer les fois où j'avais rencontré des femmes très riches qui avaient plus ou moins l'âge de Ludovica. De deux choses l'une : soit l'argent, le confort, la sécurité ou le fait de ne pas avoir à penser au lendemain finissait par engendrer des irresponsables complètement inconscientes du monde et de leurs privilèges, des trentenaires qui avaient l'air (et qui auraient toujours l'air) d'en avoir quinze – avec ce qu'il y a d'adorable et d'atroce dans cet âge de quinze ans –, soit, à l'inverse, ce patrimoine produisait chez elles une espèce d'hyperconscience d'elles-mêmes et de leur statut, un cynisme trop authentiquement naturel, trop insouciant pour paraître immoral. Ludovica était l'incarnation de cette seconde catégorie : une irrésistible et sublime connasse *blasée*. Des années plus tôt, elle avait accepté ses privilèges sans sourciller et il n'y avait aucune raison de croire qu'elle ait jamais eu la moindre remise en question, le moindre sentiment de culpabilité. Elle vivait en plein cœur de Florence, dans l'hôtel particulier familial, comme sa grand-mère et les grands-mères de ses grands-mères, et ça continuerait comme ça *ad vitam aeternam*. C'était comme une évidence, qu'il était même inutile de relever.

Restait Enrico.

— Oh, Enrico était différent. Très différent.

Elle s'est tue. Je l'ai aidée.

— Oui, je me suis laissé dire que c'était... disons, l'intellectuel du groupe.

— Aussi, oui. Mais pas juste ça. En fait, Enrico a toujours eu un grand ascendant sur eux, sur eux tous. Surtout sur Fabio. C'était lui qui décidait quel film aller voir, quel était le livre que tout le monde devait lire, où il fallait passer les vacances... Oui, un ascendant marqué. Pas très agréable pour les gens qui ont rejoint le groupe sur le tard, comme moi. Il y a deux ans, il est allé un mois au Japon, je ne sais pas bien pourquoi : il était toujours très actif, il organisait des stages pour les étudiants, des voyages d'étude, des choses comme ça. Il est rentré plein d'enthousiasme pour la culture japonaise. Vous savez, les mangas, Mishima, cet écrivain homosexuel qui s'est suicidé parce qu'il avait honte de ce que devenait le Japon...

— Je connais.

Je connaissais *Mishima*, le film, une merde sans nom ; l'écrivain, je l'avais ouvert une fois par erreur et refermé dans la seconde : trop japonais. Mais je savais qu'il faut prononcer Mishimà, avec l'accent sur le *a*. C'était une chose primordiale que m'avait apprise Salsano, la seule, d'ailleurs : toujours se renseigner sur la façon dont se prononcent les noms étrangers, « parce qu'ensuite les gens nous imitent, c'est aussi une question éthique ». Lui ne faisait pas la différence entre Chomsky et Warhol, mais il n'hésitait jamais sur Cànterbury, Eliot (et pas Ìliot !), Làitmotif. Je crois qu'au journal, ils le gardaient surtout à cause de ça. J'ai répété lentement « Mi-shi-mà » en hochant la tête, histoire d'être précis.

— Bref, il n'arrêtait pas de parler du Japon, il a même convaincu deux de nos amis d'aller là-bas, au Japon, chez des amis à lui, des gens improbables… Je crois qu'il aimait Mishima parce qu'il aimait l'idée d'une vie de surhomme sans attachement à qui que ce soit, et surtout sans femmes : fidélité à soi-même, point barre. Le plus grave, c'est qu'il bourrait aussi le crâne des autres avec ces conneries…

— Eh bien, plus de Francesco, plus d'Enrico non plus, pas vrai ?

J'ai tout de suite compris que j'avais dit une bêtise. Ludovica m'a remis à ma place illico.

— Vous parlez tout de même de mon ex-fiancé et d'un ami personnel. Peut-être que cette formule n'était pas la plus heureuse.

Parmi les privilèges de la richesse, il y avait aussi celui d'avoir la repartie facile. J'ai bricolé une excuse :

— Non, vous m'avez mal compris, je voulais dire qu'au moment où vous avez quitté Francesco, Enrico est parti aussi, vous avez arrêté de le voir. Je ne faisais pas allusion aux événements de ces derniers jours, je vous prie de m'excuser.

Sans mot dire, elle a serré les lèvres, hoché la tête. Mieux valait revenir aux « événements de ces derniers jours ».

— Pourquoi les Solovki précisément ? Juste pour ce projet de restauration du monastère ?

— En réalité, ils y étaient allés quelques jours voici trois ou quatre ans, à la fin d'un voyage à Saint-Pétersbourg. Le plus curieux, c'est que personne n'avait beaucoup aimé l'endroit. Ils me l'ont décrit comme un coin désolé. Francesco m'a dit que ces îles étaient intéressantes, étranges, mais qu'au bout de trois jours il avait eu envie de s'enfuir. Et puis Enrico a trouvé ce projet de l'Union européenne ou de l'Unesco, je ne sais plus, pour la restauration du monastère et embarqué les deux autres. Enrico a toujours aimé l'Europe du Nord. Il disait qu'il aurait dû naître là-bas. Chez lui, c'est rempli de romans scandinaves, islandais, russes, il disait qu'il s'était mis à étudier je ne sais trop quoi... la philologie germanique, je crois... pour pouvoir lire les sagas dans leur langue originale. Lipari ou les îles grecques, c'était trop bourgeois pour lui...

C'était donc leur second voyage aux Solovki : voilà un détail que ni la police russe ni Interpol ne pouvaient connaître. Je lui ai demandé pourquoi les autres, les autres amis du groupe, n'étaient pas allés avec eux.

— Parce que ce n'était pas des vacances. Il y avait ce projet de restauration, les autres n'auraient été d'aucune utilité. Il fallait des architectes, comme Francesco et Fabio, ainsi qu'un coordinateur. Enrico est un coordinateur parfait, un vrai manager. Avec un cynisme de manager, aussi : il sait qui peut lui être utile et qui ne lui servira à rien. Et puis les autres ont tous plus ou moins une famille, tout plaquer pendant près d'un mois n'aurait pas été facile.

Elle m'a souri, les bras ouverts comme pour dire : « Nous avons fait le tour, il me semble. » Et comme s'il avait attendu ce signe, le majordome s'est approché avec un plateau : les glaces. Non, ce n'était pas la sombre atmosphère du deuil, bien au contraire. J'ai eu l'impression que Ludovica n'admettait même pas l'idée que quelqu'un près d'elle puisse tomber malade, avoir un accident, mourir. Pour éviter d'avoir à porter le deuil de Francesco, elle l'avait quitté trois mois plus tôt. Et puis c'était le début du mois de septembre, quand Florence est d'une beauté à couper le souffle – quand les touristes se font rares, qu'il n'y a pas de groupes scolaires qui bivouaquent sur le parvis des églises et que la chaleur d'août n'est plus qu'un souvenir, même si on peut encore déjeuner et dîner dehors. Un paradis. J'ai dit : « Vanille, merci », mais en plongeant ma petite cuillère, je n'ai pas pu m'empêcher de penser à ces trois malheureux, à leurs corps désormais réduits en charpie et ensevelis quelque part dans les tourbières ou dans la mer. Ludovica a fait un signe au majordome puis m'a souri :

— Vous en reprenez vous aussi ?

8

Il me restait encore vingt-quatre heures avant de partir pour les Solovki. Je suis passé à l'agence prendre mon passeport avec le visa : 120 euros pour la procédure d'urgence, Galliano n'allait pas être content. Il ne me restait plus qu'à avertir Gaia que j'allais m'absenter une semaine et que, si elle avait besoin de passer à la maison, ou d'y dormir, elle pouvait le faire tranquillement. *Avertir* était le mot juste car, depuis que nous avions décidé de « faire une pause » et de retourner vivre chacun de notre côté, parler avec Gaia était devenu un parcours du combattant. Les coups de téléphone s'ouvraient sur des phrases du type « Désolée, j'ai deux minutes devant moi, pas plus », même si c'était elle qui appelait, et se refermaient sur des « Excuse-moi, mais je dois filer, là ». À mes e-mails, toujours très élaborés, toujours problématiques, elle répondait par monosyllabes, et les rares déjeuners ou cafés qu'on prenait ensemble étaient toujours des quarts d'heure, des demi-heures au maximum, coincés entre deux rendez-vous absolument impossibles à déplacer. Elle était très occupée, très occupée, très occupée, du moins c'était ce qu'elle croyait. Parce qu'en réalité son travail d'attachée de presse à Pitti Immagine était une espèce de hobby, un véritable gymkhana, entre présentations de livres, vidéos, tableaux déments et cocktails arrosés au milieu de la déprimante jet-set florentine – un travail, soit dit en passant, qui était aussi payé comme un hobby, justement. Mais pour l'argent, la maison, les factures, on pouvait, heureusement, compter sur papa.

Gaia n'était d'ailleurs que la moitié du problème. L'autre moitié, c'était mon fils, ou, plus exactement, la relation entre moi et mon fils. J'avais peur d'être un mauvais père. Enfin, j'étais *évidemment* un mauvais père. Je voyais Niccolò un jour par semaine, d'habitude le samedi. J'allais le chercher chez Gaia à Settignano pour ensuite le trimbaler avec moi ou l'emmener à la maison, où je le mettais devant la télé ; là, sereinement, j'oubliais son existence jusqu'à l'heure du déjeuner, quand je lui posais sous le nez un plat de pâtes au beurre qu'il effleurait à peine du bout de sa fourchette. En vrai libertaire, je n'insistais pas : il y a beaucoup trop d'enfants obèses.

Une journée, c'est-à-dire douze heures, de huit heures à vingt heures, parfois moins. Rien de bien sorcier. J'oubliais les anniversaires, les premières dents, les rappels des vaccins, les petites fêtes avec ses amis de la crèche. Mais ça, ce n'était pas grave. À la limite, c'était même sain. Je défendais l'idée – une idée qui, désormais, sonne bizarrement dans la folie collective qui nous a emportés – qu'un enfant de trois ans n'a pas besoin de fêtes en son honneur, de bougies, de cadeaux à plusieurs centaines d'euros (gentiment fournis, eux aussi, par les parents de Gaia). Après tout, dans une société comme la nôtre, il deviendra fatalement un narcissique frustré. Inutile qu'il commence aussi tôt : attendre quelques années ne peut que lui faire du bien. Est-ce que j'étais un mauvais père parce que je snobais les fêtes avec ses petits camarades ? Ces fêtes-là, ce sont des choses que les mères organisent pour elles-mêmes, pour se montrer et montrer à leurs amies à quel point ce sont des mères formidables. Elles triment (elles ne travaillent pas : elles *triment*) toute la journée, au bureau comme à la maison, mais elles trouvent aussi le temps de rendre heureux leurs petits avec une fête surprise, une chasse au trésor et un nombre incalculable conneries du même genre. Sauf que leurs petits ne sont pas heureux. À deux, trois ans, ils passent leur temps à pleurer et à se disputer avec les autres enfants pour savoir qui a le droit de détruire les jeux qu'on vient à peine de leur offrir. Socialisation? Mon cul. À part pleurer et se disputer, on ne fait que se laisser initier aux plaisirs atroces et dévastateurs de la société de consommation. Je détestais ces choses-là quand j'étais gosse, et maintenant que j'étais grand, je les trouvais stupides et immorales. Est-ce que ça faisait de moi un mauvais père? Non, ça ne faisait pas de moi un mauvais père, quoi qu'en disent mon ex-femme et mon ex-belle-mère.

Mais il y avait pire. Comment l'expliquer? Le fait est que ces douze heures hebdomadaires avec Niccolò *me suffisaient*. Avec Gaia, nous avions décidé de nous séparer «quelque temps» d'un commun accord. Pas de tragédie, pas de ressentiment. Nous nous étions lassés l'un de l'autre, tout simplement. Je restais dans mon appartement en centre-ville, elle retournait dans son appartement avec terrasse à Settignano. Niccolò vivait évidemment avec elle et ses grands-parents, qui habitaient à deux pas de là. Gaia m'avait dit que si je voulais le voir plus souvent, il n'y avait pas de problème, même pendant la semaine... Mais étant donné qu'il y avait une excellente crèche à Settignano, inutile de rompre sa routine... Oui, inutile : je ne voulais pas perturber Niccolò avec trop de déplacements, trop de nouveautés. Le samedi pouvait suffire, pour le moment. Après, on déciderait calmement quoi faire : on pouvait toujours se remettre ensemble, non ? Et pendant que je le disais, nous nous étions regardés et nous avions souri, notre dernier sourire à deux : non, nous n'allions pas nous remettre ensemble.

Bref, ces douze heures en compagnie de mon fils me suffisaient. Et encore : vers vingt heures, vingt et une heures, je commençais à regarder ma montre et à espérer que Gaia arrive en avance pour que je puisse être libéré de ce sympathique supplice qui ne faisait que parler à tort et à travers, pleurer et déféquer. Ce supplice : mon fils. Comment le dire plus clairement ? Je n'aimais pas assez mon fils. Horrible, pas vrai ? D'autant que les autres pères de mon âge, eux, étaient littéralement dingues des pleurs et des colombins de leurs enfants, ils en parlaient en permanence ; au moment où tu t'y attendais le moins, ils disaient des choses comme « Il me manque » ou « Que c'est beau de passer la journée avec lui » ou « Chaque minute passée loin de lui est une souffrance ». Pour moi, chaque minute passée *avec* lui était une souffrance. Horrible, horrible. Quel genre de monstre étais-je ?

Voilà aussi pourquoi, à mon avis, j'avais l'impression de comprendre les trois disparus. J'avais l'impression d'être l'un d'eux : un adolescent de plus de trente-cinq ans. J'aurais pu être *avec* eux.

Gaia avait éteint son portable. Je lui ai laissé un message sur son répondeur et ai repris mon enquête.

·

Le premier coup de téléphone à la mère d'Enrico, une petite voix perdue quelque part dans la banlieue de Florence, a pris fin avant même d'avoir commencé : « Excusez-moi, nous ne souhaitons pas parler à la presse », m'a-t-elle lancé avant de raccrocher. J'aurais voulu lui demander à qui renvoyait ce « nous », étant donné que le père d'Enrico était mort une dizaine d'années plus tôt à la fonderie de Nuovo Pignone, dans un accident sur la chaîne de montage. Elle ne s'était pas remariée et n'avait pas d'autres enfants. C'était une formule de télévision, comme « *no comment* ». Au second coup de téléphone, elle a menacé, mais toujours gentiment, comme si elle grondait un enfant malpoli, de se plaindre à mon directeur – l'homme qui m'avait conseillé, quand je lui avais fait part de mon intention de parler aux amis et aux proches des trois disparus, de me rendre chez eux directement et de ne pas les lâcher tant qu'ils ne m'auraient pas laissé entrer. « Mets ton pied en travers de leur porte. » Se plaindre à mon directeur. Tant de naïveté m'a désarmé : je l'ai laissée tranquille.

Les parents de Fabio étaient séparés. Son père était un des plus grands avocats de Florence. Fabio vivait avec sa mère dans le quartier des Cure, à un pas de Fiesole. Ce n'était pas des aristocrates, comme Ludovica, mais la bonne, solide et insupportable bourgeoisie florentine.

Parler avec la mère de Fabio n'a pas posé problème. Ce qui a posé problème, c'était la faire s'arrêter. Chacun de nous vit la douleur de façon différente. Mme Luciani s'était enfermée chez elle, au milieu de ses *boiseries**, et s'était répété une histoire rassurante. La mère d'Enrico avait de toute évidence besoin de silence. Celle de Fabio n'avait pas l'air de pouvoir se taire. Elle n'arrivait à survivre qu'en racontant : au téléphone, c'était une espèce de torrent de paroles entrecoupées de sanglots. Le fichier audio que j'ai enregistré durait vingt-deux minutes, pendant lesquelles j'ai réussi à dire peut-être cent mots. De ce récit ressortaient surtout deux choses.

La première, c'était que Fabio représentait sa principale raison de vivre. Il y avait aussi une sœur, d'un an son aînée, qui vivait en Allemagne et devait rentrer le lendemain. Mais Fabio était « l'homme de la maison depuis que son père était parti », un garçon (de trente-quatre ans, tout de même) engagé dans un tas d'activités bénévoles, et pas seulement au travail, même s'il travaillait sans arrêt. Il n'avait absolument pas le temps pour avoir une fiancée – oui, il avait quelques relations, bien sûr, mais rien de vraiment sérieux.

La seconde chose, c'était sa rancœur à l'égard des amis de son fils, et surtout d'Enrico. Une rancœur bien compréhensible, puisque c'était lui qui avait organisé le voyage et convaincu les autres de le suivre. Mais il y avait autre chose – comme si, d'une certaine manière, Enrico avait toujours été trop lié, trop attaché à ses amis, un attachement qui avait quelque chose de malsain, de dangereux, presque.

— Il ne m'a jamais plu. Il avait déjà ces prétentions d'intellectuel à seize ans, quand il allait au lycée. Ensuite, il les a gardées à l'université, quand il étudiait la philo. Et même après, quand les autres ont commencé à travailler et qu'il a fini remplaçant dans un lycée de Campi Bisenzio. Professeur. Quand on lui demandait ce qu'il faisait, il disait qu'il était professeur.

Elle n'a pas juste prononcé le mot « professeur » : elle l'a craché entre ses lèvres serrées.

— Au lieu de ça, il faisait cours une semaine sur deux ; de temps en temps, il jouait les gratte-papier dans des quotidiens locaux, il organisait des choses... Il essayait d'utiliser Fabio et les autres pour obtenir une petite place aux services culturels. Non, il ne m'a jamais plu. Ce qui est arrivé n'est pas sa faute, je sais, mais il ne m'a jamais plu.

Là, elle m'a raconté une histoire qui s'était déroulée des années plus tôt. L'année de leurs dix-huit ans, après le bac, Enrico, Francesco, Fabio et deux autres amis avaient fait leur premier voyage ensemble à travers l'Europe. À la suite d'un de ces paris stupides qu'on fait à cet âge, ils avaient décidé de voyager et vivre pendant un mois avec à peine deux cent cinquante euros par tête.

— Après, ils m'ont raconté qu'ils avaient passé une vingtaine de jours à s'amuser comme des fous. Ils mangeaient les restes des restaurants, entraient en cachette dans les boîtes de nuit, rencontraient un tas de gens qui finissaient par les inviter à déjeuner ou à dîner... Mais à un moment donné, Fabio est tombé malade et ils ont dû aller chez un médecin. Il fallait de l'argent pour les médicaments. Tout le monde était d'accord : il fallait que Fabio aille retirer du liquide avec sa carte de crédit. Sauf qu'Enrico s'y est opposé et a réussi à tous les faire changer d'avis. Il est même arrivé à cacher la carte de crédit de Fabio. À son retour, une semaine plus tard, Fabio a dû être hospitalisé, il y est resté un mois : il avait une intoxication alimentaire qu'on aurait tout de suite pu guérir si seulement il s'était soigné. Mais Enrico n'avait pas voulu : « Les règles, c'est les règles », avait-il dit...

Dans mon carnet, j'ai essayé de décrire les personnages du drame avec une poignée d'adjectifs. Fabio et Francesco : quelconques, pourris gâtés, immatures, influençables. Enrico : idéaliste, snob, fanfaron, tourmenté, cruel, autoritaire. Il commençait à me plaire, celui-là.

Mon entretien avec le père de Fabio, le soir avant le départ, avait été étrange. Il devait figurer dans mon troisième article pour *Fatti* mais, en fin de compte, je l'avais mis de côté. En transcrivant l'interview, je m'étais rendu compte que j'allais devoir perdre un temps fou à combler les blancs, les silences et, surtout, que j'étais incapable de décrire la sensation que m'avait procurée le fait de parler avec lui. Je dirais maintenant que cette sensation, c'était de la tristesse. Parce qu'on sentait (ou du moins, je sentais) que le père de Fabio n'aimait pas son fils mais aussi qu'il avait honte de cette froideur. En premier lieu, je lui avais demandé s'il y avait du nouveau, si la police lui avait donné des informations dont il pouvait me faire part.

R. « Non, nous ne savons rien de plus. Comme tout le monde, j'imagine.

Q. « Comptez-vous vous rendre aux Solovki ces prochains jours pour voir la situation de plus près ? »

R. « Non, je ne pense pas. À Rome, on nous en a dissuadés. Le voyage est long, et notre présence là-bas serait plus gênante qu'autre chose... Un fonctionnaire du ministère des Affaires étrangères ou de l'ambassade, je ne sais plus, est arrivé sur place avant-hier, il va se charger de rassembler les bagages et nous les réexpédier, de parler avec les autorités russes et de régler les créances éventuelles... Il y a ça, aussi. »

Je me souviens d'avoir admiré le *self-control* de ce père qui pensait à des « créances éventuelles » alors qu'il avait un fils disparu, et probablement mort. Mais ce n'était pas du *self-control*.

Q. « C'est la première fois que votre fils vous crée du souci à ce point ? »

R. « Écoutez, à vrai dire, il y a très longtemps que je ne me fais plus du souci pour mon fils. Vous savez sans doute qu'il vit avec sa mère… Quoi qu'il en soit, non, une chose pareille n'était jamais arrivée. »

Q. « À part la fois où il était parti en voyage après son bac. »

R. « Oui, mais cette fois-là, c'était différent, c'était une bêtise de gamin. »

Q. « J'ai appelé votre ex-femme. Elle m'a dit qu'Enrico était un peu la forte personnalité du groupe et qu'il pourrait avoir entraîné les deux autres dans des aventures dangereuses, des histoires pas très nettes… »

R. « Je ne vois jamais mon ex-femme. Quant aux amis de mon fils, je ne les connais pas vraiment, eux non plus. Oui, j'ai vu quelques fois cet Enrico quand ils étaient plus petits. J'ai toujours eu l'impression que c'était un petit con. »

C'était une façon de le décrire. Pas forcément très sympa, vu qu'il était probablement mort. Comme son fils, d'ailleurs.

Q. « Vous avez une idée de ce qui a pu se passer ? »

R. « Non, mais ça ne m'a pas beaucoup surpris. Je veux dire, ça devait arriver à un moment ou à un autre… »

Q. « Pourquoi ? Vous pensez que votre fils n'est pas un voyageur prudent ? »

R. « Mon fils était… »

Aujourd'hui encore, en réécoutant ce fichier, je me souviens très bien de la façon dont j'ai tressailli après ce « *était* ». Cet homme parlait de son fils disparu comme quelqu'un de mort et enterré depuis des années.

R. « Mon fils était moitié idéaliste, moitié irresponsable. Il avait une espèce d'amour inconditionnel pour le monde. À sens unique, je crois...

Q. « Vous connaissiez Francesco ? »

R. « Francesco était l'ami de cœur, depuis l'école primaire, d'ailleurs. Jamais de crises, jamais de disputes, toujours unis comme les cinq doigts de la main. Un brave garçon, ce Francesco, mais pour tout vous dire, il ressemblait trop à Fabio pour lui apporter vraiment quelque chose. Ils étaient faibles. Même ensemble, ils étaient faibles. »

C'était comme avoir sous les yeux non pas des êtres humains réels mais une moyenne sociologique. Ils étaient les parfaits représentants de leur génération. Célibataires ou fiancés à vie, idolâtrés par leurs mères, allergiques aux engagements prolongés. Nantis, ou juste assez riches pour pouvoir choisir entre un week-end à Forte dei Marmi, une semaine dans les Dolomites et un mois au cercle polaire. Deux d'entre eux vivaient encore chez leurs parents. Dans de grandes maisons, en toute indépendance, mais avec leurs parents. Des parents qui savaient tout sur les amours, les amis, les expériences et les désirs de ces enfants qui avaient désormais des cheveux blancs. N'y avait-il pas quelque chose de malsain dans tout cela ? Ou au contraire, n'était-ce pas parfaitement logique ? Est-ce que tout le monde n'avait pas envie de ça – revenir à la famille unie, partager la vie de chacun au-delà des barrières générationnelles, voir les enfants prendre soin de leurs parents d'un âge avancé ? Sauf qu'ici c'était des parents déjà âgés qui continuaient à prendre soin de leurs enfants arrivés, eux aussi, au seuil de l'âge mûr. Et tout le monde semblait satisfait, si ce n'est vraiment heureux, de ce *ménage** en rien naturel.

Seulement, quelques jours plus tôt, alors que la mère de Francesco m'accompagnait dans la chambre de son fils, une chambre sans photos, sans posters, et que je feuilletais un livre illustré sur les stars d'Hollywood parmi les dizaines qui remplissaient une étagère entière – Cooper, Monroe, Gable, McQueen, Streep, Clooney –, je me souviens d'avoir pensé que derrière ce *ménage*, derrière l'amitié masculine, il devait y avoir autre chose. Je n'ai rien écrit là-dessus dans *Fatti*, naturellement : je n'avais aucune preuve, et puis ça n'avait rien à voir avec cette disparition, ou du moins, rien ne permettait de le présumer. Mais j'aurais parié qu'il y avait entre certains de ces « grands garçons », si ce n'est la totalité d'entre eux, un lien plus fort que l'amitié. Cela me semblait évident – quelque chose que leurs parents ne voyaient pas ou avaient choisi de ne pas voir. Oui, je l'aurais parié. Et j'aurais perdu mon pari car, comme j'allais le découvrir, les choses étaient bien plus compliquées.

9

On vieillit très vite. Mais peut-être qu'à force de voir la télévision et la Toile nous harceler chaque jour avec des photos de petits jeunes de vingt ans, nous finissons par percevoir la moindre entorse à cette idée de beauté comme une décadence, un pas vers la vieillesse, la mort.

Dix ans avaient passé, et Julia ne ressemblait plus à un tableau, ce n'était plus une Madone du Pérugin. J'avais cru, nous, ses admirateurs, avions tous cru qu'il ne pourrait jamais rien lui arriver de mal, que les années se poseraient sur elle gentiment, sans se faire remarquer. En la regardant au check-in, j'ai pensé à cette phrase que nous nous étions tous répété, pendant nos études, pour nous consoler du fait que Julia avait épousé son médecin arétin et pas l'un de nous. « De toute manière, les Russes, elles s'abîment vite... » Ce n'était pas le cas de Julia, elle était encore belle. Mais le mot qui la définissait le mieux, autrefois, c'était « radieuse ». Julia n'était pas juste belle, elle était radieuse. Il était impossible de la voir passer dans les couloirs de la fac et de ne pas sourire. Et à cause de ça, à cause de cette espèce d'aura, elle était aussi appréciée par les femmes. Désormais, elle était encore belle, mais avait perdu son aura. Ses cheveux n'étaient plus blonds comme les blés mais d'un jaune ambré, et je n'arrivais pas à déterminer s'il était naturel ou artificiel – en tout cas, il ne lui allait certainement pas aussi bien. Elle avait un peu grossi, pris quelques rides au coin de la bouche ; ses yeux semblaient marqués et opaques. Le stress du divorce, j'ai pensé. Et j'ai pensé aussi : tant mieux si elle est moins belle, ce sera plus facile.

— Tu es toujours très belle.

— Tu es toujours italien.

Nous nous sommes dirigés vers l'embarquement.

À Saint-Pétersbourg nous avons pris le train de nuit pour Kem, le même trajet qu'avaient fait Enrico, Fabio et Francesco plus d'un mois auparavant, au début du mois d'août. Mais maintenant, c'était déjà l'automne et il faisait froid, même dans le compartiment de première classe. Nous nous sommes assis côte à côte en nous enroulant dans les couvertures que le couchettiste était aussitôt venu nous apporter, à nous, bien avant tous les autres, peut-être dans l'espoir d'un pourboire ou peut-être par curiosité : que pouvaient bien faire un Italien et une Ukrainienne dans un train de nuit pour Kem, en plein mois de septembre ?

Pendant une demi-heure ont défilé derrière les vitres les HLM noirs de Saint-Pétersbourg. Dans la faible lumière qui venait des réverbères le long de la voie ferrée, je regardais le profil de Julia en essayant de me souvenir de ma première rencontre avec elle, dix ans plus tôt. Tout à coup, elle s'est retournée et s'est aperçue que je l'observais.

— Elles ont passé pour moi aussi, tu sais ?

J'ai fait semblant de ne pas comprendre.

— Les années, je veux dire.

— Oh non, pas pour toi.

Elle a souri.

— Juste un peu, peut-être…

J'ai alors lancé l'une de mes deux ou trois citations stratégiques.

— Mais moi, je sais qu'au fond de toi tu es toujours celle que tu étais le soir où nous nous sommes vus pour la première fois.

Fitzgerald, *Tendre est la nuit*.

C'était la meilleure chose à dire. Bravo Francis. Et à vrai dire, c'était aussi ce que je pensais.

Cette fois, elle a eu un sourire plein de tendresse, pas d'ironie.

Le train coupait maintenant la plaine russe en direction du nord. Dehors, le gris sombre du ciel enveloppait comme dans un cocon le gris plus clair des maisons et des usines abandonnées. Rien d'autre. Pour ceux qui vivaient ici, pour ceux qui étaient forcés d'y vivre, la nature était un ennemi à anéantir : on l'avait donc anéantie. Reste qu'on n'avait pas construit des villes dignes de ce nom à la place. À la place des forêts de bouleaux, il y avait des agglomérats de maisons qui avaient poussé anarchiquement autour des zones industrielles après la guerre. Sauf que les zones industrielles avaient disparu. Maintenant que l'acier et les autres matières premières travaillées arrivaient de Chine, on avait abandonné usines et villages. Le train avançait doucement au milieu de cette désolation, dans la pénombre de cette fin d'après-midi. De temps en temps, on entendait le choc des fils à haute tension contre les vitres : le couchettiste nous a expliqué que les poteaux en bois sombre qui les soutenaient s'étaient écroulés sous la neige de l'hiver précédent, et personne n'avait pensé à les remonter. Mais il nous a assuré que nous ne courions aucun danger.

En réalité, ce que j'éprouvais n'était pas de la peur, mais de l'angoisse. Je ne pensais pas à moi, je pensais aux générations d'êtres humains qui avaient passé leur vie à coloniser cette région. Des gens arrivés des plaines du sud, des gens des montagnes du Caucase, déportés pour construire des routes, des voies ferrées, des usines, qui avaient travaillé sans voir autre chose que le gel, la nuit, la faim, pendant des décennies. Et le résultat, c'était ce néant, ces épaves gigantesques au milieu de la pluie... Aux passages à niveau, le train ralentissait comme s'il allait s'arrêter, et si je me penchais par la vitre, j'arrivais à voir, dans la lumière du couchant, les visages de ceux qui, descendus de leurs voitures ou de leurs bicyclettes, attendaient que le train passe. Ils attendaient et me dévisageaient, leur regard croisait le mien, mais personne ne souriait : ils comprenaient ce que j'étais en train de me dire, ils comprenaient qu'après les avoir vus sortir de mon champ de vision, j'allais pousser un soupir de soulagement à l'idée de ne pas rester moisir avec eux.

J'ai été secoué par la main de Julia, qui a doucement écarté mon front de la vitre puis baissé le rideau.

Les voix des rares passagers, dans le couloir, s'étaient éteintes. Et le bruit du train n'était plus qu'un roulis quasi imperceptible. Julia a enlevé mes chaussures et m'a aidé à étendre les jambes sur la banquette. Je me suis trouvé allongé, la tête sur l'oreiller. Julia a bordé mes couvertures. Je me suis endormi.

Le lendemain, à l'aube, le train est resté à l'arrêt pendant plus d'une heure à la gare de Segueja : il y avait un problème au niveau de la locomotive. Sur le quai est arrivé un petit groupe de femmes avec des casseroles pleines de mûres et de myrtilles. Elles les vendaient dans des gobelets en carton ou de vieilles barquettes à glace. J'ai donné cinquante roubles à la plus petite des vendeuses et elle a fait un signe pour nous montrer qu'avec tout cet argent nous pouvions prendre la casserole entière. Julia lui a expliqué que les barquettes nous suffisaient, elle pouvait garder le reste. Je lui ai demandé d'où elle venait. La gamine a indiqué un immeuble jaunâtre derrière la gare. « De cette maison, là-bas ? » Non, elle ne venait pas de cette maison mais d'un village qui se trouvait derrière, à environ cinq kilomètres. Tous les matins, elle partait de là-bas à quatre heures pour vendre ses myrtilles à la gare. Elle avait onze ans. Non, elle n'était jamais allée aux îles Solovki. Elle n'était jamais sortie hors de son village, si ce n'est pour rejoindre la ligne de chemin de fer. Mais elle n'était jamais montée dans un train non plus, alors Julia l'a invitée à entrer dans notre compartiment, lui a offert du thé et a parlé avec elle pendant près d'une demi-heure, une longue conversation sans cesse interrompue par leurs éclats de rire. Julia n'avait pas eu d'enfants. « Au moins, ce n'était pas un problème quand nous avons divorcé », m'avait-elle dit. Seulement, ai-je pensé pendant qu'elle attachait les cheveux de la petite marchande de myrtilles, folle de joie, avec une pince dégotée dans son sac, peut-être que c'était *ça*, le problème.

La gamine est restée là, sur le quai, jusqu'au départ, et tandis que le train s'éloignait et que nous lui disions au revoir par la vitre, elle nous a donné sa bénédiction – au sens propre : l'index et le majeur de la main droite levés, le visage sérieux comme si, pour être efficace, ce geste devait être exécuté avec une concentration maximale.

À Belomorsk est entré dans notre wagon un petit garçon avec un assortiment de boissons et de sandwichs. Il avait un visage ravagé par des cicatrices; des lambeaux de chair lui couvraient l'œil droit et une partie de la bouche. Pendant qu'il nous offrait sa marchandise, Julia m'a expliqué que la Carélie possède de grandes mines d'argent où les hommes commencent à travailler dès l'enfance, à neuf ou dix ans : ils descendent dans les puits, transportent le minerai d'argent des galeries à la surface, le placent dans les bassins de décantation. Sauf que dans les mines, on travaille à l'économie, sans aucune mesure de sécurité. Les accidents sont si fréquents que même les journaux et la télé ont cessé d'en parler. Chaque famille a son mort ou son estropié. Les ouvriers mutilés ou défigurés qui ne peuvent plus travailler sont envoyés mendier ou vendre à manger dans les trains ou le métro : ils font mal au cœur, les gens prennent pitié d'eux.

Le gamin nous a demandé d'où nous venions. Il a dit quelques mots inintelligibles dans une langue qui devait être de l'italien. Nous avons mis un petit moment pour comprendre qu'il chantait : il chantait l'air de *Rigoletto* qui commence par « *Cortigiani, vil razza dannata* ». Quelqu'un, un Italien peut-être, avait dû le lui apprendre pour lui faire une mauvaise blague : y avait-il meilleur rôle que Rigoletto pour un petit garçon défiguré par les brûlures ? Julia lui a acheté deux jus de fruits, il lui a demandé où nous allions. La réponse l'a étonné. Qu'allions-nous faire aux Solovki ?

Pourquoi ne pas lui dire la vérité ?

— Nous allons chercher des personnes qui ont disparu.

— Des amis ?

— Oui, des amis.

La réponse a semblé le satisfaire. Il a repris le panier qu'il avait posé sur la banquette et quitté le compartiment. Mais avant de s'en aller, il a encore demandé à Julia, cette fois avec une grimace qui pouvait ressembler à un sourire :

— Comment ils ont fait pour disparaître s'ils étaient sur une île ?

Et il s'est engagé dans le couloir sans attendre la réponse.

Voilà quelles ont été nos rencontres, nos talismans pour le voyage : la petite fille qui a nous a bénis, avec sa casserole pleine de myrtilles, le gamin défiguré qui, en une phrase, avait réussi à résumer le plus grand mystère de cette histoire. Avec Julia, nous avons décidé de les interpréter toutes les deux comme de bons présages. Nous avions le dieu des orthodoxes de notre côté. Et le bon sens, par la bouche d'un pauvre enfant qui avait fui la mine, nous disait que les disparus, qu'ils soient vivants ou morts, devaient encore être sur l'île.

10

Nous sommes arrivés aux Solovki avec la pluie. La fin de l'été, m'a-t-on dit plus tard, est toujours comme ça, et c'est vers la mi-août qu'elle arrive. Le soleil continue à briller jusque tard, dix ou onze heures du soir, mais c'est un soleil déjà froid et loin à l'horizon. Dès la fin du mois d'août, il commence à pleuvoir, la pluie va et vient pendant deux mois, jusqu'au début du mois de novembre. Du village, situé au sommet d'une petite colline, descendent comme en étoile, vers le port, des ruissellements qui entraînent vers la mer tous les déchets qui se sont accumulés durant la période estivale : résidus de poisson, restes de nourriture, branchages, petites charognes. Et aussi du plastique, des sacs et des bouteilles en plastique coloré qui, alors que tout le reste se dégrade et devient de la terre, restent d'année en année à pourrir au bord de l'eau, par centaines, par milliers : une énorme tache multicolore, un arc-en-ciel dégoûtant contre le gris-noir du ciel et du sable. En novembre, la pluie devient de la neige. Commencent alors cinq mois d'hiver sombre et glacial.

« Inimaginable » : voilà le mot qui m'est venu à la bouche alors que le ferry approchait du port et que la pluie tombait sur le pont, sur les vitres, sur la mer sombre tout autour, sur l'île qui ressemblait à une gigantesque tache de goudron émergeant des vagues. Tout, hommes et choses, semblait désarmé face à cette avalanche d'eau. Julia a formulé à haute voix ce que je pensais :

— Imagine ce que ça devait être d'arriver ici l'hiver, en 1930. En 1830. En 1530.

— Ouais, j'ai répondu, inimaginable. Inimaginable.

Nous sommes entrés au port quelques minutes plus tard. Il était trois heures de l'après-midi, mais la pluie tombait tellement drue qu'elle rendait évanescentes les quelques maisons du village, les murs et la tour du monastère que nous avions entrevu depuis la mer. Nous étions légèrement en dessous des zéro degrés. Bien avant d'accoster, nous avions remarqué un bruit sourd et continu : on aurait dit une turbine, interrompue toutes les vingt secondes par un bruit plus fort, comme le coup sec d'un gigantesque marteau. Julia a demandé des explications à l'un des marins.

— C'est la centrale électrique. Il dit qu'au bout d'un moment on n'y fait plus attention.

Nous avons posé pied à terre avec les rares passagers qui avaient embarqué à Kem, une dizaine de personnes au total, des insulaires – m'a expliqué Julia, qui avait bavardé avec certains d'entre eux pendant la traversée – qui, la veille, avaient rejoint la terre ferme avec du poisson séché pour le marché hebdomadaire et revenaient désormais avec des paniers remplis de pain, de choux, de conserves, de quelques pommes minuscules couleur rouille. J'avais vu dans d'autres endroits ce degré zéro de la vie, le pur mécanisme de survie de ceux qui échangent leur peu de nourriture avec le peu de nourriture des autres. J'avais vu des scènes similaires au Sénégal, au port de Dakar, où débarquent et bivouaquent pendant des jours les paysans de la Casamance. Ou au Pérou, sur les plateaux des Andes. Mais ici, tout était rendu plus sinistre par la pluie, la nuit qui s'approchait, le froid de l'hiver, déjà arrivé, et le vacarme de la centrale, dans le lointain.

Sans raison particulière, j'ai pensé à ma mère. Cela faisait des années que je ne l'avais pas vue, des années que je ne l'avais pas appelée. Elle vivait quelque part en Allemagne, si elle était encore en vie. Pourquoi j'étais là ? Est-ce que j'avais vraiment besoin de me chercher d'autres soucis ? Il y avait toutes les chances pour que ces trois types soient tombés de la falaise et que leurs corps aient été bouffés par les poissons. Ce qui voulait dire qu'il n'y avait rien à chercher, notre voyage était inutile. Alors qu'est-ce que j'étais venu faire ici, exactement ? Les interrogatoires, la police les avait déjà fait passer, et il n'y avait aucune raison de croire que je pouvais faire mieux. D'ailleurs, dire « je » revenait déjà à se bercer d'illusions : ce n'était pas moi qui allais parler et écouter, c'était Julia. Je dépendais d'elle pour tout. Et peut-être, me suis-je dit alors que j'essayais de décrypter la forme du village au milieu de la pluie, peut-être que l'explication était là. Dès l'instant où Galliano m'avait parlé de ce travail, je n'avais pensé qu'une chose : c'était une bonne occasion de revoir Julia. Et maintenant, Julia était là, c'était à moi de jouer. Mais à part la déception mesquine de découvrir que les années passaient pour elle aussi, le voyage, jusqu'ici, ne se déroulait pas comme je l'avais imaginé. Pas de souvenirs affectueux, pas de confidences sur nos échecs respectifs, pas de gentilles taquineries sur les jours que nous allions vivre ensemble. Qu'est-ce je faisais au milieu de ce déluge ?

Nous avons laissé les pêcheurs avec leurs sacs au milieu de la boue du port et marché vers une fille blonde et menue qui nous attendait sous un gigantesque parapluie phosphorescent avec un panneau qui disait « Solovki Hotel ». Nous avons chargé nos sacs à dos sur un pick-up mal en point, la fille s'est mise au volant et nous a conduits à l'hôtel sans un mot. Elle s'appelait Lila. Le garçon qui gérait avec elle l'hôtel Solovki s'appelait Pavel. Ils venaient d'Arkhangelsk et avaient tous les deux un peu plus de vingt ans. Ils passaient l'été ici pour gagner quelques sous et se payer leurs études à l'université : lui en agronomie, elle en médecine. Elle cuisinait, faisait les chambres, s'occupait du secrétariat de l'hôtel. Lui, un grand échalas moustachu toujours habillé d'une combinaison grise de mécanicien, un œil à moitié fermé à cause d'une malformation quelconque, faisait tout le reste : il transportait, construisait, réparait, coupait le bois, s'occupait des courses et de toutes les demandes supplémentaires des clients. C'était un drôle de couple, joyeux comme seuls peuvent l'être deux jeunes de vingt ans. Ils étaient ensemble, mais on n'avait pas l'impression qu'ils accordaient beaucoup d'importance à la chose. J'ai cru deviner que leur histoire n'était pas faite pour durer, elle avait commencé au début du mois de juin et allait prendre fin avec la fin de l'été, c'est-à-dire quelques jours plus tard, quand ils rentreraient chacun de leur côté à Arkhangelsk. Entre eux, les rôles étaient clairement définis : elle était la tête, lui, les bras, c'était elle qui décidait, c'était lui qui exécutait. Mais grâce à la légèreté et l'ironie qui était la leur, cette répartition rigide des rôles était vécue avec l'innocence d'un jeu.

L'hôtel était une espèce de chalet suisse monté avec des matériaux de troisième main et massacré par les hivers. Les murs extérieurs étaient une immense tache d'humidité – comme si on avait laissé tremper cette bâtisse pendant des années avant de la mettre à sécher quelques heures auparavant, pour notre arrivée. Et on était en septembre. Pavel nous a dit qu'il avait été construit cinq ans plus tôt et qu'il serait retapé l'année suivante. Le port se trouvait à environ un demi-kilomètre. La route arrivait jusqu'ici, et c'est ici qu'elle prenait fin. L'hôtel était au milieu d'une petite enceinte clôturée. Il y avait à côté une petite cahute, en bois, aussi, et à moitié pourrie, aussi : c'était le sauna. Du côté opposé, il y avait un dépôt de bois gigantesque et l'épave d'un chalutier qui avait l'air d'être là depuis bien avant la construction de l'hôtel. Nous avons demandé à Pavel s'il restait là, hors de l'eau, parce qu'autrefois la mer arrivait jusqu'à cet endroit puis s'était retirée on ne sait comment ou parce qu'on l'avait amené ici pour donner une touche de couleur locale. Pavel n'en savait rien : c'était sa première saison aux Solovki. Juste après la clôture, et tout autour, des bois de bouleaux, une espèce d'épais chapiteau vert foncé. Quelques centaines de mètres plus loin, la mer Blanche.

Quand nous avions écrit pour réserver, quelques jours plus tôt, ils nous avaient prévenus. La saison était finie, l'hôtel était fermé, il fallait s'adapter. Ils nous avaient installés dans deux chambres réservées au staff pendant l'été. Nous avons dîné en compagnie de Lila et Pavel : pas de repas de midi. D'ici une semaine, ils allaient partir et l'hôtel resterait fermé durant l'hiver. Nous pouvions rester sur l'île, mais nous allions devoir trouver un autre point de chute. Ce n'était pas un problème : nous repartirions avant.

Les Solovki sont faites de roche et de tourbe. Une couche de tourbe couverte de bouleaux et de sapins. Quand il pleut, la tourbe se transforme en boue, une boue si épaisse que s'aventurer hors des sentiers devient impossible : les bottes s'enfoncent dans le terrain fangeux comme dans un marécage. À notre arrivée, nous avons souri en voyant les gens du coin marcher avec des raquettes à neige attachées sous leurs chaussures – comme si l'habitude de la neige qui, par ici, tombe six mois par an, restait comme une espèce de tic, même sans la neige. Puis nous avons posé pied à terre et compris que mettre des raquettes était le seul moyen de rester debout dans la tourbe mouillée.

Dans les bois, il arrive souvent que les chasseurs n'aient même pas besoin de débusquer ou traquer leurs proies. Ils trouvent des cerfs ou des sangliers emprisonnés, bloqués dans la boue, à moitié morts de froid, de peur et de faim. Il suffit alors d'approcher, empoigner le museau de la bête exténuée et lui trancher la gorge. On prend ensuite une corde, dont on attache un bout au pare-chocs de son pick-up et l'autre autour de l'animal, on allume le moteur et on tire. Après avoir un peu résisté, la bête sort comme le bouchon d'une bouteille.

Pendant des siècles, les morts ont eux aussi été jetés dans la tourbe. Les moines orthodoxes qui ont vécu et sont morts au monastère, les pêcheurs qui ont eu le courage de s'établir sur ces îles, les milliers de prisonniers envoyés là-bas par les tsars et par Staline mais qui n'ont pas pu rentrer chez eux, tués par le froid, par la faim, par les autres prisonniers – un par un, tous ont été ensevelis dans le marécage de tourbe qui entoure le village. C'est comme si l'île tout entière était posée sur une énorme étendue d'os. Ils sont parfois tellement proches de la surface qu'il suffit de creuser à quelques centimètres pour trouver des squelettes à moitié rongés par les animaux sauvages. C'est la même chose un peu partout, mais la couche n'est nulle part aussi fine que sur le côté nord du monastère. Ici, les cadavres se sont accumulés jusqu'à la fin des années 1950, bien après la mort de Staline, empilés les uns sur les autres, deux, trois, quatre couches de morts qui se touchent, personne ne peut dire combien ils sont. La tourbe et le froid ont enfermé les corps dans une espèce de cercueil en ambre ; au dégel, les corps refont surface, et ce ne sont pas juste des os qu'on voit, ce sont aussi des visages, des visages décharnés des années 1940 et 1950, des lambeaux d'uniformes, des haillons de forçats. Les moines, eux, recouvrent les cadavres avec de la terre, récitent une prière, posent quelques croix pour éviter que les habitants du village ne marchent dessus.

Le village est formé d'une centaine de maisons en pierre et en briques situées face au versant ouest de l'île. Près du port, deux abris pour y remiser les barques. Un peu plus en arrière, déjà à l'orée du bois de bouleaux et de sapins, le squelette à moitié brûlé de ce qui n'est pas, contrairement à ce qu'avaient écrit les journalistes (et moi avec), un entrepôt militaire mais un hangar pour le travail et le stockage du poisson qui remonte à l'époque où l'île, gouvernée d'abord par le pope puis par le directeur du goulag, était économiquement autonome par rapport au continent. Tout en haut, dominant le paysage entier, se tient le monastère. Sous la pluie, ses murs gigantesques formaient une énorme tache noire contre le ciel gris, ce qui lui donnait des airs de château médiéval, et pas de lieu de culte.

La saison chaude dure quatre mois, de mai à août, même si saison chaude ne veut pas forcément dire belle saison. « Juillet est une des pires périodes, nous a dit Lila, parce qu'il fait très chaud et très humide, l'île est pleine de moustiques. Pour aller se promener, il faut se couvrir avec une espèce de petit filet, comme en Afrique. C'est pour ça que les travaux au monastère ont pris tellement de retard : l'hiver, on ne peut rien faire parce qu'il fait trop froid et parce qu'il y a trop de neige, alors qu'en juillet c'est les moustiques qui vous empêchent pratiquement de rester dehors. Du coup, les bénévoles viennent en mai, ou en août, comme vos amis. »

Je n'ai pas corrigé Lila, de même que je n'avais pas corrigé le gamin qui nous avait demandé dans le train si nous cherchions nos amis. Au fond, c'était aussi un peu par amitié que je me trouvais là, à cet instant – si on peut donner le nom d'amitié à l'étrange mélange de sympathie, de curiosité, d'appréhension que j'éprouvais. J'aurais aussi pu rester chez moi devant mon ordinateur à pomper des images et des données sur Internet. Oui, c'était nos amis.

À la fin du mois de septembre, il commence à faire froid pour de vrai. « Pour de vrai », ça veut dire qu'en hiver il peut faire jusqu'à trente degrés en dessous de zéro. À cette température, la moindre partie du corps qui n'est pas protégée gèle en à peine quelques minutes. Et avec le vent qui bat constamment la côte, il est pratiquement impossible de s'abriter : il faut rester calfeutré. S'aventurer dans la forêt est déjà difficile à partir du mois d'octobre mais cela devient carrément dangereux de novembre au dégel, en avril. Car même si la terre gèle, il s'ouvre çà et là dans la glace des failles capables d'engloutir non seulement des gens, mais aussi une voiture ou un pick-up. Avec le froid arrive la nuit. Lila n'était allée qu'une fois aux Solovki pendant l'hiver : l'année précédente, quand il avait fallu vérifier que tout était en ordre après les travaux d'entretien de la période estivale. Elle était venue d'Arkhangelsk à la mi-décembre, avec le Fokker qui partait une fois par semaine pour les îles.

« C'était les jours les plus épouvantables de ma vie. Le froid oblige les gens à rester chez eux jour et nuit. Les seuls qu'on voit dehors, deux fois par jour, ce sont les pêcheurs. L'épicerie n'ouvre que pour eux, ou presque. Et toute l'île est dans l'obscurité. La plus totale. Comme vous n'en avez jamais vu si vous avez toujours vécu en ville. La centrale ne sert qu'à l'éclairage des maisons, il n'y a pas de lumières dans la rue. Seul le sentier qui mène au monastère est signalé par des lampes à pétrole. Tout le reste est noir : la mer, le ciel, les arbres. J'avais ma lampe-torche, le petit générateur de l'hôtel et un stock de bougies. Mais à un moment donné, j'avais l'impression de perdre la tête. Oui, ici, l'hiver, on peut perdre la tête. »

La pluie a continué de tomber toute la journée. L'idée que, de la fenêtre de ma chambre, je regardais le panorama gris que les trois disparus avaient encore sous les yeux deux semaines plus tôt m'a aidé à me sentir vraiment proche d'eux. Ils avaient plus ou moins mon âge. Allez savoir combien de fois je les avais croisés dans les rues du centre de Florence, allez savoir combien de connaissances communes nous avions. Pendant ces trente-cinq ans, nous avions dû voir plus ou moins les mêmes films, aller aux mêmes concerts. Un ou deux d'entre eux, si ce n'est les trois, auraient pu devenir mes amis. Peut-être étions nous sortis quelque temps avec la même fille. Peut-être avions-nous même discuté ensemble. Dans une petite vitrine accrochée au mur de la chambre de Francesco, j'avais entrevu deux billets pour un concert de

Vinicio Capossela auquel j'étais allé moi aussi, près de quinze ans plus tôt, quand personne ne connaissait ce chanteur. Je me souvenais de la soirée et de l'endroit, un petit théâtre dans le quartier de Campo di Marte avec à peine cinquante places assises. J'avais essayé de revoir la salle, la disposition des sièges, le visage des gens. Était-ce la pluie ou le fait que les choses ne se passaient pas comme je l'espérais avec Julia ? Toujours est-il que cette rencontre manquée, quinze ans plus tôt, entre moi et un mec de mon âge qui, à cette heure, selon toute probabilité, avait quitté le monde des vivants, m'a ému.

Ma chambre et celle de Julia communiquaient, mais la possibilité de m'approcher d'elle, d'être avec elle, la possibilité qui me tourmentait encore la veille, n'était désormais qu'un vague souvenir dans un coin de mon cerveau. J'ai repensé à ce qu'elle m'avait dit dans l'avion : « Tout ce que je pouvais oublier, pendant toutes ces années, je l'ai oublié. » Est-ce que je ne pouvais pas dire la même chose à mon sujet ? J'ai songé à toute cette pluie, là-dehors. Je me suis endormi.

Lila m'a réveillé en tapant tout doucement à la porte, peu après dix-neuf heures. Le soleil s'était couché, ce n'était plus qu'une bande de lumière jaunâtre sur la ligne d'horizon ; la pluie tombait encore, je l'entendais tambouriner sur les carreaux et les versants en bois du toit.

En bas, Julia et Pavel étaient déjà assis à table. Ils parlaient en russe et riaient ; Lila, qui souriait elle aussi, faisait des allées et venues entre la cuisine et la salle à manger tout en commentant par monosyllabes ce que disaient les deux autres. Peut-être répondait-elle à des questions :

j'ai repéré au milieu des éclats de rire quelques *da* et quelques *niet*. J'ai imaginé sans aucune raison qu'ils parlaient de moi. Enfin, j'espérais qu'ils parlaient de moi. Mais quand je me suis assis à ma place, ils m'ont fait un signe distrait, il était donc question d'autre chose. Voilà bien un truc que je n'avais pas calculé : le fait que les trois Russes parlent russe entre eux et que je reste à l'écart. Je me suis senti seul, perdu comme jamais depuis que j'étais gamin : j'étais à des milliers de kilomètres de chez moi, en pleine mer Blanche, dans un endroit et au milieu de gens que je ne connaissais pas, des gens qui parlaient une langue que je ne comprenais pas, avec cette pluie et cette obscurité, et personne, nulle part, pour m'attendre ou regretter mon absence, pas même Gaia, pas même mon fils de trois ans à qui je n'étais même pas allé dire au revoir avant mon départ. J'ai pensé à la mer Blanche, à son nom : il m'a paru sinistre. Mais ce n'était peut-être que de la déception, pire : de la jalousie, parce que je voyais Julia rire avec ce mec qui louchait ?

Et puis Julia a arrêté de rire : « Tout va bien ? » Elle me l'a demandé en tendant la main sur la table pour attraper la mienne, avec un sourire, comme si elle avait regardé au fond de moi et senti mon angoisse. Ça a suffi. Je l'ai déjà dit, j'ai une sensibilité quasi enfantine. Au début, je ne vois que le côté hostile du monde, son mauvais visage. Et puis il suffit que quelqu'un fasse un geste ou dise un mot de la bonne façon pour que toute ma méfiance s'évanouisse d'un coup. Je crois que Julia l'avait compris, voire – et cette possibilité m'a fait monter les larmes aux yeux – qu'elle s'en était souvenue. À mon tour j'ai serré sa main et susurré en souriant à mon tour : « Oui, je suis content que tu sois là. » Lila a complété le tableau en disant qu'à partir de maintenant tout le monde allait devoir parler anglais. Pavel le comprenait juste un peu ; du coup, s'il avait quelque chose à dire, elle se chargerait de traduire. Mais – a-t-elle conclu en ricanant – qu'est-ce que Pavel pouvait bien avoir à dire ?

Lila nous a raconté son quotidien à Arkhangelsk. Elle vivait avec sa famille. Étudiait la médecine et espérait pouvoir décrocher une bourse d'étude pour les États-Unis, une fois diplômée.

— Pas pour Moscou ou Saint-Pétersbourg ? lui a demandé Julia.

— Non, je veux partir d'ici. Je ne veux pas mourir en Russie.

Elle avait vingt ans et pensait à la mort. Mais n'était-ce pas ce à quoi j'avais moi aussi pensé la veille, en regardant la Russie qui défilait derrière la vitre ? Vivre ici, mourir ici : on ne pouvait l'accepter que si on n'avait jamais rien vu d'autre, aucun coin du monde… De temps à autre, elle et Julia traduisaient pour Pavel, et il accueillait la traduction avec de grands signes de tête et de larges sourires à mon intention, comme s'il était agréablement surpris d'être mêlé à la conversation. Pavel était l'enfant d'un couple originaire de ces îles qui était parti pour Arkhangelsk sous l'ère Eltsine, « quand les choses étaient à celui qui les prenait le premier ». J'ai demandé pourquoi ils étaient partis et l'explication a été très simple : « Parce qu'il n'y avait plus rien à manger. » À Arkhangelsk, il faisait ce qu'il faisait sur l'île en été : un peu de tout, mais surtout de la mécanique. Il étudiait l'agronomie, même si le commentaire foudroyant de Lila – « *Well, he says so* » – laissait entendre que ce n'était guère plus qu'une occupation secondaire. Et il collectionnait des choses – reliques de la période communiste, vieux uniformes, insignes, photographies avec dédicace du secrétaire régional du parti et tout ce qui pouvait titiller les collectionneurs occidentaux de *memorabilia*. Il fallait absolument qu'on aille le voir à Arkhangelsk, il fallait qu'on voie l'entrepôt où il avait rassemblé tout son bric-à-brac.

— Comme ça, si le communisme revient, tu es prêt, a commenté Julia. Tu n'auras qu'à dépoussiérer les uniformes et les insignes.

Ça s'est très bien passé. Avec le peu qu'il y avait au village, Lila était arrivée à élaborer un dîner plus que correct tandis que les expressions étonnées de Pavel ponctuaient notre conversation de façon muette et comique. En l'espace de deux heures, mon angoisse s'était transformée en une espèce d'étrange tendresse, un étrange réconfort que me procurait l'idée d'avoir trouvé pour ainsi dire de nouveaux amis dans un coin aussi paumé et retrouvé Julia. Nous avons réfléchi ensemble à cette drôle de situation. Dix ans plus tôt, c'était nous qui étions jeunes, enthousiastes à l'idée de commencer de nouvelles vies sans trop savoir à quoi elles ressembleraient, mais certainement à des vies remplies, passionnantes, vraies. Et maintenant, c'était Lila et Pavel qui étaient nous autrefois…

Alors que nous débarrassions, nous avons entendu frapper. Pavel est allé ouvrir. L'embrasure de la porte était occupée par la silhouette d'un homme, noire contre le noir de la nuit, un homme grand, les mains croisées dans le dos, sa tête baissée protégée par une capuche sombre qui dégoulinait sur le sol de l'entrée. Nous avions programmé d'aller au monastère le lendemain matin, mais le pope nous avait devancés : c'était lui qui était venu à nous.

11

Je n'avais jamais vu un pope de près, mais celui-ci semblait être un bon représentant de sa branche, telle qu'on se l'imagine, du moins. Grand, maigre, avec un duvet blanchâtre sur le visage, si fin que j'ai commencé par croire que c'était du givre qui s'était collé dessus pendant son trajet à pied entre le monastère et l'hôtel. Il pouvait avoir une soixantaine d'années. Julia lui a demandé quelque chose en russe. Il l'a ignorée et a répondu, en français, que si j'étais d'accord, il parlerait français. Il me parlait à moi, et pas aux autres : il savait évidemment qui nous étions et ce que nous faisons ici. J'ai répondu que le français faisait parfaitement l'affaire. Il a tendu à Pavel son chapeau et son imperméable ; son caftan, en dessous, était trempé, mais il n'a pas eu l'air de s'en apercevoir. Il s'est assis sur la chaise que Lila lui avait avancée et a dit quelques mots, brefs et concis, à Pavel. L'habitude de commander et de se faire obéir semblait lui avoir fait perdre toute aptitude à la vie en société, tout tact. Pavel et Lila sont partis en cuisine. Julia, qui visiblement n'était pas la bienvenue, est sortie fumer. « Amusez-vous bien, tous les deux », m'a-t-elle dit.

— Ce qui s'est passé ces derniers jours, ici, sur l'île, nous a bouleversés.

«*Nous* a bouleversés» : lui et les moines. Ou bien lui et les autres habitants de l'île. Ou bien lui, lui seul, simplement.

— Vous savez qu'il y a environ un mois, un jeune Allemand, un bénévole, comme ses compatriotes, a été retrouvé mort au pied de la falaise, sous l'aile ouest du monastère ?

J'ai dit que j'en avais été informé. La police pensait à un coup du destin, à une chute accidentelle.

— Je ne sais rien de l'enquête, je n'ai pas d'opinion. Mais ça m'a l'air d'être une explication très sensée. Pensez-vous que vos compatriotes ont eux aussi… connu le même sort ?

— Eh bien, j'ai répondu, on m'a dit que la police a passé l'île au peigne fin. Les bagages des trois garçons étaient encore dans leurs chambres, pratiquement intacts. Une vingtaine de jours se sont écoulés. Il s'est forcément passé quelque chose : trois tragédies d'un coup, on a un peu de mal à y croire, vous ne trouvez pas ?

— Je dois dire que je ne me suis pas fait mon opinion.

Il ne s'était pas fait son opinion – même pas là-dessus. Je suis resté coi. J'attendais qu'il m'explique pourquoi il avait traversé le village dans le noir, sous ce déluge, pour venir parler avec moi. De toute évidence, il devait s'être fait son opinion sur quelque chose, et être impatient de me la donner.

— Néanmoins, je tenais à vous dire combien je suis affecté, à titre personnel, par ce qui est arrivé à ces trois garçons. Au fond, ils travaillaient pour nous, pour le monastère. Espérons que vous vous trompiez dans vos prévisions, qu'ils puissent revenir…

J'attendais encore.

— À ce propos, je dois vous avouer que je suis très inquiet.

Il a fait une nouvelle pause. J'ai pris un air intéressé, mais sans rien dire.

— Je suis inquiet pour le monastère. Le monastère, pour lequel ces garçons – vos compatriotes et tant d'autres, ces derniers mois – se sont tellement investis. Je suis aussi inquiet pour le village. Un mort et trois personnes disparues sont une grande tragédie. Mais cette tragédie pourrait être encore plus grave si elle avait des conséquences sur les travaux, vous comprenez, sur la vie dans l'île.

J'aurais voulu lui dire qu'on pouvait difficilement considérer l'arrêt des travaux comme une tragédie plus grande encore que la mort de quatre êtres humains, mais je me suis retenu.

— Vous devez savoir que le projet de restauration a une longue histoire. Une histoire, comment dirais-je ? très accidentée.

Enfin, il y était arrivé. Le projet de l'Unesco prévoyait la rénovation du monastère et sa transformation en musée, mais pas seulement : une fois les travaux terminés, les Solovki allaient entrer au patrimoine de l'humanité. Ce qui, m'a-t-il expliqué, ne plaisait pas à tout le monde. En fait, cela ne plaisait presque à personne.

Dès l'époque soviétique, les militaires voulaient transformer l'archipel entier en une zone interdite aux civils et l'utiliser comme base pour leur flotte de sous-marins. Et puis, en 2000, il y a eu le naufrage du *Koursk*. Même si on n'a jamais compris comment les choses se sont passées, chacun sait, dans les milieux officiels, à Moscou et à Washington, que les Américains ont eu un rôle dans cette affaire : on ne sait pas trop si ce sont eux qui l'ont coulé par erreur ou s'il y a eu une explosion à l'intérieur du *Koursk* pendant qu'il poursuivait un sous-marin américain entré dans les eaux russes. Toujours est-il que les États-Unis ont accordé un prêt énorme aux Russes et retiré, même si ce n'était que temporairement, leur projet d'élargissement de l'OTAN à l'Ukraine et aux autres pays de l'ancien bloc soviétique. Leur unique requête était que les Russes renoncent à militariser les Solovki. Requête entendue par le gouvernement mais jamais digérée par l'armée.

Par ailleurs, déclarer les Solovki « patrimoine de l'humanité » voulait dire – en échange des immenses sommes d'argent qui allaient être injectées par l'Union européenne et l'Unesco pour la restauration, l'assainissement, la reconstruction – priver les Russes de la possibilité de creuser dans l'archipel. De fait, les Solovki étaient, au temps de l'Union soviétique, l'une des principales zones d'extraction de lignite, et les gisements étaient loin d'être épuisés. Il fallait juste creuser en profondeur, avec des moyens plus sophistiqués. Les moyens étaient là, tout comme les investisseurs privés prêts à se mettre à pied d'œuvre, mais pour y parvenir, on allait devoir déboiser une partie des îles – bref, transformer une région encore intacte sur le plan environnemental en une zone industrielle. L'approbation du plan de l'Unesco par le gouvernement russe avait clos le débat. Mais en réalité, non, car c'est là que les industriels avaient commencé à faire pression sur les bureaucrates d'Arkhangelsk – à coups de promesses, de menaces, de pots-de-vin, de tentatives pour gêner les travaux. Des moyens non violents, jusqu'ici du moins.

Et puis il y avait les grandes chaînes hôtelières. L'hôtel Solovki était le seul de l'archipel : pas grand-chose si on pense à ce qu'on aurait pu réaliser en transformant le monastère en un *resort* de luxe et la Grande Île tout entière en un centre pour le tourisme extrême. En 1998, une partenaire du groupe Philip Morris avait fait une offre pour l'achat et la privatisation du monastère ainsi que la construction d'un port touristique moderne. Le projet prévoyait un investissement d'environ dix millions de dollars et l'emploi de personnel local, entre quarante et cinquante personnes, de quoi résoudre le problème de sous-emploi qui frappait une grande partie des familles de l'île vivant des seuls revenus de la pêche. Voilà pourquoi la population locale n'avait pas accueilli, elle non plus, avec beaucoup d'enthousiasme le plan de l'Unesco. Il y avait eu des protestations officielles, des tensions entre les habitants du village et les moines, et même quelques échauffourées. Mais étant donné qu'un certain nombre de maçons du coin avaient quoi qu'il en soit été embauchés, avec une paye deux fois supérieure aux salaires russes, les gens avaient cessé de se plaindre, pendant un petit moment, du moins.

Et maintenant, quatre morts. Enfin, un mort, et trois points d'interrogation.

Je lui ai demandé :

— Donc, vous pensez que quelqu'un pourrait avoir eu intérêt à bloquer les travaux, à faire couler le projet ?

— Intérêt, certainement, oui. Mais je ne saurais dire si quelqu'un l'a effectivement fait.

J'étais épuisé par toutes ces précautions, par ces circonlocutions. Alors j'ai ajouté :

— Je peux savoir pourquoi vous êtes venu me parler ?

— Parce que je voulais vous prier de donner une vision équilibrée de cette affaire et qui ne jette pas une lumière négative sur le monastère. Les travaux vont maintenant s'arrêter pour l'hiver, mais l'année prochaine, l'Unesco devrait nous accorder un nouveau financement. Nous en avons besoin. Il y a les bénévoles, c'est vrai, mais tous ceux qui travaillent au monastère ne le sont pas forcément. Les maçons sont des gens d'ici. Et les matériaux ont un prix…

Je l'ai rassuré. Il me surestimait.

— Je suis ici pour écrire deux articles pour un hebdomadaire italien. Je ne crois pas avoir le pouvoir d'influencer l'Unesco. Ce que je crois, en revanche, c'est que le monastère et l'île ont tout intérêt à ce que la vérité sorte.

— Mais la vérité est très simple, a-t-il répondu avec un sourire ironique. La vérité, c'est que cet endroit était un lieu pacifique, un lieu de prière, jusqu'à ce que l'État soviétique le transforme en un lieu de mort, au mépris de toutes les lois humaines ou divines. Et puis l'État soviétique est tombé, il s'est écroulé sous le poids de sa propre faute. Le monastère a été rouvert au culte. Vous verrez par vous-même dans quelles conditions ils nous l'ont rendu. Sauf qu'après les Soviétiques, on a vu arriver les Russes. Ils ont juste changé de nom, mais c'était les mêmes personnes… Voilà environ dix ans, ils ont installé une garnison de la Marine ici. Et puis la garnison est partie. L'Unesco nous a donné des fonds pour la restauration, mais à Moscou, ils ont voulu avoir leur part du gâteau. Vous n'avez pas idée du nombre de bureaucrates que nous avons dû affronter avant qu'ils nous laissent commencer les travaux…

Il parlait toujours au pluriel. Mais à ce moment-là, j'avais compris que « nous » voulait dire « je ». Le pope était le plénipotentiaire non seulement du monastère mais aussi de l'île tout entière, même si je n'arrivais pas à saisir précisément quelle était son autorité.

— Là-dessus, les bureaucrates nous ont donné leur feu vert, mais auparavant, ils ont fait venir des villes de la côte une vingtaine d'ouvriers pour le chantier. Il y en avait suffisamment ici, au village, mais ceux de Moscou ont donné l'ordre d'embaucher, d'embaucher même si ce n'était pas nécessaire. Ces maçons de Kem, d'Arkhangelsk... – il a fait une grimace dégoûtée. Rien que de la racaille : ça fait du bruit, ça se bagarre, c'est saoul du soir au matin, et maintenant, ce coup du sort... Tout ce que nous aimerions, c'est qu'on nous laisse tranquille. Dites-le à vos lecteurs.

J'ai écarté les bras. Dit qu'il fallait juste attendre. Que les coups du sort, si c'était des coups du sort, seraient vite oubliés et que les travaux reprendraient au printemps suivant. Nous étions tous du même camp. Ce genre de choses.

— Eh bien, j'espère que vous vous souviendrez vous aussi que dans cette histoire, nous sommes des alliés, pas des ennemis. Que cela nous coûte aussi.

Y avait-il une vague menace dans ces paroles ? Peut-être me disait-il que les alliés pouvaient se transformer en ennemis ? Si c'était le cas, je l'ai ignorée. Je l'ai assuré que mes articles parleraient aussi des difficultés où se trouvait le monastère. Et dit que, s'il était d'accord, je passerais le voir le lendemain pour voir où en étaient les travaux et parler avec les ouvriers. Pour me faire une idée, en somme.

— Vous êtes le bienvenu. Je vous attends demain, à neuf heures.

Ce n'était pas une question, c'était une consigne. J'ai accepté. Puis dit, alors que je le raccompagnais :

— J'ai appris qu'il y avait eu une dispute entre un des bénévoles disparus et quelqu'un de l'équipe des maçons.

— Oui, mais il s'agissait d'une broutille. L'un de nos confrères qui se trouvait là, le père Stefan, a aussitôt résolu le problème. Et il n'y a pas eu de suites.

— À titre personnel, que pensiez-vous des trois garçons ?

— À vrai dire, je ne les ai quasiment pas vus. Au monastère, ils parlaient surtout avec le père Ossip qui a étudié l'ingénierie à Moscou ; il suit la restauration. Une fois, j'ai déjeuné avec celui qui parlait un peu le russe, pas très bien, mais il se faisait comprendre. Il m'a semblé être quelqu'un de sérieux.

Là-dessus, il s'est arrêté et a hoché gravement la tête, comme pour se confirmer à lui-même qu'Enrico méritait ce qui devait être, au moins pour lui, le plus grand des éloges.

— Nous avons parlé de beaucoup de choses : il était très intéressé par l'histoire du monastère avant la… parenthèse soviétique. Ce sont ses mots, « la parenthèse soviétique ». L'expression était bien trouvée, parce que c'était ça, l'histoire soviétique : une parenthèse sanglante. Après, je l'ai rarement vu. Il se promenait dans le parc du monastère, parlait dans son portable, aidait les autres étrangers quand il fallait un interprète.

Moi, je croyais que les seuls à avoir un portable étaient Fabio et Francesco. Et qu'en fin de compte ça ne servait pas à grand-chose vu qu'aux Solovki le réseau était presque inexistant. Je lui ai demandé s'il était sûr d'avoir vu Enrico parler au téléphone.

— Plus d'une fois.

Avec qui parlait Enrico ? Et est-ce qu'il était à lui, ce portable, ou à Fabio, ou à Francesco ? Et s'il était à lui, où était-il passé, puisqu'à la différence de ceux de Fabio et de Francesco, on ne l'avait pas retrouvé à l'hôtel ?

— Pas très sympathique, hein ? j'ai dit à Lila qui avait attendu le départ du pope pour revenir dans la séjour.

— Oh, bien pire… odieux. Essaie de demander à droite à gauche ce qu'on pense de lui.

— Pourquoi, qu'est-ce qu'on raconte sur lui ?

— Beaucoup de choses. Entre autres que pour deux roubles dépensés pour le monastère, il y en a un qui finit dans ses poches.

Non, il n'était pas sympathique. Mais ce genre de rumeurs était normal dans les petites communautés, c'était le seul moyen qu'avaient les petites gens pour se venger des puissants. Celui à qui je venais de parler ne m'avait pas l'air de s'intéresser beaucoup à l'argent : Lila exagérait.

J'avais vu par la fenêtre du séjour qu'avant de s'en aller le pope avait dit quelque chose à Julia sur le perron. Julia avait répondu en souriant. Il avait répliqué, elle avait répliqué, le pope avait ricané – il semblait avoir apprécié la repartie – et s'était enfoncé dans l'obscurité.

Un peu plus tard, alors que nous montions dans nos chambres, je lui ai demandé :

— Vous vous êtes dit quoi, toi et le pope ?

— Il m'a demandé si moi aussi je viendrai au monastère, demain.

— Et tu as lui répondu quoi ?

— Que je suis à ton service, et que si tu as besoin de moi, alors…

— Et lui ?

— Il m'a dit qu'alors nous ne nous reverrons pas, vu qu'il n'y a pas besoin d'interprète.

— Et…

— Et je lui ai répondu que j'aimerais beaucoup ne plus le revoir, mais qu'hélas je viendrai sans doute moi aussi…

Je lui ai répété ce que je lui avais dit plus tôt :

— Je suis très content que tu sois là.

Et je l'étais vraiment.

— Mmmh, oui… Vu que tu es à mon service, je crois que demain je te demanderai de me suivre.

12

Le lendemain matin, la pluie tombait moins drue, mais par la fenêtre de ma chambre, je pouvais voir la cour de l'hôtel et le début de la route qui menait au village : ce n'était qu'un immense bourbier. « Tu imagines ? m'avait dit Julia avant d'aller dormir. Toujours être trempé. Toujours être dans le froid. Et quand il n'y a ni le froid ni la pluie, il y a les moustiques. C'est vraiment un coin pour galériens. Ou pour curés. »

« Ou pour touristes de l'extrême », avais-je ajouté en pensant au projet de *resort* auquel le pope avait fait allusion. Qui aurait payé pour venir en vacances dans un endroit comme celui-là ? Et pourtant…

Pavel et Lila étaient déjà levés depuis un moment mais se sont assis avec nous dans la cuisine pendant que nous prenions le petit déjeuner. Le pope nous avait tous laissé une drôle d'impression, et même si je ne comprenais pas ce qu'ils se disaient, eux et Julia, on pouvait facilement déduire de leurs sourires et de leurs gestes qu'ils parlaient de lui, et sans beaucoup de sympathie. Nous sommes entrés dans le bourbier avec nos grosses chaussures de trekking mais, juste après la cour de l'hôtel, nous nous sommes enfoncés dans la boue jusqu'au mollet, ou presque. Le petit kilomètre qui nous séparait du monastère a été une espèce de calvaire, avec la pluie qui s'était remise à tomber drue et les branches des arbres qui cédaient de loin en loin et déversaient sur nous des seaux d'eau glaciale. Pavel s'était offert de nous accompagner avec le petit pick-up de l'hôtel, mais j'avais insisté pour faire le trajet à pied, de manière à pouvoir accumuler des données et des impressions que j'utiliserais pour mes articles.

Une surprise nous attendait au monastère. Le pope nous a accueillis devant la gigantesque porte d'entrée et accompagnés à l'intérieur. Il avait convoqué tous les moines dans le réfectoire. Ils étaient une vingtaine, tous debout, tous barbus, tous avec une espèce de caftan sombre et des sandales, quasiment tous plutôt jeunes (étonnamment!) et – comme je l'ai susurré à Julia en entrant dans la salle – plutôt normaux. Moi qui m'attendais à me retrouver dans *Le Nom de la rose*, j'ai poussé un soupir de soulagement.

Non, le monastère n'était vraiment pas en bon état, le corps central étant pourtant la partie la moins endommagée. La salle où nous nous trouvions était un rectangle qui avait plus ou moins la taille d'un terrain de basket, avec deux longues tables en bois pour les repas des moines et, perpendiculaire à eux, une table plus petite posée sur une estrade : la table où mangeait le pope avec ses éventuels invités. Sur les murs latéraux, une longue file d'icônes à moitié écaillées couvrait, mais en partie seulement, les taches laissées par l'humidité. Sur le mur au fond du réfectoire, les portraits des popes qui avaient gouverné le monastère pendant son demi-siècle d'histoire, un bataillon de visages si proches les uns des autres qu'on aurait pu les prendre non pas pour les chefs d'une église mais pour les membres d'une dynastie ou les fruits d'un inceste pluriséculaire.

Le pope pria l'assemblée d'offrir son concours pour que je puisse donner un compte rendu honnête et rassurant de ce qui s'était passé sur l'île. Il a répété les deux adjectifs en français à mon intention : honnête et rassurant. Devant cette requête, les sourires des moines se sont transformés en grimaces inquiètes. J'ai alors demandé la permission au pope et improvisé un petit discours de journaliste que Julia a traduit au fur et à mesure :

— Comme vous le savez, trois de mes compatriotes ont disparu il y a une vingtaine de jours. Vous les avez connus, ils travaillaient à la restauration de votre monastère. Trois hommes d'une trentaine d'années, disparus. Seulement, on ne peut pas disparaître sans laisser de traces, surtout sur une île. La dernière fois qu'on les a vus tous les trois, c'était le 26 août. Ils sont venus sur le chantier le matin, puis ont dit qu'ils voulaient faire une excursion dans la partie nord de l'île, le long de la route qui mène à Rebolda. Depuis, on est sans aucune nouvelle. On ne sait pas s'ils sont vraiment partis vers Rebolda ou s'ils se sont arrêtés ailleurs. En réalité, on ne sait même pas s'ils ont vraiment fait cette excursion. Ceux qui l'ont dit à la police russe faisaient partie de leurs camarades de travail, mais ils ne sont plus sur l'île. Tous ceux qui, parmi vous, les ont vus, ce jour-là ou les jours suivants, tous ceux qui disposent d'informations susceptibles, à leurs yeux, de comprendre ce qui s'est passé sont priés de se manifester. Ce n'est pas moi qui vous le demande, ce sont les proches des trois garçons, que j'ai rencontrés en Italie et qui vivent ces moments avec énormément d'angoisse. Je voudrais également en savoir plus sur eux : comment ils se sentaient ici, ce qu'ils faisaient pendant leur temps libre, si, ces derniers jours, vous avez pensé à un épisode qui vous a fait réfléchir, un détail étrange qui pourrait être utile pour reconstituer les faits.

Voilà pour ce discours de journaliste. Qui, en présence du pope, risquait de ne servir à rien car ceux qui savaient pouvaient avoir peur de parler. Du coup, j'ai ajouté une précision de journaliste malin.

— Inutile que vous me le disiez maintenant. Je vous prie même de ne pas le faire. Nous avons besoin de temps – vous pour vous souvenir, moi pour rassembler mes idées et vous poser les bonnes questions. Je ne suis arrivé ici qu'hier. Pendant les quatre jours à venir, je serai avec ma collaboratrice Julia – je l'ai désignée avec un sourire, elle a hoché la tête, personne n'a daigné lui jeter un regard – à l'hôtel Solovki. Vous pouvez venir me voir là-bas quasiment tout le temps : si je ne suis pas là, Julia ou les gardiens de l'hôtel vous diront où me trouver. Vous pourrez aussi laisser un message et je me chargerai de vous contacter ensuite. Soyez-en convaincus : il est dans l'intérêt de tous qu'on fasse la lumière sur ce qui s'est passé. Surtout dans l'intérêt du monastère.

J'ai répété la dernière phrase.

Le pope avait suivi mon discours et sa traduction la tête basse et les lèvres serrées, dans cette posture qu'on adopte quand on est profondément concentré ou profondément irrité, ou les deux à la fois. Il nous a invités à le suivre dans la crypte, en compagnie de deux moines.

Je ne savais pas si l'histoire du rouble dépensé et du rouble empoché était vraie. Si elle l'était, le pope devait être devenu milliardaire, car on n'avait pas regardé à la dépense. Le contraste entre la crypte et le dénuement du réfectoire était impressionnant : c'était comme si tout l'argent accordé par l'Unesco avait été utilisé pour transformer ce qui, jadis, devait être une immense cave en palais. Peut-être était-ce le cas au Moyen Âge : d'un côté, l'église cousue d'or, de l'autre, les moines, dans leurs cellules, à dormir par terre, dans le froid. Mais là, on n'avait pas l'impression d'entrer dans un lieu sacré. Je me souviens que, de prime abord, j'avais pensé à une joaillerie ou à un *showroom* de luxe : Cartier, Armani, Ferrari. Sauf que nous étions sur une île au milieu de la mer Blanche, dans les soubassements d'un monastère, et que tout autour, à quelques mètres de distance à vol d'oiseau, des couches de cadavres momifiés se désagrégeaient lentement dans la tourbe.

La crypte était au moins un tiers plus longue et plus large que le réfectoire, presque aussi haute également. Je m'attendais à une espèce de sous-sol où nous aurions dû marcher pliés, et au lieu de ça, je me trouvais dans un espace aéré avec un plafond de quatre mètres et une relaxante lumière d'une blancheur de lait qui venait… J'ai jeté un coup d'œil autour de moi. Elle venait d'une trentaine de lampes Poulsen qui, installées à des endroits stratégiques de la salle, donnaient l'impression d'une lumière naturelle, une lumière de crépuscule sans fin. Nous avons marché sur des lattes en tek au milieu d'une jungle de petites vitrines en cristal encore vides. Ils avaient fait les choses comme il faut. Peut-être un peu trop comme il faut.

Les icônes étaient presque toutes enveloppées dans des toiles ou enfermées dans des caisses posées sur le sol. Des dizaines de caisses, des centaines d'objets. Évidemment, la crypte était trop petite pour tous ces trucs. J'ai demandé où seraient placées les autres et les critères selon lesquels on allait les sélectionner et les exposer.

— Vu que nous ne pourrons pas les exposer toutes ensemble, a répondu le pope, nous ferons un roulement.

Il nous a alors montré deux de celles qui n'étaient pas rangées dans des caisses. Des icônes du XVIe siècle, nous a-t-il dit, contemporaines de la fondation du monastère. Et pour la première fois, j'ai noté dans sa voix, sur son visage, quelque chose de semblable à une émotion, un frisson d'orgueil qui, l'espace d'un instant, s'était frayé un chemin à travers son masque. Pendant mes inutiles études universitaires, j'avais appris ce qu'est la *réification* – quand un individu s'identifie avec l'objet qu'il produit, vend ou achète. Réification. Le pope s'était réifié dans ses icônes. Il suffisait de le regarder pour comprendre le pourquoi de cette ignoble répartition du budget : rien pour les moines, tout pour la crypte. Le monastère, pour lui, c'était la crypte, c'était les icônes. Tout le reste pouvait être réduit en poussière.

Moi, je ne comprends rien à l'art, et encore moins à l'art sacré russe. Julia, elle, comprenait pas mal la chose. Elle fréquentait les musées, et pas seulement pour se trouver un mari. Du coup, c'est elle qui a fini par alimenter la conversation avec le pope, c'est elle qui posait les questions intelligentes. Le pope montrait sa satisfaction. Malgré leur prise de bec de la veille au soir, ou peut-être à cause de cette prise de bec, une espèce d'entente était née entre eux deux. Ils sont sortis de la crypte côte à côte et moi, je suis resté derrière avec deux moines qui ont continué à m'expliquer, toujours dans un excellent français, quel serait l'agencement de définitif de la crypte une fois sa restauration terminée.

— Sous la crypte, il a un autre souterrain, plus petit. Nous l'utiliserons comme réserve pour les icônes qui ne pourront pas être exposées. Si nous ne sommes pas obligés de les prêter pour des expositions ou pour payer les travaux si l'Unesco décide de couper les financements…

Le pope devait leur avoir recommandé de rester près de moi. Comme ça, mon article laisserait penser que la restauration du monastère était déjà en bonne voie, qu'il ne manquait que les ultimes retouches et encore un peu d'argent. Mais c'était une recommandation inutile, puisque j'avais déjà décidé de défendre la cause des icônes, du monastère, de l'île. Je me disais qu'il valait mieux ça qu'un *resort* cinq étoiles pour touristes aisés lassés de Santorin.

Nous sommes remontés. Julia était près de la porte du réfectoire avec le pope. Qui, l'espace d'un instant, alors qu'il parlait avec elle, m'a même semblé sourire.

— Bien. Comme ça, vous avez vu notre collection et la façon dont avancent les travaux. Dites-le à vos lecteurs.

— Je le dirai, bien entendu. Je me demandais juste où vous allez ranger les icônes qui ne peuvent pas être exposées. Il y a un souterrain, un *caveau** ?

— Non, aucun souterrain. Mais certaines cellules du monastère sont inoccupées : nous les mettrons là. La plupart seront néanmoins exposées. On a l'impression qu'il y a peu de place, mais il y en a.

Je m'apprêtais à dire que, à moins de mettre les icônes les unes sur les autres, il n'y aurait pas assez de place pour la moitié, le tiers des pièces, mais le pope a aussitôt changé de conversation.

— Hier soir, vous m'avez demandé des informations sur une dispute qui aurait eu lieu entre un des Italiens et un des maçons. Je n'y ai pas assisté, comme je vous l'ai dit, mais le père Stefan était là, il pourra vous renseigner.

Le pope a indiqué l'un des moines qui disposaient les couverts sur la table en vue du déjeuner.

— Il parle votre langue, soit dit en passant.

Le père Stefan était une armoire d'environ deux mètres que son caftan faisait paraître encore plus gros, avec une barbichette à la Lénine et une énorme tête chauve. J'ai été heureux de l'avoir face à moi en tant qu'ami et pas en tant qu'ennemi. Il avait étudié l'histoire de l'art à l'université : c'est dans les livres qu'il avait (bien) appris l'italien. Il m'a dit que la dispute entre Enrico (« celui qui parlait russe et qui se promenait toujours un portable à la main » – encore ce détail bizarre) et le maçon n'en était pas une : ce n'était qu'un mouvement d'humeur, une réaction malheureuse, celle de quelques ouvriers, des gens de l'île qui n'étaient pas habitués à traiter avec des personnes de l'extérieur. Enrico avait demandé au maçon de faire quelque chose mais (entre son empressement et les pièges de la langue russe) sa demande avait sonné comme un ordre, et un ordre plutôt brusque. Le maçon, blessé, lui avait donc renversé une brouette remplie de briques au ras des pieds.

Le père Stefan, lui, était intervenu pour arranger les choses séance tenante et tout s'était terminé par une poignée de main. Difficile de mettre en doute le pouvoir de persuasion du père Stefan.

J'ai demandé :

— Le maçon est encore ici, au village ?

— Non, il est parti la semaine dernière avec les autres ouvriers d'Arkhangelsk. Mais ce n'était vraiment qu'un malentendu. Nous connaissons depuis très longtemps Konstantin (c'est comme ça qu'il s'appelle) : c'est un homme bon. Susceptible, mais bon. Je l'ai d'ailleurs vu plus tard avec Enrico : ils parlaient tranquillement.

Le pope, juste à côté, a acquiescé d'un air satisfait. Tout s'était bien passé. Il n'y avait pas eu de problème. Tout allait si merveilleusement bien que poser des questions sur ces trois malheureux était à deux doigts de me paraître indécent. Sauf que ces trois malheureux avaient disparu.

— En revanche, a ajouté le père Stefan, quelque chose de plus grave avait eu lieu dans la caserne où les bénévoles de l'Unesco dormaient avec un autre groupe de maçons. Je n'étais pas là mais, le lendemain, on ne parlait que de ça. Il semblerait qu'il y ait eu une discussion au sujet d'une jeune femme. Il semblerait aussi que quelqu'un d'Arkhangelsk, quelqu'un de violent, ait menacé et même agressé l'un des Italiens. C'est ce qu'on m'a dit, du moins…

C'était ce qu'Interpol avait décrit comme une simple blague, le lancer de seau d'eau nocturne. Une blague un peu lourdingue, certes, mais rien qui puisse entraîner des réactions violentes, et surtout pas un triple homicide. Quoi qu'il en soit, presque tous les ouvriers étaient désormais partis, ils avaient retrouvé la terre ferme. Il n'était plus possible de vérifier quoi que ce soit, pour ce qui me concernait, du moins. Et il y avait peu de chances que quelqu'un veuille le faire à ma place.

— Ça conduit où ?

J'ai indiqué une grosse porte verrouillée au fond du réfectoire, à gauche, dans l'angle.

— C'est l'aile ouest, a répondu le pope. Elle est fermée depuis des années. Le toit s'est en partie écroulé. La pluie tombe à l'intérieur. Elle sera refaite en dernier. À condition que l'Unesco débloque les fonds nécessaires.

Tout en parlant, il m'a pris sous le bras et accompagné vers la sortie. Je me suis arrêté et lui ai demandé s'il était possible de jeter un coup d'œil.

— À cette partie du monastère ? Non, j'ai peur que non, je ne sais même pas où est la clé. Mais vous n'y trouveriez que des vieux meubles moisis et des nids d'oiseaux. Rien d'exotique, en somme…

Et il a souri, pour la seconde fois en deux jours.

— La police a fait des recherches là-bas aussi ?

— Oui, ils n'ont rien trouvé. De toute manière, les trois disparus n'avaient pas les moyens d'y entrer, eux pas plus que les autres. Et ils n'avaient aucune raison de le faire.

Il s'est arrêté, a pris ma main droite et l'a tenue entre les siennes.

— Cher ami.

C'est ce qu'il a dit. En français dans le texte.

— Cher ami, je vois que vous vous transformez en détective. Alors cherchez-les dehors. Ou en mer. Même si vous feriez mieux d'arrêter, c'est le conseil que je vous donne. Ils ont eu un accident. Ce ne sont pas les premiers dans ces îles, malheureusement. Mais ils ont eu un accident.

J'ai rejoint Julia, qui fumait seule sur la pelouse devant le monastère. J'ai ricané :

— Eh bien, je suis content que vous soyez devenus amis, toi et le pope…

— Il m'a raconté un tas de trucs sur le monastère, la collection, sur la provenance et la date des pièces, sur ce musée qui sera superbe… En fin de compte, il m'est presque sympathique : consacrer sa vie à ça et voir cette histoire tout foutre en l'air…

— Ouais, comme tu dis. Sauf qu'à moi, il a raconté un tas de conneries.

— De conneries ? Comme quoi ?

— Oh, rien d'important. Des petits mensonges innocents. Par exemple, il a dit qu'il n'y avait pas d'autre cave sous la crypte, mais un moine m'a dit le contraire. Monina, lui, m'avait dit que l'aile ouest du monastère était condamnée, alors je ne vois pas comment la police a pu y entrer. C'est comme s'il voulait que tout le monde s'en aille, que tout le monde se dépêche d'oublier…

— Ben, ça se comprend, comme envie, non ?

— Oui, mais il aurait tort de s'imaginer que l'Unesco va avaler cette histoire de « disparus » et continuer d'envoyer des hommes et de l'argent ici comme s'il ne s'était rien passé. Je ne plaisantais pas quand j'ai dit que s'il fallait trouver la vérité, c'était d'abord dans l'intérêt du monastère… Ensuite, il y a l'histoire de Stefan. Tout ce qu'il m'a dit lui a été soufflé par le pope, j'en suis sûr. J'ai vu la façon dont il le regardait pour s'assurer qu'il jouait bien son rôle…

Avec un sourire, Julia m'a coupé au beau milieu de mon scénario de polar, tandis que nous montions le petit escalier en bois de l'hôtel :

— Mmm… Diabolique, ce pope… Mais avec un peu de chance, il ne te plaît pas car tu n'as pas envie que j'aie un autre soupirant… Même ici, dans les îles Solovki…

C'était la première allusion de ce genre en l'espace de trois jours : claire, limpide, de bon augure. Je devais maintenant faire attention à ne pas tout gâcher avec une réplique stupide. Mais par bonheur, Julia est vite entrée dans le hall, me laissant seul sous l'auvent enlever mes chaussures et ma parka, heureux.

13

Durant la nuit, la pluie a cessé. Au matin, ce n'était qu'une espèce de brume humide qui jetait un écran opaque devant les choses. La température avait monté d'une dizaine de degrés par rapport à la veille. En regardant par la fenêtre de ma chambre, c'était comme si la cahute du sauna au fond de la cour et la petite forêt de sapins en arrière-plan flottaient paisiblement dans un lavabo. De toute la semaine, c'était peut-être le seul moment où l'île m'a paru vraiment belle ou à tout le moins attrayante. C'était un temps à faire une promenade.

Nous avons offert à Pavel un bon pourboire pour qu'il nous emmène un peu dans tous les coins de l'île avec le pick-up de l'hôtel. À part les quelques chemins du village qui donnaient sur les champs, il n'y avait sur l'île que deux routes goudronnées à la va-vite et qui partaient toutes les deux du port. L'une longeait le versant ouest en passant devant la centrale, la piste pour les hélicoptères et les bimoteurs ainsi que le bâtiment presque entièrement détruit que nous avions entraperçu depuis le ferry.

— Ça, c'était la fabrique de poisson. On travaillait le poisson, autrefois, a expliqué Pavel.

— Les gens d'ici ? a demandé Julia.

— Non, les gens d'ici, ils pêchaient. C'était les esclaves du goulag qui travaillaient le poisson.

C'est ce qu'il a dit : *ràby*, des esclaves. Il n'avait pas de tact, Pavel – mais pas de talent rhétorique non plus. Après quoi, la route s'enfonçait dans une forêt de mélèzes et de bouleaux puis, au bout de deux kilomètres, débouchait sur une sorte d'esplanade face à la mer, où les pêcheurs avaient construit des petites cabanes qui leur servaient d'abri quand, particulièrement en hiver, la pêche se prolongeait après le coucher du soleil. Un peu plus loin, il n'y avait que la muraille des sapins et aucun sentier.

— La police est déjà venue contrôler par ici, a dit Pavel. Même avec des chiens. Ils n'ont rien trouvé.

Nous avons fait demi-tour. Pavel a indiqué un endroit à environ cinquante mètres de nous.

J'ai demandé à Julia de le faire s'arrêter et je suis descendu de la voiture. À la fin du sentier indiqué par Pavel, un grand pré longeait la falaise. L'endroit idéal pour se promener ou, comme l'avait fait Uwe, pour courir. Il n'y avait ni parapets ni rambardes, la clairière se terminait dans le vide. J'ai regardé en bas, vers la mer, une centaine de mètres plus bas. Oui, on pouvait glisser, tomber. Mais il fallait d'abord s'approcher du bord, il fallait vouloir le faire, puis être suffisamment distrait pour mettre le pied au mauvais endroit, perdre l'équilibre… Est-ce qu'il pleuvait, le matin de la disparition d'Uwe ? Si oui, la pluie aurait justement dû être une bonne raison de se montrer encore plus prudent, de se tenir à l'écart de la falaise, non ? Je me suis imaginé la scène. Uwe qui monte du port en courant, parcourt le sentier et arrive dans cette clairière. Uwe qui regarde autour de lui, ralentit, s'approche, glisse, perd l'équilibre. Uwe qui tombe et s'écrase sur les rochers. Julia est sortie du massif d'arbres alors que je simulais les derniers pas d'Uwe au ralenti. Elle a eu un sourire interrogateur. J'ai répondu par une grimace. Non, je n'arrivais pas à comprendre. Nous sommes retournés ensemble vers la voiture.

L'autre route coupait en deux le village et suivait l'ensemble du versant est de l'île jusqu'à la pointe nord, un petit point sur la carte, appelé Rebolda. C'était ici que les trois jeunes gens avaient dit vouloir aller pendant la journée du 26 août. Nous avons déjeuné à l'hôtel de deux sandwichs et nous nous sommes mis en route aussitôt après.

La route était une ligne longue et étroite, en légère pente, constamment maintenue dans la pénombre par la forêt de bouleaux, des deux côtés. De loin en loin, un petit emplacement avait été délimité au milieu des arbres pour permettre aux voitures de faire leurs manœuvres ou d'attendre le passage de ceux qui venaient d'en face. Mais nous n'avons croisé personne. Les rares fois où la forêt s'ouvrait, nous arrivions à voir, à l'est, le spectacle des vagues s'écrasant contre la falaise, qui, sur ce versant, était plutôt basse, cinq ou six mètres à peine. Des éclaboussures effleuraient la route. Non, on ne pouvait pas exclure l'idée de l'accident, d'une chute mortelle en pleine mer.

Après environ une demi-heure de route, souvent à pas d'homme en raison des trous pleins d'eau et de boue, nous sommes arrivés sur une esplanade devant une petite colline. Cette petite colline, c'était justement Rebolda : de là – nous a dit Pavel –, on pouvait continuer pour voir les quelques autres lieux dignes d'intérêt dans cette partie de l'île : les entrepôts à l'abandon des pêcheurs, qui remontaient jusqu'aux temps des tsars ; la tourbière qui, un kilomètre plus à l'ouest, s'allongeait comme une longue langue noire avant d'entrer dans la mer ; et, un peu plus loin, les restes d'une habitation médiévale. La police était déjà venue, ici aussi : pas de corps, pas de morceaux de corps, pas de traces de passage. J'ai commencé à comprendre la collection de reliques de l'armée soviétique. Pavel avait une confiance aveugle et irrationnelle dans l'autorité, les uniformes ; il semblait penser qu'il n'y avait rien d'autre à faire après une inspection de la police russe : la discussion était close. Quant à moi, j'étais beaucoup plus sceptique depuis mon entretien avec Monina : « Ils ont la Tchétchénie à gérer… »

Nous avons laissé la voiture et poursuivi à pied le long de la colline. Nous sommes arrivés au sommet en quelques minutes ; de l'autre côté, il y avait la mer, mais la mer comme je ne l'avais jamais vue, une espèce de magma noir bouillonnant qui s'abattait sur les roches trente mètres plus bas. À notre gauche, un sentier descendait au milieu des bruyères jusqu'au rivage.

— Ça va jusqu'à l'entrée d'une grotte, nous a informé Pavel. La police a regardé là aussi.

Cette entrée, en réalité, était recouverte par l'eau de la marée haute. Si, pour une raison ou pour une autre, les trois Italiens étaient restés bloqués là-dedans, ils se seraient noyés et la mer aurait avalé leurs cadavres. Aucun reste, aucune trace, disparus pour toujours. Mais justement : pour quelle raison auraient-ils dû descendre jusqu'ici, et même y rester, alors que la marée montait ? Là, j'ai vu quelque chose. Je me suis tendu d'un coup. Et je me suis penché vers le précipice.

Il y avait quelque chose qui flottait près du rivage, une tache sombre qui frôlait le fil de l'eau avant d'être ramenée vers le fond par les vagues. Je l'ai indiquée à Julia. Pendant quelques secondes, nous avons fixé ensemble cette silhouette. Le cadavre d'un homme, d'un de nos trois hommes, ou plutôt ce qui restait du cadavre d'un de nos trois hommes après des jours et des jours passés à s'écraser contre les rochers. Nous avons appelé Pavel pour qu'il vienne voir. Mais tandis que Pavel arrivait, la silhouette a pris forme et vie : un phoque, le dos brillant d'un phoque, a surgi un instant puis est retourné aussitôt sous l'eau avant de se diriger vers le large.

Nous avons continué le long de la crête de la colline. Sur un remblai se trouvaient les traces de l'habitation médiévale qui, comme disait mon *Lonely Planet*, « existait plusieurs siècles avant le monastère ». Dans les faits, c'était à peine plus qu'un cercle de pierres posées par terre. Les pierres servaient à maintenir les peaux de phoque au sol : sous ces tentes rudimentaires vivaient les premiers habitants de l'île. Pavel a dit qu'il suffisait de creuser à quelques centimètres de profondeur pour trouver les aiguilles en os qu'utilisaient les femmes pour coudre les peaux, mais aussi les squelettes et les têtes des petits poissons mangés mille ans plus tôt et conservés intacts dans la tourbe, encore brillants d'huile.

Pourquoi construire un village dans la partie la plus froide et sauvage de l'île, sans ports naturels ? Mon *Lonely Planet* proposait deux explications. Ceux qui s'étaient installés pouvaient être une communauté d'ermites venus du continent – et ces ermites, on s'en doute, n'étaient pas des adeptes du confort. On n'avait pas de mal à s'imaginer un type barbu avec une tunique sur le dos, méditant, immobile, au sommet de la colline en se faisant torturer par la pluie et le vent : c'était l'endroit le plus adéquat qui puisse exister dans le monde. Sinon, c'était les Inuits qui avaient fait halte ici durant leurs expéditions de pêche et de chasse au phoque avant de rentrer sur les glaces de l'Arctique. Nous avons assimilé sans rien dire l'explication du guide, mais je me souviens d'avoir songé à quel point ces êtres humains devaient être différents de nous pour pouvoir survivre dans un endroit aussi terrible et choisir d'y passer leur vie – ou une partie de leur vie. Alentour, il n'y avait qu'une pluie fine, du vent, la silhouette de la forêt vers le sud et, devant, cette mer sombre à perte de vue. Et le soleil se couchait. Quel effet ça faisait de voir arriver la nuit sur ce remblai, seul, en hiver, mille ans plus tôt ?

Nous sommes passés à côté de deux petites constructions en bois dont la toiture avait disparu. Il y avait une dizaine de petites maisons comme celles-ci le long de la côte de l'île. Les pêcheurs s'en servaient pour sécher le poisson ou entreposer leurs filets. Mais ces ruines n'étaient plus utilisées depuis des décennies. Nous sommes entrés par une petite porte. Le sol avait même été arraché, peut-être pour en tirer du bois de chauffage. Dans un coin, il y avait des tuyaux et des crochets rouillés à moitié couverts par l'herbe. Rien d'autre.

Deux cents mètres plus à l'ouest, la masse noire de la tourbière marquait la fin du sentier. Impossible d'aller plus loin sans s'enfoncer jusqu'à la taille dans des espèces de sables mouvants qui s'étendaient sur au moins un kilomètre. Au nord, lorsqu'elle rencontrait le noir de la mer, la langue noire de la tourbière rappelait la fournaise bouillonnante d'un volcan. Non, même en admettant qu'ils avaient pris cette route, les trois garçons n'étaient pas allés plus loin.

Nous sommes retournés lentement vers la voiture en nous rapprochant de la forêt chaque fois que le mur de bouleaux semblait s'ouvrir et ménager un passage, un sentier que le trio pouvait avoir emprunté. Mais le mur se refermait toujours après quelques mètres, nous obligeant à revenir sur nos pas. Nous avons rejoint la voiture alors que le soleil se couchait. La brume s'était un peu levée et la pluie s'était remise à tomber drue. Il faisait froid, maintenant. C'est alors que nous avons vu les chiens.

Ils formaient une tache noire sur la colline, à environ cinquante mètres de nous. Nous sommes restés sans bouger, en essayant de mieux y voir. La tache s'est transformée en d'innombrables points sombres. Pavel a ouvert le coffre du pick-up et pris des jumelles.

— Oui, voilà les chiens.

Il y avait une quinzaine de bêtes, toutes noires, toutes de taille moyenne-grande, du type bergers allemands. Ils se tenaient immobiles sur leurs quatre pattes, sous la pluie, dans la demi-pénombre du couchant. Immobiles et silencieux. Tous sans exception semblaient avoir les yeux fixés vers l'ouest, et la tourbière. Il m'était rarement arrivé au cours de ma vie de voir quelque chose d'aussi mystérieux et sinistre. C'était comme un symbole, l'image de quelque chose de maléfique et violent, un bout d'enfer qui, on ne sait comment, aurait atterri sur Terre. Je n'ai jamais cru au surnaturel, au diable ou à toutes ces autres bêtises, mais à cet instant, j'ai vraiment eu la sensation d'être face à quelque chose d'étranger à ce monde, et hostile.

— Ce sont les enfants des enfants des chiens qui gardaient le goulag.

C'était un soulagement d'entendre la voix de Pavel, tout près.

— D'habitude, ils n'ennuient personne. Mais l'hiver, il peut arriver que certains s'aventurent jusqu'au village pour chercher à manger. On prévient les touristes qu'ils doivent se tenir à distance et ne pas descendre de voiture s'ils les voient. Désormais, ce sont plus des loups que des chiens. En meute, ils peuvent être très dangereux.

Je voulais bien le croire. On pouvait sentir le danger même à cinq mètres de distance, même avec un pick-up à côté de soi.

— Ils ont peut-être pu… Ils ont déjà attaqué l'homme ?

Oui, ils avaient attaqué l'homme mais n'avaient jamais tué. Ils se présentaient aux abords du village par groupes de deux ou trois. Quelques jets de pierres ou quelques coups de fusils suffisaient à les faire repartir dans la forêt. J'ai pensé au garçon allemand, Neubauer, aux « morsures » et aux « écorchures » qui avaient défiguré son cadavre.

— Personne n'a jamais pensé à prendre un fusil et les éliminer tous autant qu'ils sont ?

— Ce n'est pas si simple. Ils ne sont jamais tous ensemble comme maintenant. Et d'habitude, ils ne sont pas dans la clairière. C'est difficile de les retrouver dans la forêt, et dangereux. Et puis ils n'ont jamais posé de graves problèmes jusqu'ici.

Oui, ça avait également pu se passer comme ça. Le trekking, la fatigue, le mauvais temps ; on décide de faire demi-tour ou bien de se reposer un instant avant de repartir. Et soudain, sur la route, les chiens, une quinzaine de chiens noirs qui se mettent à les encercler. Mais si ça se trouve, il n'en y a qu'un ; et tandis que les trois garçons passent tranquillement à côté de lui, une douzaine supplémentaire débarquent de la forêt. Au début, tout ça semble presque amusant – encore une aventure à raconter à leur retour en Italie. Ils crient pour les éloigner, mais les chiens ne s'en vont pas, ils commencent à grogner. Les trois garçons leur lancent des pierres. Les chiens reculent un peu, mais ils reviennent. Ils reculent et ils reviennent. Et les pierres commencent à manquer. Alors un des trois garçons, ou les trois en même temps, se mettent à courir en direction du village. Et les chiens ? Les chiens, ils avaient fait quoi ? Ils les avaient poursuivis, attrapés, mis en charpie un par un.

Mais si les choses s'étaient passées comme ça, où étaient les restes ? Les vêtements, les chaussures… Dans un coin de la forêt, emportés par la pluie ou là-bas, sur la route, ensevelis par la boue ? Nous sommes entrés dans le pick-up. Le brouillard avait de nouveau recouvert la colline, mais on arrivait encore à entrevoir les silhouettes noires des chiens. Pavel a mis le moteur en marche, et à travers le pare-brise nous avons vu l'une d'entre elles s'accroupir par terre, suivie l'instant d'après par toutes les autres – comme si, pendant tout ce temps, elles étaient restées aux aguets, à monter la garde.

Personne n'a parlé sur le chemin du retour. Nous emportions avec nous l'image de ces chiens, mais aussi une crainte, un pressentiment de ce que ces bêtes pouvaient signifier. On le comprenait même en les regardant de loin : elles pouvaient tuer, elles avaient pu tuer. Nous avons tous aperçu avec soulagement la lumière blanche du réverbère qui indiquait l'entrée de l'hôtel. C'était très agréable, un vrai retour à la maison – avec le dîner préparé par Lila, le thé, les discussions.

En gravissant l'escalier, j'ai songé que j'aurais dû monter au créneau, parler avec Julia : tenter le coup. D'ailleurs, j'étais son soupirant officiel, elle l'avait dit elle-même. Et un soupirant se doit de... Voilà. Mon problème, c'était que je faisais les choses par obligation, même celles que j'aurais dû faire uniquement par plaisir. Ce n'était pas quelque chose que j'avais envie de faire : c'était une chose que j'avais le sentiment de devoir faire. À trente-six ans, j'étais encore rempli de ces incertitudes d'adolescent. Arrivé sur le palier, je me suis retourné, je lui ai souri, elle m'a répondu par un sourire fatigué, j'ai bafouillé qu'elle avait rempli sa mission et mérité ses huit heures de sommeil. Dans ma chambre, j'ai griffonné quelques notes pour mon article avant de me coucher.

La pièce n'était pas complètement plongée dans l'obscurité. La lune était recouverte par les nuages, mais la lumière jaune du réverbère projetait un faible reflet sur le petit bureau entre la fenêtre et la porte d'entrée. Je me suis levé pour aller fermer les volets et, ce faisant, j'ai écarté légèrement les rideaux. La tache de lumière que le réverbère imprimait par terre était coupée par une ombre. L'ombre s'agitait doucement. Il y avait quelque chose ou quelqu'un sur le sentier qui conduisait à notre hôtel. J'ai regardé ma montre : vingt-trois heures. Je me suis placé derrière le rideau de manière à voir sans être vu et j'ai attendu. L'ombre continuait à s'agiter. Un mouvement par à-coups, saccadé. Et plus rien. J'ai tâché de mieux regarder cette forme noire zébrée par la pluie pour comprendre s'il s'agissait d'un homme ou d'un animal. Est-ce que je devais ouvrir la fenêtre ? Crier ? Il s'est alors produit deux choses en même temps. J'ai compris que j'avais vu le bord d'un caftan soulevé par les rafales de vent et reconnu le dos énorme du père Stefan qui s'enfonçait dans l'obscurité de la route, vers le monastère.

14

— Oui, bien sûr que je me souviens des trois Italiens. Très sympas. C'est triste.

L'épicerie est le seul endroit ouvert toute l'année. Il fait à la fois bar-brasserie et supérette, on y trouve un peu de tout, tout ce qu'on peut trouver à cette latitude – c'est-à-dire, en gros : conserves, poisson séché et, naturellement, vodka. Pour ce qu'on ne peut pas trouver aussi facilement à cette latitude – m'avait dit Lila –, il faut s'en remettre à Tibor, le gérant de l'épicerie. Tibor sait, connaît, gère. Il suffit de payer. Une fois, l'hôtel avait pour clients une cohorte de Français qui voulaient manger de l'esturgeon. Pas du caviar. De l'esturgeon, un poisson d'eau douce qui vit trois mille kilomètres plus au sud. Ils avaient offert cinq cents dollars, pour la peine. Et de la peine, Tibor s'en était donné, car le lendemain soir, l'hôtel Solovki avait réceptionné un esturgeon entier. C'était ça, Tibor. Il devait avoir trente ans. Son père était arrivé sur l'île depuis la Finlande au début des années 1970 pour fuir on ne sait quoi – forcément quelque chose de lourd, de grave, s'il n'avait rien trouvé de mieux que venir se cacher aux Solovki, clandestinement, en pleine guerre froide. La façon dont il avait passé la frontière restait un mystère. Puisque les gens cherchaient d'habitude à la franchir dans l'autre sens, il se pourrait bien que les gardes-frontière, stupéfaits, l'aient laissé entrer. Il s'était établi sur l'île, mis avec une fille du coin, avait repris l'épicerie à un vieux pêcheur et donné naissance à Tibor. Puis il était mort d'une maladie quelconque, et c'étaient désormais Tibor et sa mère qui faisaient tourner la boutique.

— En réalité, j'ai seulement parlé à deux d'entre eux. Il y en avait un sympa, qui avait toujours envie de faire la fête et qui buvait avec les maçons.

Fabio.

— Et puis j'ai bavardé avec un autre qui parlait assez bien russe.

Enrico.

— Il se baladait toujours avec un portable. Je m'en souviens bien car ils étaient devenus copains avec l'idiot.

— Avec qui ? j'ai répondu.

— Avec Valentin, l'idiot du village. Il passe tous les après-midis ici, assis à une table... Mais le troisième, je n'ai pas parlé avec lui. Il avait l'air plus timide.

Francesco.

Je lui ai demandé s'il était vraiment sûr qu'Enrico se promenait avec un portable vu qu'il ne semblait pas en avoir un. Nous avons parlé en anglais. J'ai demandé à Julia d'être précise, de bien reposer la question en russe.

— C'était plus comme un talkie-walkie.

Un talkie-walkie. C'était possible – pour rester en contact avec les autres jeunes qui travaillaient au monastère. Mais dans ce cas, chacun aurait dû en avoir un, or c'était la première fois que nous en entendions parler. Et il n'était pas dans les bagages d'Enrico.

Je lui ai demandé s'il connaissait les maçons russes qui dormaient avec les jeunes dans la caserne.

— On ne les connait pas tant que ça : on les voit quand ils viennent faire leurs courses. Ce sont des gens de passage : ça change chaque année. Faut les comprendre : ils restent ici trois mois, ils sont jeunes et il n'y a pas grand-chose à faire sur l'île. Alors ils boivent, ils se saoulent, de temps en temps quelques-uns se chamaillent. Mais jamais rien de bien sérieux. Ce sont des gosses, des gosses…

Il me plaisait, Tibor. Il était indulgent, paternel, même si les gosses dont il parlait avaient seulement quelques années de moins que lui. Je lui ai demandé si parmi ces petits problèmes de cohabitation il n'y avait pas eu aussi une dispute, une semi-rixe entre l'un des maçons, Misha, et l'un des jeunes Italiens.

— Je ne sais pas, ce serait bizarre, m'a-t-il répondu. Ils venaient tous ensemble boire un coup à l'épicerie, après le travail, et les Italiens semblaient à l'aise.

— Même à la fin du mois d'août, peu avant leur disparition ? j'ai demandé.

— Je n'ai jamais eu l'impression qu'il y avait des problèmes entre eux, même si les Italiens venaient surtout au début du mois, moins après.

Est-ce qu'il avait fini par arriver quelque chose ? Comme la dispute avait laissé des traces, le petit groupe s'était-il séparé ? C'était tout à fait plausible. Mais en réalité, il était parfaitement normal qu'après une semaine à passer leurs soirées à l'épicerie, les trois jeunes gens aient voulu voir d'autres têtes ou rester entre eux. Non, on avait vraiment l'impression que Misha avait dit la vérité : tout était rentré dans l'ordre après le lancer de seau d'eau nocturne, il ne devait pas y avoir eu – comme disait le rapport de la police russe – de *nasty feelings*.

Tandis que Tibor me parlait, je m'étais appuyé au comptoir du bar pour observer les reliques accrochées au mur au-dessus des rangées de verres et de bouteilles. Pour l'essentiel, c'était les photographies habituelles : des assemblées de marins qui levaient leurs chopes pour trinquer, des pêches miraculeuses, avec des poissons tellement gros qu'il fallait trois personnes pour les porter, quelques couchers de soleil hivernaux. Et puis des cartes postales de touristes qui étaient passés par là, s'étaient pris d'affection pour Tibor et lui avaient envoyé leurs amitiés de Londres, Bruxelles. « Et même d'Australie ! » Puis j'ai remarqué une coupure de journal, de l'*International Herald Tribune*. Le titre disait : *Two U.S. Citizens Disappear in Northern Russia*.

Je l'ai indiqué à Tibor d'un air interrogateur.

— Oh, ça, c'est une autre histoire. Ceux-là ont disparu parce qu'ils voulaient disparaître…

Pendant l'été 1998 – nous a-t-il raconté –, un couple d'Américains d'une quarantaine d'années était arrivé au port avec un petit bateau de plaisance. Mari et femme, sans équipage. En ce temps-là, l'hôtel Solovki n'existait pas encore ; ils avaient donc loué une chambre dans l'une des rares maisons convenables de l'île, à une centaine de mètres de l'ancienne fabrique, en direction de la forêt. Ils avaient dit qu'ils étaient des touristes, qu'ils étaient partis du nord de l'Angleterre, mais leur bateau semblait trop petit pour une traversée de ce genre et tout – les circonstances de leur arrivée, leur décision de descendre à terre, alors qu'ils auraient pu dormir confortablement sur leur bateau, mais aussi le fait qu'ils cherchaient toujours quelqu'un pour discuter ou pour les accompagner aux quatre coins de l'île – avait fini par paraître suspect.

C'était les années du désastre Eltsine, et la Russie était devenue une espèce de terre de conquête pour les multinationales et les mafias : il n'y avait rien d'extraordinaire à ce que certains poussent jusqu'ici. Mais les Solovki étaient aussi une zone militaire stratégique : le commandement de la garnison militaire de Kem avait donc été prévenu et, deux jours plus tard, étaient arrivés sur l'île deux types, « deux de la Marine », pour interroger les Américains. Manifestement, les intéressés avaient répété qu'ils étaient deux touristes, attirés jusqu'ici par le monastère et la nature : dès la semaine suivante, ils devaient repartir.

Le lendemain, non, pendant la nuit, ils ont disparu. Ils ont payé la note de la chambre, c'est-à-dire qu'ils ont laissé des sous – le double de ce qu'ils devaient – dans une enveloppe pour le propriétaire et sont partis. Au matin, leur bateau n'était plus là. Mais la chose n'avait rien d'étrange. Les deux Américains étaient peut-être de vrais touristes qui avaient pris peur devant l'attitude (ou les menaces) des deux types de la Marine. Ou bien ils étaient de vrais espions qui avaient eu la bonne idée de rentrer en Angleterre, si c'était de là-bas qu'ils venaient, avant d'être encore interrogés, retenus, voire arrêtés. Sauf qu'ils ne sont pas rentrés en Angleterre. Ils ne sont rentrés nulle part. La semaine suivant leur départ, les journaux anglais annonçaient la disparition de Michael Brandom, dirigeant d'un grand groupe de chimie, et de sa femme Lindsay. Dernière destination connue : les îles Solovki, au nord de la Russie. Tibor se souvenait que les deux Anglais qui étaient arrivés quelques jours plus tard et avaient fait le tour de l'île en interrogeant le logeur, ceux du port et même sa mère qui, néanmoins, n'avait rien vu, rien entendu. « Scotlàyar », disait Tibor, ou peut-être les services secrets. Ils se déplaçaient avec un officier de la police russe qui maltraitait tout le monde et hurlait à la gueule de tout le monde qu'ils étaient des lâches, des gens sans honneur et qu'il ne quitterait pas l'île avant de voir la vérité éclater. Mais, quand les Anglais s'en allaient sans avoir tiré quoi que ce soit de leur interrogatoire, le policier lançait, en russe, avec un petit ricanement : « C'est bien ! Vous avez raison de ne rien dire à ces tarlouzes ! »

Personne n'avait rien dit. Personne ne savait rien.

J'ai lu l'article du *Herald*. Où étaient passés les deux Américains ? Aucune trace, aucun débris, aucun appel de détresse au moment de leur disparition. La police était convaincue qu'ils s'étaient volatilisés volontairement. Il était apparu que Brandom avait été suspendu de ses fonctions de dirigeant pour « *unfair behaviour* » lors de la procédure d'enregistrement d'un brevet. Ils n'avaient pas d'enfants, n'avaient rien laissé derrière eux, rien ni personne. Une fuite. Mais s'ils fuyaient l'Angleterre, pourquoi ce passage par les Solovki ?

— Ils ont disparu parce qu'ils voulaient disparaître. C'est ça qu'on dit au village ?

La réponse de Tibor a été si surprenante que j'ai dû demander à Julia de la lui faire répéter en russe. Il a dit :

— C'est vrai, les vieux disent qu'on les a fait disparaître. Qu'on les a capturés. Ça arrivait, par ici, autrefois, qu'ils disent.

Julia n'a pas eu besoin que je lui souffle les questions :

— Capturés ? Par qui ? Et comment ?

— La nuit, a répondu Tibor.

— O.K., la nuit, mais où, quand ?

Cette fois, j'avais parlé directement à Tibor, en anglais.

Lui continuait de sourire, comme s'il parlait d'une de ces histoires qu'on raconte pour faire peur aux enfants.

— Ben, pour être honnête, je ne sais rien de précis. Ma mère m'a raconté qu'autrefois – à l'époque de sa grand-mère, bien avant les bolcheviks –, il y avait de drôles de gens au nord de l'île, et qu'en hiver on interdisait aux gamins de franchir la limite de l'ancienne fabrique de poisson. Mais d'après moi, c'était juste un moyen pour éviter qu'il nous arrive des bricoles, car l'île pouvait être dangereuse entre le froid, les animaux sauvages, la falaise.

La mère de Tibor était en cuisine. Nous l'avons aperçue en train de couper en tranches de gigantesques cornichons avant de les disposer sur les assiettes en vue du déjeuner. C'était une petite vieille minuscule et sombre, avec un visage aux traits presque orientaux – le legs d'un ancêtre esquimau, peut-être. Nous avons prié Tibor de l'appeler. Elle est aussitôt arrivée et a eu un sourire de maman, pour moi comme pour Julia. Elle a dit quelque chose en russe à Julia (« Vous êtes mariés ? Vous avez des enfants ? Tu n'es pas russe, toi, hein ? »). Tibor lui a expliqué pourquoi nous étions sur l'île. Le sourire a disparu immédiatement. Elle a parlé à Julia deux minutes. Oui, elle avait rencontré les Italiens. Avec l'un d'entre eux, celui qui parlait un peu le russe et qui était devenu copain avec l'idiot, ils avaient même pris le thé. Il posait mille questions sur l'histoire de l'île, le monastère, le pope, les anciennes habitations des pêcheurs à Rebolda. Quel malheur ! Elle avait justement prié pour eux ce matin-là. Et pour l'âme de l'autre pauvre garçon qui avait trouvé la mort, l'Allemand.

Je l'ai interrogée sur l'histoire des disparitions dans le nord de l'île. Le sourire de maman est revenu. C'était quelque chose que lui racontaient toujours ses grands-parents. C'est en octobre, dans la forêt qui occupait la partie septentrionale de l'île, qu'arrivaient les chamanes, du nord. De quel nord, puisqu'il n'y avait que la mer Glaciale Arctique au nord des Solovki ? Personne ne le savait, les vieux disaient « du nord », et cette vague et mystérieuse formule suffisait encore maintenant à lui faire froid dans le dos. Mais c'était une légende, rien qu'une légende, avait-elle conclu en s'esclaffant. « Vous n'avez pas Santa Claus ? »

Nous sommes sortis. J'ai souri à Julia. La veille au soir, elle m'avait expliqué qu'une des raisons qui l'avait poussée à accepter de me suivre aux Solovki était la haine. « Je hais les Russes. Et particulièrement les Russes blancs, ces croisements entre un ours et un être humain. Je ne les hais pas parce que je suis ukrainienne, pour ce qu'ils ont fait aux Ukrainiens après la révolution. Je ne les hais pas pour le passé. Je les hais parce que je les connais tels qu'ils sont aujourd'hui. Je serais même venue gratis, juste pour le plaisir de t'aider à en envoyer quelques-uns en taule. »

Et pourtant. D'abord Lila et Pavel, maintenant ces deux-là. Elle pouvait certes ne pas aimer les Russes, mais elle devait bien admettre que nous n'avions rencontré jusqu'ici que des gens adorables. Même le pope, à sa façon…

— Après tout, ai-je dit sur le ton de la rigolade, nous pourrions nous installer ici, essayer de passer l'hiver. Nous avons déjà des amis, nous sommes déjà des *habitués** du resto tendance…

Julia a attrapé mon bras et m'a fait signe d'attendre un moment. Depuis l'intérieur de l'épicerie, nous avons entendu Tibor et sa mère parler tout bas. Il s'est écoulée une dizaine de secondes, puis il y a eu une espèce d'explosion. La mère de Tibor, la petite vieille souriante que nous venions tout juste de quitter, était en train de crier après son fils qui tentait, de temps en temps, de l'interrompre en balbutiant ce qui devait être des excuses. Mais chacun de ses mots était comme de l'essence jetée sur le feu de la fureur maternelle. Il fallut une bonne minute avant que la femme ne se calme. Tout s'est conclu par une interminable série de *ya*. Elle lui avait hurlé – il s'agit là du résumé que m'en a donné Julia après – qu'il devait travailler, travailler et se taire. Ne pas parler aux étrangers. Quelle idée de ressortir de vieilles histoires absurdes de chamanes, tout ça pour faire plaisir à une putain ukrainienne ?! Est-ce qu'ils avaient besoin d'autres curieux, au village ? C'était elle qui commandait, elle qui décidait, elle qui parlait aux étrangers : *ya, ya, ya*…

Le soir, alors que les autres étaient déjà au lit, je me suis installé dans la salle à manger de l'hôtel pour jeter sur le papier quelques notes. Je ne me souvenais pas d'avoir déjà été plongé dans un silence aussi parfait. Un hôtel isolé, une île semi-déserte et, autour de cette île, la mer Blanche. J'ai prononcé à mi-voix voix ce nom, « mer Blanche ». Celui qui l'avait baptisée ainsi avait pensé à la couleur de la glace en hiver. Mais, dans la tiédeur de la pièce, ce sont seulement des choses chaudes et confortables qui me sont venues à l'esprit : le blanc des draps propres, remontés jusque sur les yeux pour ne pas voir, pour oublier tout le reste… J'étais au milieu d'une mer blanche et laiteuse, un liquide amniotique où, quelque part, se trouvaient aussi Enrico, Francesco et Fabio. Je me sentais bien, je me sentais protégé. Je me suis souvenu de ce que j'avais dit à Julia, dans l'après-midi, pour plaisanter – sur mon envie de vivre ici, de plaquer tout et tout le monde, de prendre une année sabbatique pour écrire les choses que j'avais toujours rêvé d'écrire.

Mais c'était un rêve, et il était trop tard. J'avais éprouvé ma vocation après mon diplôme et le résultat avait été clair : je n'avais pas la vocation. Non, je n'aurais pas pu jouer les écrivains reclus, je n'avais pas l'imagination suffisante pour remplir mes pages de choses si je ne les avais pas sous les yeux, ces choses. J'avais besoin de la réalité. Pour la première fois de ma vie, seul à cette table d'hôtel, j'ai senti que j'étais en train de vieillir. Pas de grandir, pas de mûrir : de vieillir. La gamme des possibilités, qui semblait infinie à peine deux ou trois ans plus tôt, s'amenuisait. Les décisions importantes avaient été prises. Je n'étais pas un écrivain, et je n'étais peut-être pas non plus un journaliste. J'étais un diplômé en sciences politiques qui écrivait des articles sur commande, des articles que cent autres auraient pu écrire tout aussi bien. Et c'était ça que j'allais faire, probablement, au cours des années à venir. J'avais eu une compagne avec qui j'avais partagé sexe, voyages, projets, et qui, désormais, n'arrivait pas à me supporter plus d'un quart d'heure. Et j'avais un fils de trois ans. Un fils – et j'ai dû me retrouver en pleine mer Blanche pour m'en rendre compte avec une évidence telle qu'elle inhibait jusqu'à mon sentiment de culpabilité – qui ne me manquait pas.

Oui, rester aux Solovki. Disparaître aux Solovki, comme ces deux Américains, quinze ans plus tôt, ou les trois amis florentins. Peut-être avaient-ils voulu disparaître, eux aussi ? Laisser derrière eux leurs parents étouffants, leurs copines qui ne les aimaient pas, les week-ends en Versilia… Je me suis senti proche d'eux, ils me ressemblaient encore plus que je ne le pensais. J'ai dit : « Enrico-Francesco-Fabio » à mi-voix, dans le silence de la pièce. Je devenais sentimental. J'ai imaginé les Solovki comme un trou noir : les mecs de trente-cinq ans qui tombaient dedans se retrouvaient projetés dans une autre dimension. Les mecs de trente-cinq ans fatigués de la vie, effrayés par la vie, ou trop indécis pour savoir quelle direction leur vie aurait dû prendre. Il fallait seulement trouver l'entrée, la porte qui conduisait *là-bas* : peut-être le squelette noirci de la fabrique de poisson, ou bien la grosse porte barricadée qui donnait sur l'aile ouest du monastère… J'ai pensé à *Pique-nique à Hanging Rock*. Ce groupe de pensionnaires qui partent en randonnée dans le désert australien, disparaissent, se retrouvent ailleurs – un ailleurs au-delà de ce monde, une autre dimension – alors qu'elles escaladent une montagne et ne reviennent plus jamais.

Je suis monté dans ma chambre mais je n'ai pas allumé la lumière. J'ai refermé la porte dans mon dos et laissé passer quelques secondes pour m'habituer à l'obscurité. Le réverbère devant l'entrée de l'hôtel jetait la même lame de lumière sur les rideaux qui cachaient la fenêtre. Je les ai ouverts légèrement. Le père Stefan était à une trentaine de mètres, sur la route, et regardait vers moi. J'ai laissé tombé le rideau et quitté rapidement la pièce. J'ai dévalé l'escalier en tâchant de ne faire aucun bruit pour éviter de réveiller les autres. J'ai ouvert la porte et je me suis précipité dehors. Plus aucune trace du père Stefan. Je me suis arrêté près de la palissade qui entourait la courette de l'hôtel en essayant de voir ou d'entendre quelque chose. Il ne pouvait pas être allé loin : il ne m'avait pas fallu plus d'une vingtaine de secondes. Je suis resté un moment silencieux, dans le noir. La pluie avait cessé. J'étais sans parka, mais j'étais trop tendu pour avoir froid. J'ai entendu un bruit venir du dépôt de bois. J'ai fait mine de me tourner mais, au même moment, j'ai senti qu'une main m'attrapait.

L'ombre du père Stefan enveloppait jusqu'à la faible lumière du réverbère dans son dos. En l'espace d'un instant, j'ai compris que oui, les choses s'étaient peut-être passées comme ça. Le père Stefan. C'était lui le responsable, pour Dieu sait quelle raison. Désormais, il était là pour finir le travail, et moi, j'étais allé à sa rencontre, tout seul. J'ai ouvert la bouche pour hurler, mais sa main s'est posée dessus.

— Merci d'être venu, a-t-il soufflé.

J'ai reculé. Et respiré, soulagé. Le père Stefan parlait comme si nous nous étions donné rendez-vous ici.

J'ai dit :

— Je vous ai vu hier aussi, là-dehors.

— Et j'ai vu que vous m'aviez vu. Mais hier, les lumières des autres chambres étaient allumées aussi. Je voulais vous voir seul à seul, et ce n'est pas possible en journée.

— De toute façon, ils sont encore tous debout, à l'hôtel.

Je n'avais pas tout à fait confiance : si je lui avais dit ça, c'est pour l'avertir qu'il m'aurait suffi de crier, mais… il l'a pris comme une invitation à parler tout bas. Il n'imaginait pas que je puisse être effrayé par lui. Cela m'a suffi à ne plus l'être. Désormais, j'étais curieux.

— Pourquoi seul à seul ?

— Parce que je dois vous dire une chose qui aurait intérêt à rester entre nous.

J'ai attendu.

— Avant-hier, dans la crypte du monastère, vous avez vu les icônes. Enfin, vous avez vu beaucoup de paquets, beaucoup de caisses. Mais seulement cinq ou six icônes. Vous vous êtes demandé pourquoi ?

J'ai fait une grimace gênée. Je ne me l'étais pas demandé.

— Le fait est qu'avant l'arrivée des financements pour la restauration, les icônes étaient bien plus nombreuses. Il y en avait un millier, c'est le nombre que donne également le dernier inventaire fait dans les années 1960. Avec un autre confrère, nous les avons comptées, il y a quelques semaines. Il en manque au moins la moitié. Certaines doivent encore se trouver sous la crypte, là où elles ont toujours été. Mais d'autres ont certainement quitté le monastère. Lorsque nous l'avons dit au pope, il a répondu que nous faisions erreur, qu'il n'y a pas d'autres icônes à part celles de la crypte. Seulement, il n'est pas au courant de cet inventaire. Et les confrères les plus âgés se souviennent parfaitement d'avoir vu des icônes qui ne sont plus là aujourd'hui.

— Et qui…

— Le pope. Nous pensons qu'il les a vendues. Qu'il les a envoyées à l'étranger. Durant l'hiver, quand il n'y a personne ici, il y a des mouvements bizarres autour du monastère. Des travaux de rénovation qui recommencent brusquement, sous la neige, et puis s'arrêtent au bout de trois jours. Des personnes qui disent être de l'Unesco mais ne parlent que russe…

— Et pourquoi n'avez-vous pas dit ces choses-là à la police ?

— Oh… parce que notre pope est un homme très puissant. Je vois mal la police russe, les agents qui sont venus au monastère depuis Kem et Arkhangelsk, s'opposer à lui.

— Et moi, qu'est-ce que je suis censé faire ?

— Vous devriez donner ça à la branche italienne d'Interpol.

Et il m'a passé une petite brochure.

— C'est l'inventaire des années 1960, avec toutes les pièces cataloguées : plus de mille. Vous pourrez confirmer que les objets restants sont bien moins nombreux, et peut-être qu'ils pourront convaincre leurs collègues russes d'aller contrôler…

J'ai pris les feuillets, cherché une poche pour les mettre dedans, mais je n'en avais pas : j'étais en manches de chemise dans les trois degrés de la mer Blanche. Jusqu'alors, la tension m'avait empêché de sentir le froid, mais à cet instant, j'ai frissonné. J'ai dit au père Stefan que je jetterais un œil à ces papiers et que je me manifesterais avant de partir.

— Nous n'avons pas besoin de nous revoir, a-t-il conclu avant de reprendre le chemin du monastère.

Je l'ai suivi du regard pendant quelques pas, puis il s'est perdu dans le noir.

15

L'idiot était assis à une table de l'épicerie. Il ne buvait pas et ne mangeait pas. Il ne parlait avec personne, personne ne parlait avec lui. Il ne faisait rien, il restait là, point. Tibor nous l'a indiqué quand nous sommes revenus le voir, l'après-midi suivant, mais nous l'aurions repéré tout seuls. Il était petit, à peine plus d'un mètre soixante, mais il était incroyablement large et massif, sans pour autant être gros. Il faisait penser à ces personnages de dessins animés qui finissent sous un rocher et ressortent une seconde plus tard sans une égratignure, mais moitié moins grands : une boîte de conserve. Il avait les cheveux presque entièrement rasés et le front bas des attardés. Une maladie de peau avait envahi son visage, qui était plein de croûtes jaunâtres. Pas de barbe, ni de moustache, et c'était bien dommage, car la bouche n'était pas belle à voir : trop d'espace pour trop peu de dents qui, quand elles étaient découvertes – et elles l'étaient souvent, car l'idiot riait en permanence, et toujours sans raison –, lui donnaient un air de gigantesque et horrible lapin.

L'idiot s'appelait Valentin, mais tout le monde l'appelait « l'Idiot ». Il avait environ trente ans et n'avait pas toujours été idiot. Avait-il jamais été intelligent ? Non, mais une quinzaine d'années plus tôt, quand Tibor était encore un petit garçon, il s'était passé quelque chose. Valentin avait disparu. On avait appelé la police de Kem. Quelques pêcheurs s'étaient libérés une demi-journée pour aider aux recherches – peut-être moins pour Valentin que pour sa mère, une pauvre veuve qui, en plus de son veuvage, avait également eu le malheur d'avoir un enfant aussi étrange que Valentin. Tout le monde, sauf elle, pensait qu'il aurait mieux valu ne jamais le retrouver. On était en décembre, il n'y avait aucune chance de survivre dehors ne serait-ce qu'une nuit, une seule – et Valentin n'avait pas pris d'affaires de rechange avec lui. Il devait être tombé dans la mer, ou dans une crevasse : le corps allait refaire surface lors du dégel, ou plus jamais. Les recherches ont cessé. Les habitants du village sont venus rendre visite à sa mère dans son taudis à deux cents mètres de la centrale pour lui présenter leurs condoléances qui sonnaient plutôt comme des félicitations. Et puis, près de deux mois après, quand tout le monde l'avait oublié, Valentin avait réapparu. On l'avait vu arriver de la forêt, maigre, dépenaillé, plein de poux. Et idiot. Jusqu'ici, il avait seulement été un peu lourdaud. Lourdaud et violent, même avec sa mère. Désormais, il était complètement idiot. Personne n'avait jamais compris ce qui s'était passé au cours de ces deux mois, et lui ne l'avait jamais raconté – aussi car depuis lors, il n'avait jamais plus articulé une phrase qui ait un sens.

Il n'empêche : derrière les malheurs se cache parfois une bénédiction. Avec l'idiotie était venue une docilité que le Valentin d'avant n'avait jamais eue. Il s'était remis la tête d'aplomb en perdant la raison. Désormais, Valentin aidait les pêcheurs. Il ne sentait pas le froid, ou alors il le sentait mais pensait qu'on ne pouvait rien y faire ; du coup, on le voyait au port en plein mois de janvier, par vingt degrés en dessous de zéro, avec un pull en laine et les pieds dans l'eau, tandis qu'il hissait les filets vides sur les bateaux, le soir, et les déchargeait le matin. En échange, les habitants du village lui donnaient quelques roubles pour assurer sa subsistance, et celle de sa mère. Ainsi que deux repas gratuits, chaque jour, à l'épicerie du Finlandais.

Julia l'a salué. Il n'a pas entendu (ou a fait mine de ne pas entendre) et s'est penché encore davantage sur son écuelle. J'ai alors commandé deux bières et me suis assis à la table devant lui. Il a esquissé un sourire – adressé à moi, pas à Julia – et levé son verre avec une grimace que j'ai décidé d'interpréter comme une grimace de gratitude. Il a avalé une gorgée, puis posé son verre et m'a regardé comme s'il voulait que je boive, moi aussi. Je l'ai fait, et cela a semblé suffire pour obtenir, en plus de sa confiance, son amitié. Il a fini sa bière d'un trait, puis approché la main de mon visage, en souriant, et commencé à le toucher délicatement, comme le font les aveugles. Le sien, de visage, était un agglomérat de chair dont on peinait à déchiffrer les traits – la bouche de travers que tenaient toujours à demi ouverte ces deux dents de lapin, la ligne improbable du nez replié sur la lèvre supérieure, l'œil droit couvert à moitié par une membrane pas si différente de celle des taupes.

Julia a essayé de lui dire quelque chose en russe, mais il a continué à l'ignorer et à me masser le visage – il a même commencé à utiliser également l'autre main. L'espace d'un instant, j'ai eu une vision gore : ses pouces entraient dans mes orbites, appuyaient fort et *plop !* me faisaient sauter les yeux – comme ça, par affection. La voix de Tibor m'a réveillé de cette hallucination macabre.

— Sois tranquille, il n'est pas dangereux, a-t-il dit en anglais. Peut-être qu'il comprend. Ou pas. Mais il n'est pas dangereux. C'est un enfant, en un sens.

Moi, *j'avais* un enfant, quelque part en Italie. J'étais, entre autres, un père, même si cela semblait être devenu pour moi, pour ma vie, un fait secondaire, une des choses que j'étais ou que j'avais, guère plus. Mais j'en savais assez pour me souvenir de l'élément *tactile*. Ne parlez pas aux tout jeunes enfants, faites-leur sentir que vous êtes là, touchez-les. J'ai caressé à mon tour Valentin, j'ai doucement posé les mains sur ses joues. Pendant un moment, il a eu l'air surpris. Personne, à part sa mère, ne devait lui avoir témoigné de l'amitié ou de l'affection – et encore moins l'avoir touché avec douceur. Le tactile. C'était bizarre de dégainer mon instinct paternel inexistant sur une île au nord de la Russie. Et ce qui l'était encore plus, c'était que l'objet de mes attentions ne soit pas mon fils mais un trentenaire dans les cent kilos, fou et difforme. Valentin a poussé un grognement de plaisir, a attrapé mes mains et les a approchées de sa bouche pour les embrasser.

— Eh bé, il t'aime bien, on dirait ?

C'était Tibor, depuis son comptoir.

Mais comme quatre jours sur l'île avaient suffi à me rendre sentimental, l'ironie n'avait plus prise sur moi : il n'y avait rien qui ne puisse pas m'émouvoir, désormais. J'aimais bien Valentin moi aussi, même si c'était la première fois de ma vie que je le voyais : j'aurais voulu le sauver, le pauvre bougre. J'ai tiré de mon sac à dos les photos des trois disparus, les trois photos en couleurs sorties dans *Fatti*, et je les lui ai montrées l'une après l'autre. Il a hoché la tête devant celles de Fabio et de Francesco – seulement, impossible de dire s'il hochait la tête parce qu'il les reconnaissait ou s'il aurait eu la même réaction devant n'importe quelle autre image. Et puis je lui ai passé celle d'Enrico. Il lui a à peine jeté un regard, puis il a poussé un petit cri qui pouvait exprimer n'importe quoi : reconnaissance, affection, pitié, inquiétude... Impossible de l'établir, ça non plus, mais je penchais pour la reconnaissance et l'affection. Et quand, peu après, je me suis levé pour partir, j'ai presque dû le forcer à ouvrir les doigts pour récupérer la photo.

Devant l'épicerie s'était rassemblé un petit groupe de gamins que nous avions déjà croisé le matin sur la route du monastère. Celui qui semblait être le chef, un blondinet acnéique d'une maigreur maladive, anormale, avait pris Julia par la main et lui avait montré une espèce de grille tarifaire : le change en roubles variait en fonction de la somme qu'on entendait changer. Ne jamais encourager ce type d'activités pseudo-légales : les gamins vont penser que c'est plus simple que de travailler. Et ne jamais faire confiance à des gamins : ce sont des êtres sans morale. Nous avions marché droit devant nous et eux, l'acnéique en tête, avaient commencé à nous suivre en nous disant des gros mots en russe et dans un mauvais anglais. Ils avaient même lancé quelques pierres. Rien d'alarmant, mais nous avions été soulagés de croiser deux des femmes avec qui Julia avait discuté sur le ferry au départ de Kem, quelques jours plus tôt. Devant leurs vives remontrances, les gamins s'étaient dispersés. Reste que cela nous avait laissé, à Julia comme à moi, l'impression d'une violence contenue et prête à exploser, une agressivité d'état de nature que j'ai automatiquement reliée aux chiens noirs que nous avions vus deux jours plus tôt, à Rebolda.

Valentin s'est levé, lui aussi, et nous a rejoints sous l'auvent en tôle qui surmontait la porte d'entrée de l'épicerie. Les gamins ont subitement décampé, en criant. Mais on comprenait que c'était une peur simulée, une moquerie : Valentin était un monstre, mais un monstre trop stupide et trop seul pour être vraiment dangereux. J'ai entendu leurs braillements, vu leurs visages méchants sous la pluie. Valentin a baissé la tête et s'est dirigé vers le port. Non, il n'y avait rien de diabolique dans tout cela. Tout était cruellement naturel, ni plus ni moins.

Ce même après-midi, j'ai reçu deux appels sur mon portable. C'était la première fois que quelqu'un cherchait à me joindre depuis notre arrivé aux Solovki. J'ai passé en revue les explications possibles de ce silence. Qui n'avait rien d'étonnant, me suis-je dit, puisque tout le monde savait que j'étais à l'étranger. Il y avait aussi cette difficulté à obtenir la ligne, et puis le fait que personne n'avait de raison particulière de m'appeler – car je ne manquais à personne. Cette dernière raison était la plus plausible, mais au lieu de me déprimer, comme cela eût été le cas dans des circonstances normales, ce constat m'a presque fait plaisir. J'étais seul, libre, en pleine mer Blanche, personne ne me connaissait. Être oublié n'était pas ma plus grande peur et cet endroit, passé le premier instant d'égarement, donnait comme une sensation de possibilités infinies. Peut-être qu'Enrico, Fabio et Francesco avaient eu le même sentiment que moi. Je me suis souvenu d'une phrase du père de Fabio, une des rares où on pouvait trouver une lueur d'empathie, si ce n'est d'affection : « J'ai toujours pensé qu'ils n'étaient pas taillés pour la vie. Pour cette vie, du moins. » Renoncer à la vie telle que l'entendait le père de Fabio, disparaître – et disparaître ici, sur cette île absurde – commençait à m'avoir l'air d'une décision non seulement compréhensible, mais évidente.

La première à m'appeler a été Gaia. Le coup de téléphone, comme d'habitude, a duré trente secondes. Trente secondes : c'était désormais le temps qu'il nous fallait pour résumer tout ce que nous avions à nous dire, sur n'importe quel sujet, n'importe quel problème. Gaia voulait me parler, mais pas au téléphone. Quand est-ce que je pouvais passer chez elle ? Le temps de rentrer en Italie, lui ai-je répondu. « Rentrer d'où ? » elle a fait. Bref, elle n'avait pas écouté le message sur sa boîte vocale (ou elle l'avait écouté sans l'écouter, comme souvent avec mes messages), elle ne savait pas que j'étais en Russie (« En Russie ? Pour le boulot ? » et là-dessus, un grand rire), mais de toute façon, ça n'avait pas d'importance, il faudrait qu'on se voie à mon retour pour mettre « le truc » au point. J'ai répondu que « le truc » était déjà mis au point. Il l'était au sens où j'avais sereinement décidé de divorcer, qu'avec tout son fric elle n'avait pas besoin de moi pour assurer sa subsistance ou celle de notre enfant, et que de toute manière je lui refilais sans sourciller plus d'un tiers de mes revenus pour qu'elle puisse se payer un abonnement à la salle de gym des stars, à Fiesole. En échange, je ne lui demandais, en tout et pour tout, *rien*. Et c'était justement ça, le problème.

— Tu t'éloignes.

— Je suis en Russie. Je suis là pour travailler, histoire que tu puisses faire du Pilates jusqu'à ce que mort s'ensuive…

Je l'avais dit avec un sourire. Malgré la séparation, nous n'avions pas renoncé à l'idée que nos conversations devaient toujours avoir un certain parfum de badinage. Mais Gaia a poursuivi :

— Vu qu'il ne s'agit pas seulement de nous, je peux te demander de te comporter en adulte responsable ?

Notre fils. Je m'éloignais de notre fils.

— Mmh... Qu'est-ce que vous avez fait ces jours-ci ? j'ai demandé.

C'était les derniers feux de l'été avant le retour en ville.

— Carlo est venu nous voir à la mer, chez mes parents, et nous a raccompagnés à Florence.

Carlo était... Seigneur, il n'y a pas de mots pour dire qui était Carlo.

— Tu te le tapes ?

— Bravo, belle conclusion. Ciao.

Et elle avait raccroché, me laissant moitié blessé, moitié affecté : couper brutalement nos conversations était un de nos jeux préférés quand les choses allaient bien entre nous. Cette fois, il n'y avait que la coupure brutale. Fini de jouer.

Comment était-ce arrivé ? Gaia était une Florentine de trente-cinq ans intelligente, sympathique, riche, encore belle (mais de moins en moins depuis que nous nous étions séparés). Elle avait surtout été ma compagne, elle avait eu un enfant avec moi, lisait les livres que je lisais moi, regardait les films qui me plaisaient, à moi. Comment était-ce arrivé ? Comment avait-elle pu donner une chance à Carlo Rais, le connard qui avait passé ses années de fac devant la machine à café de la Bibliothèque nationale à essayer de draguer les petites lycéennes en les saoulant avec ses citations de troisième main signées Kafka ? Ce débile passait désormais six mois par an en Sardaigne, dans la maison de sa famille à La Maddalena, à louer des pointus et des Zodiac aux touristes, naturellement au noir (« Non, le 730 n'est pas arrivé jusque chez nous »). Les six mois restants, il les passait à Florence sans rien branler de ses journées, si ce n'est télécharger des films et des séries télé sur Internet. Pas si débile, en fin de compte. Et maintenant, Gaia. Comment était-ce arrivé ? Oui, moi aussi, je voulais lui parler, et pas au téléphone.

Le second coup de fil était de Galliano. Il s'est inquiété de ce que j'avais dépensé jusqu'ici : à l'évidence, il y avait eu assez d'argent dépensé, mais pas encore trop. Bien. Il m'a demandé si j'avais déjà pu coucher avec la traductrice (il ne savait rien de précis sur Julia en dehors du fait qu'il y avait quelqu'un – une femme – avec moi, mais il pensait que c'était là le devoir indiscutable de tout bon Italien en goguette) et pour finir, vraiment pour finir, m'a informé sur les développements de l'enquête là-bas.

— Tu sais qu'ils l'ont classée ?

— Comment ça, ils l'ont classé ?

— Ils l'ont classée.

Il s'amusait. Je le sentais à sa voix. Je pouvais presque le voir avachi sur la *chaise longue** qu'il avait installée devant la porte-fenêtre de son bureau pour lui donner un côté méditatif. Peut-être avait-il rameuté un collègue ou l'horrible Mlle Zampa pour qu'ils se fendent la poire, eux aussi.

— Il paraît qu'ils ont trouvé un témoin.

— Et ce serait qui ?

— Quelqu'un qui travaille au port. Le chef du port, si tu veux, celui qui dirige le port. Un truc dans le genre.

Je n'attendais jamais de grandes choses avec Galliano mais chaque fois, il arrivait à me surprendre. C'était l'homme le plus approximatif et le moins professionnel que j'aie jamais connu.

Comment avait-il fait pour être journaliste ? Comment avait-il fait pour se trouver ne serait-ce que le début d'un job ?

— Tu as un nom ?

— Oui, j'ai un nom. Il s'appelle…

S'ensuivit une longue pause entrecoupée de bruits étouffés et de téléchargements par téléphone. Après une demi-minute environ, Galliano a refait surface avec le nom.

— Il s'appelle Filippov. « Le boss du port », il y a marqué ici. Il dit qu'il a vu les trois Italiens marcher sur le sentier qui va vers je ne sais quel coin dans le nord de l'île…

— Rebolda.

— Oui, un nom comme ça. Il dit qu'il les a vus et qu'il leur a même conseillé de faire attention car les vagues arrivaient jusqu'à la route et certains y avait déjà laissé des plumes. Des touristes… Bref, c'est la mer qui les a emportés. C'est déjà arrivé.

Silence, perturbation sur la ligne.

— Ohé, c'est déjà arrivé, t'as compris ?

— J'ai compris. Et ça a suffi pour classer l'enquête ?

— Pour ce qui est de la police, oui. Pour le reste, Capace, c'est toi qui vois.

Je n'arrivais pas à comprendre s'il se foutait de ma gueule, mais je penchais pour le oui. Alors que non.

— Je veux dire : reste là-bas encore un peu, fais-moi encore au minimum deux longs articles avec atmosphère, personnages, sensations et tout ce qui va avec. Du sang et du mystère, aussi : on n'en a jamais assez, de ceux-là. Ce n'est pas parce que la police a classé l'enquête que nous devons la classer nous aussi. Invente quelque chose. Et en attendant, tu pourrais peut-être chercher ce… ce…

— Filippov.
— Voilà. Vu que c'en est un qui travaille au port ou qui dirige le port, je ne sais plus, il doit sûrement être mystérieux, non ?

En réalité, Filippov n'était pas mystérieux pour un sou. Ce soir-là, vers dix-huit heures, je suis allé le voir à l'épicerie, où on croisait, pendant le dîner, les pêcheurs prêts à sortir en mer et ceux revenus des marchés au poisson de Kem et d'Arkhangelsk. Tibor m'a accueilli avec son habituel sourire. Soit les reproches maternels de la veille avaient glissé sur lui sans laisser de trace, soit c'était précisément la ligne qu'elle avait fixée : sourire et ne pas trop parler. Le nom de Filippov lui a fait faire une grimace étonnée, comme s'il était étrange qu'au bout de quatre jours sur l'île je n'aie pas encore eu l'occasion de rencontrer l'homme qui – comme me l'avait confirmé Lila à l'hôtel – chapeautait à la fois le port et toute la vie de l'île, avec le pope.

Tibor est sorti de derrière son comptoir, m'a pris par un bras et m'a accompagné dehors, jusqu'au banc devant l'entrée. À cette heure, peu avant le coucher du soleil, cet endroit était le seul de toute l'esplanade à être éclairé par une tache de soleil blafarde. Les hommes faisaient le plein de lumière et de chaleur. Tibor a dit quelque chose à l'un d'eux, un type malingre d'environ cinquante ans, complètement glabre – pas de cheveux, pas de barbe, pas de sourcils –, des petits yeux presque orientaux, un beau sourire que j'aurais jugé amical si ce qui s'était passé la veille avec la mère de Tibor ne m'avait pas appris à me méfier des sourires amicaux, au moins sous ces latitudes. Il était en tenue de jogging, une de ces tenues lourdes – pantalon et sweat à fermeture Éclair – qui, en Italie, ne sont portées que par des retraités qui font du sport ou des mafieux. Moi, je m'étais serré dans ma parka et je mourais de froid. Question d'habitude. Filippov m'a regardé, a fait un signe de tête et dit quelque chose en russe. Puis il s'est adressé à Tibor. Je n'avais pas encore dit un mot, mais la raison de ma présence ici devait être évidente. Ils devaient déjà tous le savoir.

— Il dit qu'il n'a parlé qu'à la police russe. Tu es le premier Italien qu'il voit. Il connaissait les trois jeunes : ils ont discuté plusieurs fois quand ils venaient au port. L'un des trois parlait russe. Le jour de leur disparition, il les a vus prendre le chemin de Rebolda. Il pleuvait, la mer était grosse, le sentier pour Rebolda est souvent envahi par les vagues, alors il leur avait dit de rester chez eux. C'est déjà arrivé : des enfants du village qui étaient allés en cachette sur ce sentier ont été emportés par les vagues. Ils ne l'ont pas écouté.

J'avais été sur cette route la veille. J'avais vu la mer, les vagues, mais je n'avais pas eu l'impression qu'elles puissent subitement balayer trois hommes. Des enfants, bien sûr, mais des hommes... Tibor a traduit mais, tout en traduisant, il secouait la tête.

— Il dit que les jeunes ont pris le sentier, pas la route. C'est comme ça. Il y a la route pour les voitures mais, plus bas, un peu au-dessus des rochers, il y a le vieux sentier pour les chars qui date du temps où la falaise était plus haute. Maintenant, la mer en a mangé un bout. Du coup, c'est en fonction des marées et de la force des vagues qu'on tombe dessus ou pas. Il dit que c'est par là qu'ils sont passés.

— Demande-lui si la police a retrouvé des traces sur le sentier.

Il m'a fallu un petit moment pour comprendre que ma question était absurde. Mais je l'avais déjà posée.

Filippov a fait un geste de la main, l'air de dire : « Envolées. » Tibor a haussé les épaules. Filippov a ajouté quelque chose que les autres marins ont accueilli avec de grands éclats de rire. J'ai regardé Tibor. Il riait lui aussi. « Rien », m'a-t-il dit, mais je lui ai quand même demandé de traduire.

— Il dit qu'ils sont allés chercher les deux Américains, ceux dont je t'ai parlé hier. Il dit que la mer autour des Solovki est devenue une attraction pour les étrangers, qu'on devrait la vendre petit bout par petit bout…

Tandis que Tibor traduisait, Filippov me fixait en souriant. Je me suis dit qu'avec un peu de chance, Galliano, allongé sur sa *chaise longue**, avait tapé dans le mille. Avec un peu de chance, Filippov était vraiment un homme mystérieux, un homme dangereux. Mais c'était ce que laissaient deviner le silence respectueux et les rires à l'unisson des autres marins assis tout autour, non ? Un chef, c'était un chef. À cet instant j'ai été happé par une envie, la même que la veille avec Valentin, l'envie de tendre la main et *toucher* ce visage rond qui était là, à un mètre de moi, le besoin de vérifier, de m'assurer que ces êtres autour de moi étaient des humains, en chair et en os, et pas des illusions, des fantasmes inventés par mon imagination paranoïaque. Que j'étais vraiment sur une île au nord de la Russie, à des milliers de kilomètres de chez moi, sur les traces de trois inconnus qui, au même moment, flottaient quelque part en pleine mer Blanche. Ça a été plus fort que moi. J'ai tendu le bras et posé mes doigts sur la joue droite de Filippov. J'ai senti la peau rugueuse et humide des pommettes, la mâchoire carrée sans un poil de barbe. C'était comme ça que je m'imaginais la peau des cétacés. Je l'ai caressé. C'était une espèce de transe éphémère. Quand j'ai repris le contrôle, j'ai pris conscience d'avoir fait quelque chose de déplacé, voire d'offensant. J'ai vite retiré la main. Les marins avaient suivi mes mouvements en silence. Filippov n'avait rien dit, rien fait. Sous le coup de la surprise, peut-être, il s'était laissé toucher, caresser sans réagir. Il semblait même plus surpris qu'irrité. Toujours en silence, il a levé sa main droite vers ma joue et l'a frottée délicatement, comme quand on veut faire pénétrer une crème, un onguent. Sans cesser de sourire. Ils souriaient tous, désormais. Puis, comme à un signal visible pour eux seuls, ils se sont levés tous ensemble et se sont dirigés vers le port.

16

Le lieutenant Orlachov était un des deux noms que m'avait donnés Monina avant de partir, un de ses deux amis (disons-le comme ça) à qui je pouvais m'adresser « si je me retrouvais en difficulté ».

Étais-je en difficulté ? J'avais appris pas mal de choses sur l'île et le monastère, mais sur les trois disparus, je n'avais rien découvert. Rien, si ce n'est ce qu'on savait déjà ou ce qu'on pouvait deviner en parlant avec ceux qui les avaient connus. J'ai donc décidé que oui, j'étais en difficulté, et qu'il y avait lieu de tenter la carte des amis de Monina.

Orlachov était le responsable des enquêtes sur la disparition des Italiens. Ou du moins, c'était celui qui avait signé le procès-verbal que m'avait résumé Monina. Nous avions demandé à Lila d'appeler de notre part la station de police de Kem ; après deux tentatives, nous étions parvenus à parler avec l'adjoint d'Orlachov. Lui et son chef allaient venir aux Solovki le lendemain faire les dernières vérifications et « clôturer l'enquête ». Nous pouvions nous voir à l'ancien siège de l'administration du goulag, à un pas du port : ils étaient curieux de savoir ce que nous pensions de toute cette histoire. Vu que c'était précisément la question que *nous* comptions leur poser, la rencontre ne s'annonçait pas sous les meilleurs auspices. Enfin, cela ne coûtait rien d'essayer : une interview avec le responsable des enquêtes, même si c'était sans doute inutile pour mieux comprendre cette affaire, pouvait me donner quelques idées pour mes articles : j'avais besoin de folklore, et avec un gradé russe détaché sur les îles Solovki, on était en plein dedans.

Le lendemain, Pavel nous a accompagnés au lieu du rendez-vous, un petit immeuble décati que les Soviétiques avaient construit à côté de l'ancienne église orthodoxe, église transformée à son tour en garage. Julia et moi avons longtemps fait antichambre tandis que la pluie tombait contre les vitres sales et que tout, tout ce qu'on voyait alentour – hommes, animaux, maisons, ordures – semblait lentement pourrir sous cette avalanche d'eau.

Vers onze heures, un gamin en uniforme kaki est venu prendre nos papiers, les a jetés dans un tiroir et nous a accompagnés – ou mieux : nous a poussés – dans le bureau d'Orlachov. J'ai alors repensé au commentaire d'un voyageur anglais qui partageait ce compartiment de train avec moi et mes camarades de lycée pendant notre Interrail en Europe de l'Est, vingt ans plus tôt. À la question : « Dans combien de temps serons-nous arrivés ? », le contrôleur lui avait jeté sur le ventre le guide officiel des chemins de fer tchécoslovaques que l'Anglais lui avait promptement rendu avec une courbette sarcastique. « *Socialist manners* », avait-il lâché. Le socialisme dissous, les mauvaises manières étaient restées.

Le bureau d'Orlachov était en réalité une cellule, une des trois cellules de ce qui avait dû être, au temps de Staline, la prison de l'archipel. Le goulag était pour les criminels politiques ; la prison, pour les délinquants de droit commun. Maintenant que les Solovki s'étaient dépeuplées des victimes et des bourreaux, la prison était devenue une caserne, un commissariat ou (comme ce matin-là) une salle de réunion, en fonction des besoins.

Orlachov était un homme dans les cinquante ans, trapu, avec une mine sympathique qui contrastait un peu avec le lieu où nous nous trouvions, la couleur de plomb de cette journée et, surtout, le travail qu'il faisait pour vivre. Il nous a accueillis avec une cordialité tout à fait inattendue. Peut-être, ai-je pensé, parce que Monina lui avait parlé de moi, ou peut-être en vertu d'une sorte de galanterie vis-à-vis de Julia. Mais ce n'était pas le cas. Car Orlachov riait plus qu'il ne souriait. Il a ri du début à la fin de notre conversation. Je ne comprenais pas ce qu'il y avait de si amusant dans l'histoire qui m'avait et qui l'avait emmené aussi loin, au milieu de ce néant. J'ai pensé, de prime abord, qu'il avait connaissance de quelques détails secrets relatifs à l'affaire et que son rire était ironique. Puis j'ai compris que ses ricanements étaient ironiques, oui, mais aussi qu'Orlachov ne détenait aucun secret. Il riait car il trouvait drôle que quelqu'un pense trouver les responsables d'un crime – « un crime hypothétique », a-t-il précisé – survenu en Russie, et pas dans une grande ville comme Moscou ou Saint-Pétersbourg, mais sur une île perdue au beau milieu de la mer Blanche. Oui, très marrant. Julia riait aussi, en traduisant.

— Personne ne retrouve jamais personne, en Russie. C'est pour ça qu'il y a la police.

Et c'était reparti pour un tour.

Il a eu un long fou rire entrecoupé d'interjections en russe. Moi, je souriais de bon cœur – tout en pensant à la façon dont je pourrais raconter cet entretien dans *Fatti* sans rendre toute l'affaire ridicule – et sans *me* rendre ridicule par la même occasion.

— Vous n'êtes jamais venu en Russie avant, pas vrai ?

— Non, vraiment jamais.

— Moi, en revanche, je connais l'Italie.

Il a alors ajouté :

— *Io sono stato in Italia*.

Éclat de rire.

— Je suis allé à Florence, à Rome, et aussi à Messine, où vivent des amis de ma femme. Elle est interprète. Vous connaissez Milazzo ?

— Je connais.

J'y étais passé une fois en allant aux îles Éoliennes. J'ai souri, et attendu la suite du récit de ses vacances, désolé. Mais non.

— Alors vous connaissez la différence.

— Quelle différence ?

— La différence entre le centre et la périphérie.

Éclat de rire.

— Une fois, en me promenant dans Milazzo, j'ai assisté à une scène. Il y avait deux jeunes en train de se disputer. D'abord, il y a eu des insultes. Puis des bourrades. Puis des coups, de plus en plus forts. Personne n'avait l'envie ou le courage d'intervenir. À un moment donné, alors que les deux se roulaient par terre, on a vu sortir du bar un monsieur très distingué, en costume-cravate. Ça pouvait être un juge à la retraite, un fonctionnaire, un professeur. Très distingué. Il a dit deux mots, je ne sais pas lesquels, tout bas. Les deux autres ont immédiatement cessé de se frapper. Le vieux monsieur s'est approché et a dit quelque chose à un des jeunes. Qui lui a répondu. Alors le vieux monsieur a baissé les yeux par terre, il semblait très contrarié. Au même moment, à une table du même bar, un type s'est levé, très élégant lui aussi, ni jeune ni vieux. Il s'est approché du jeune qui avait parlé et lui a collé un pistolet dans la bouche. Le jeune s'est mis à genoux. Le vieux monsieur s'est penché et lui a dit quelque chose à l'oreille. Puis avec le type au pistolet, ils sont rentrés ensemble dans le bar. Tout ça n'a sûrement pas duré plus de trente secondes. Toute la place s'est arrêtée pour regarder. Et vous savez qui était assis au bar, en train de profiter de la petite scène ?

Julia, qui traduisait, s'est interrompue.

— Tu sais qui il y avait ? Il veut que tu devines.

— Dis-lui que je ne sais pas.

— *Policemen*, s'est-il esclaffé. *Polizia*.

Puis, de nouveau en russe :

— Comment on dit, déjà ? C'est une *enclave* – un endroit reculé, fermé, avec ses lois, ses habitudes...

— Vous voulez dire qu'il y a la mafia aux îles Solovki ?

— Non, je veux dire qu'en Russie le pouvoir de l'État ne s'exerce pas de la même façon dans toutes les régions, exactement comme en Italie. Mais pas que. En Russie, les militaires sont eux aussi quelque chose de différent, un monde à part. Il faut faire attention aux différences...

Éclat de rire.

J'ai souri à mon tour, acquiescé. Évidemment, je comprenais très bien.

— Néanmoins, vous êtes un officier de police, et je suis en train de vous dire que cette affaire pourrait impliquer des hommes qui font ou faisaient partie de l'armée russe. Ce Misha, entre autres.

— L'ennui, voyez-vous, c'est que des zones comme celle des Solovki ont un régime spécial. Au sein de ces régions, l'armée a une espèce de statut particulier. Son commandant. Ses règles. Vous savez, ces gens passent aussi deux ou trois ans d'affilée détachés en mer Glaciale Arctique. Deux ans sans jamais rentrer chez eux. C'est à

Arkhangelsk que partent les sous-marins. Pendant des mois, ces soldats ne voient rien d'autre que de l'eau. Pas la mer, de l'eau : de l'eau sombre derrière la vitre d'un hublot. L'âge moyen est de vingt et un ans. Et vous croyez la police en mesure de toujours les contrôler, de toujours savoir ce qu'ils font même quand ils ne sont pas en service ? Nous l'avons interrogé, votre Misha. Il y a un procès-verbal. À l'heure qu'il est, il doit avoir embarqué sur un sous-marin à cinq mille kilomètres d'ici, du côté du Groenland. Nous pourrons l'interroger à nouveau au printemps, si ces trois gars ne refont pas surface avant.

Éclat de rire.

— Ça veut dire que vous ne comptez rien faire…

Orlachov a cessé de rire. Je marchais sur ses plates-bandes, j'insinuais qu'il ne faisait guère de zèle.

— Ça veut dire que j'appellerai un ami qui appellera quelqu'un d'autre pour savoir où sont passés les soldats qui étaient aux Solovki pour les manœuvres le mois dernier… Mais pour moi, l'enquête est terminée. C'était un coup du sort.

J'ai alors objecté :

— Ce n'est ni le premier coup du sort ni la première disparition aux îles Solovki. Il y a quelques années, il y avait eu deux touristes américains. Et au début du mois d'août, il y a eu la mort du bénévole allemand. Ça ne fait pas trop, pour vous ?

Non, ça ne faisait pas trop. Les Américains avaient disparu en mer, pas dans l'archipel. Sauf si la police russe devait aussi être tenue responsable des naufrages… Quant à Uwe, c'était un accident.

Il me restait une dernière carte, même si je savais déjà ce qu'il allait répondre.

— On nous a dit qu'autrefois, au cours de la période soviétique et même avant, au temps des tsars, il y avait des enlèvements et des sacrifices rituels, cette secte qui venait du nord…

Orlachov s'est mis à rire avant même que Julia ait fini de traduire. Il s'amusait tellement que le russe ne lui suffisait plus. Alors il m'a parlé en anglais.

— *So, you believe in ghost stories !*

J'ai répondu qu'il devait être arrivé quelque chose : homme ou fantôme, quelqu'un devait les avoir emportés loin d'ici, ces trois Italiens.

Orlachov a secoué la tête.

— Une *enclave,* a-t-il dit à Julia. Dites-le à votre ami : on est dans une *enclave*. Un lieu à l'intérieur d'un autre lieu.

Et il a souligné le « *à l'intérieur* » par une étrange pantomime, en repliant le bras gauche contre l'abdomen avant d'y plonger le bras droit.

— Il vaut mieux que vous restiez à l'extérieur, non ?

Ce n'était pas une question, c'était une invitation à se taire. Mais nous nous rapprochions de plus en plus de ce qui devait être la formule de mes reportages selon Galliano : sang et mystère.

— Bref, aux Solovki, on disparaît.

— Oui.

Il s'est encore esclaffé, Orlachov, comme s'il avait subitement trouvé la formule qu'il cherchait depuis longtemps, la bonne.

— Aux Solovki, on disparaît.

Il s'est levé. La conversation était maintenant terminée, pour de bon. Il a servi le thé et nous a invités à jeter un œil à la petite bibliothèque qui devait avoir servi, des décennies plus tôt, à meubler les soirées des directeurs du goulag, entre deux exécutions. Julia lisait à haute voix les auteurs et les titres, Orlachov lâchait de temps en temps une remarque, et, dans le non-sens qu'était pour moi la langue russe, j'ai entendu surgir des noms : Tolstoï, Dostoïevski, et même des noms italiens prononcés plus fort, en mon honneur : Dante Alighieri, De Amicis, Salgari... J'ai dit à Julia qu'il n'y avait plus besoin de traduire. J'ai laissé Orlachov à sa tentative de séduction, où il s'était lancé par automatisme plus que par réel intérêt. J'ai regardé dehors. La fenêtre s'ouvrait sur le monastère et la route qui descendait vers le port : les directeurs du goulag qui avaient vécu dans ce bâtiment pouvaient avoir à l'œil toute la zone sans bouger de leur fauteuil. À côté de la porte d'entrée du monastère, trois hommes étaient serrés, les uns contre les autres, sous un parapluie vert. J'ai reconnu le pope, qui faisait une tête de plus que les deux autres. Puis j'ai reconnu Filippov. Ils étaient – officiellement ou officieusement – les deux chefs du village et il n'y avait rien d'étonnant à les voir deviser ensemble. Mais il m'a fallu quelques secondes de plus pour reconnaître le troisième, et encore quelques secondes pour m'apercevoir que ce n'était pas un homme. C'était Lila. Elle parlait à Filippov, le bras tendu. Exactement dans ma direction.

17

Le rez-de-chaussée de la caserne où avaient été logés les trois Italiens était un rectangle gris avec, en haut, des fenêtres longues et étroites qui faisaient entrer une lumière sale à peine suffisante pour ne pas se cogner contre les murs. Ceux qui avaient construit la caserne n'avaient pas pensé à la lumière naturelle mais à la nécessité de limiter la dispersion de chaleur : c'était avec quelques fenêtres, quelques carreaux et d'épais murs en ciment qu'on affrontait le froid glacial de l'Arctique. Plus je l'explorais, plus elle me rappelait la nef d'une de ces églises pauvres construites après le Concile Vatican II, avec des travées, une croix en bois au-dessus de l'autel et rien d'autre. Ici, en revanche, ce n'était pas des chapelles qui s'ouvraient sur les côtés mais les chambres, avec des lits superposés et des armoires en fer grisâtre qui – à mon sens – n'existaient que dans les films sur Alcatraz. Au fond, à la place de l'autel, les douches communes et les latrines. Le gardien continuait à faire de grands gestes de la main pour bien montrer que tout était impeccable, que tout était propre, *čiste*. Quatre personnes avaient disparu le mois précédent, mais il avait la conscience tranquille : tout était *čiste*. En effet, les chambres étaient aussi propres que pouvaient l'être celles d'un bâtiment construit des décennies plus tôt et jamais restauré – un bâtiment où avaient vécu, pendant près d'un siècle, des milliers de soldats. Le gardien nous a accompagnés à l'étage au-dessus, dans ce qui avait été la chambre de Fabio, Francesco et Enrico.

La police russe avait déjà ramassé les bagages des trois jeunes pour les rendre à leurs familles, mais sur l'étagère près des lits étaient restés des livres en italien qui leur appartenaient sûrement. L'un d'eux était posé à plat, grand ouvert : *Le Dahlia noir*, d'Ellroy. J'ai pris les trois autres. Il y en avait deux dont je n'avais jamais entendu parler : un essai de René Guénon intitulé *Orient et Occident* et un drôle de livre d'aphorismes de Simone Weil, *La Pesanteur et la Grâce*. Le troisième, je le connaissais, c'était *La Mort de Danton* de Büchner. Vers la moitié, il y avait un bristol blanc qui servait de marque-page. J'ai ouvert le livre. Il y avait un paragraphe souligné au crayon rouge. C'était le passage où Danton demande à Robespierre : « N'y a-t-il rien en toi qui parfois, tout doucement, en secret, te dise : "Tu mens ! Tu mens !" » C'était drôle, car je me souvenais de ce passage. Je ne sais pas si je l'avais souligné, moi aussi, quand je l'avais lu, des années plus tôt, pendant mes années de fac, mais je m'en souvenais.

Le polar d'Ellroy pouvait appartenir à l'un des trois Italiens, peu importe lequel, mais les deux autres bouquins appartenaient certainement à l'intellectuel du groupe – ces phrases soulignées correspondaient d'ailleurs bien à l'idée que je m'étais fait d'Enrico : celle d'un homme intelligent, réfléchi, mais tellement concentré sur lui-même et sur ses doutes qu'il en devenait puéril. Et faible, au bout du compte.

Quelqu'un nous attendait à l'extérieur de la caserne : c'était Valentin. Il était assis par terre, le dos collé au mur. En nous voyant, il a poussé un grognement en signe de reconnaissance, puis s'est levé, m'a attrapé par la main et m'a traîné en direction du port. Julia lui a dit quelque chose en russe. Il l'a ignorée, comme il l'avait ignorée la veille, et, quelques minutes plus tard, nous sommes arrivés face à une maisonnette à moitié cachée derrière un dépôt de bois, à moins de trois cents mètres de la centrale électrique qui s'était déjà annoncée de très loin, avec ses coups de massue, toutes les vingt, trente secondes.

Valentin nous a entraînés à l'intérieur. Il n'y avait qu'une grande pièce, sans doute une ancienne étable, aux murs en pierre écaillés et un sol en terre battue que l'humidité avait quasiment transformée en gadoue : je me souviens encore du son qu'avaient fait nos bottes, en entrant, et de la forme de nos semelles imprimées par terre. Je me souviens aussi de cette odeur écœurante de marais. La mère de Valentin a été trop surprise par la rapidité de cette intrusion pour arriver à dire quelque chose. Je m'en suis excusé auprès d'elle. Julia a commencé à traduire mes excuses mais la femme a répondu dans un français parfait que nous étions les bienvenus et qu'elle était cependant navrée de ne pas pouvoir nous accueillir dignement. D'ailleurs, comme nous pouvions le voir... Et elle a indiqué d'un geste désolé la pièce tout autour. Mais elle pouvait nous offrir du thé, avions-nous envie de thé ?

J'ai compris que c'était une question obligée, à poser par courtoisie, mais aussi qu'un tout petit peu de thé aurait représenté un sacrifice pour cette femme. Je lui ai fait dire par Julia que nous ne pouvions hélas pas rester et elle a paru soulagée. Je l'ai regardé plus attentivement. Elle devait avoir, tout compte fait, une cinquantaine d'années mais elle en faisait bien douze de plus. Dans l'obscurité de la pièce, il m'a semblé que ce qu'elle portait était un manteau, puis j'ai vu que c'était en fait une de ces lourdes couvertures qu'on mettait autrefois sur les chevaux, fermée sur la poitrine par une épingle à nourrice. Un pull, un chandail devaient déjà être un luxe excessif. D'ailleurs, il n'y avait dans cette pièce aucune armoire. Le mobilier se réduisait à un réchaud à gaz installé sur l'une de ces palettes en bois qu'on utilise pour empiler des produits, deux lits en fer avec, dessus, deux fins matelas à rayures dignes d'un camp militaire, et une table en plastique avec deux chaises au centre de la pièce. Dans le coin opposé à celui du réchaud, la lumière sale qui venait de l'unique fenêtre éclairait une étagère pleine de livres. Au bout de quelques secondes, en m'habituant à la semi-obscurité, j'ai vu que des livres étaient aussi entassés par terre. J'ai reconnu quelques Folio, quelques Pléiade.

— J'enseignais le français, m'a-t-elle dit. J'ai étudié à Paris, vous savez ? Il y a une éternité. Et je suis aussi allée en Italie. Vous êtes italien, n'est-ce pas ?

Je me suis préparé à la liste des villes du Grand Tour : Rome, Venise, Florence. Mais non.

— Cela dit, je n'ai presque rien vu de l'Italie. J'accompagnais mon mari, qui était… qui travaillait pour le parti, à cette époque. Nous sommes allés une semaine à Milan puis nous sommes rentrés. À Arkhangelsk. Et puis…

Et puis ? Il était difficile d'imaginer – seulement imaginer – tous les malheurs qui lui étaient arrivés et qui l'avaient fait échouer sur cette île, au milieu de cette boue et de ce bruit, veuve et avec un fils attardé. Elle a ouvert grand les bras en souriant et ce geste, pour la seconde fois depuis mon arrivée aux Solovki, m'a rappelé ma mère.

Ma mère était née au début des années 1950 dans une famille aisée et avait passé sa vie à éviter toutes les responsabilités qui devaient, *semblait-il*, incomber à la femme belle, intelligente et privilégiée qu'elle était. Elle était allée à l'université sans étudier, avait mis au monde un enfant sans jamais vraiment être une mère pour lui, avait été, successivement, et avec le même zèle, communiste, féministe, radicale, hippie, indienne, urbaine, punk, écologiste, animaliste... N'importe quoi, tant qu'il ne fallait pas travailler. Mais le fait est qu'elle ne se rendait pas compte, comme le répétait mon père. Et le fait est que cette façon infantile qu'elle avait de s'oublier elle-même la rendait *adorable*. Elle avait disparu près de quinze ans plus tôt ; je ne l'avais revue qu'une fois. En réalité, *disparue* n'est pas le mot juste. Ce n'était pas une disparition digne de *Perdu de vue* ou d'un signalement à la police. Un soir, elle nous avait convoqués dans le salon, avec mon père, et nous avait fait une annonce, l'air amusée :

— Je suis tombée amoureuse !

Moi, j'étais resté bouche bée. J'avais regardé mon père et mon père avait réagi de la façon suivante :

— Bon, espérons que cette fois ce sera la bonne !

Mon père était un grand homme.

Elle avait ouvert les bras et souri, exactement comme avait fait la mère de Valentin. Le lendemain matin, elle était partie.

Tandis que nous parlions, Valentin avait pris des feuilles avec des dessins sur un petit meuble à côté du lit. Tout à coup, il me les a mis sous les yeux en les prenant à deux mains, comme s'ils pesaient des tonnes. Le premier était un autoportrait. Le stylo bille bleu était arrivé à rendre les clairs-obscurs, les plis en rien naturels de son visage. La bouche était à demi ouverte, avec les deux dents de travers qui pointaient entre les lèvres. Le nez replié sur la bouche, le buisson de poils des sourcils… C'était incroyablement ressemblant. Sur le verso de la feuille, il y avait imprimé le reçu de paiement d'un billet de train Florence-Rome. Sur l'autre dessin, Valentin, en pied, se tenait à côté d'une échelle stylisée; au bout de l'échelle, il y avait comme des arcades et, à l'extrémité de ces arcades, un soleil resplendissant qui occupait un tiers du dessin. J'ai retourné la feuille. L'arrière était blanc mais, par transparence, on arrivait à lire le logo de Fabriano, la célèbre marque de papeterie.

— Valentin sait très bien dessiner. Il aime les portraits et les autoportraits.

— Oui, c'est vraiment bien.

J'ai souri et hoché la tête en direction de Valentin et de sa mère :

— C'est vraiment bien, bravo.

Le grognement de Valentin s'est fait plus fort au point de couvrir, l'espace d'un instant, le vacarme de la centrale : il était content, il était excité, et l'excitation le faisait hurler. Sa mère l'a attiré vers elle et l'a pris dans ses bras.

Valentin avait perdu la raison et le langage, mais il lui était resté ce talent étrange, animal, pour le dessin. Pourtant, il était clair que ces feuilles venaient d'Enrico ou d'un des deux autres Italiens. On lui avait donné le papier, peut-être un stylo, et il avait dessiné cette espèce de rêve du prisonnier : une rampe vers le soleil, la libération de la prison où la folie l'avait enterré.

La mère de Valentin avait-elle connu les trois Italiens ? Évidemment. Savait-elle qu'ils avaient disparu ? Non, personne ne lui avait dit, elle ne s'éloignait presque jamais de la maison, elle avait de graves problèmes aux jambes. C'est à cet instant seulement que j'ai remarqué les béquilles posées sur l'étagère derrière elle. Son seul lien avec le monde était désormais Valentin et, de toute évidence, Valentin n'était pas en mesure de lui rapporter les rumeurs du village. « Et depuis quand ont-ils disparu ? Comment est-ce possible ? » Elle semblait vraiment contrariée. Elle se souvenait tout particulièrement d'Enrico.

— Enrico était une personne à part. Vous savez qu'il était déjà venu ici il y a trois ans, n'est-ce pas ? Il était devenu notre ami. L'ami de Valentin. C'était quelqu'un qui avait souffert. Ça se voyait. C'est pour ça qu'il nous aimait bien, moi et Valentin.

18

— Il pleut.

Julia me l'a annoncé en riant. Elle était debout devant la fenêtre, le rideau marron à peine écarté, peut-être pour éviter que la lumière, en entrant, puisse me réveiller. Mais il n'y en avait presque pas, c'était une espèce de tache marron clair contre le marron foncé des meubles de la pièce. Moi, j'étais déjà réveillé. Julia riait parce qu'elle appréciait la cohérence. De la pluie. En six jours, nous n'avions vu que de la pluie. Et d'ici deux heures, nous allions repartir avec la pluie. Oui, partir : il y avait encore un bout du mois de septembre à vivre, et le mois de septembre à Florence était une splendeur.

— En voilà une grande nouvelle, quelle surprise ! Et c'est pour ça que tu me réveilles ?

J'ai refermé les yeux et mis la tête sous l'oreiller. Mais je sentais l'eau tambouriner sur le toit et je revoyais Julia pieds nus, en peignoir, dans l'embrasure de la fenêtre, ses mains soulevant juste un peu le rideau pour ne pas me réveiller. Cela faisait des années que personne n'avait été aussi gentil avec moi.

La veille au soir, il y avait eu le dîner d'adieu avec Lila et Pavel, nous avions bu un peu plus que d'ordinaire. J'avais posé sur la table les deux bouteilles de chianti que j'avais amenées d'Italie.

Je m'étais vaguement imaginé des invitations à dîner lancées par les autorités du coin, des réceptions... et ce qui aurait dû être mon cadeau. Mais il n'y avait pas d'autorités, à part le pope, et il n'y avait pas eu d'invitations. Nous avons débouché les deux bouteilles l'une après l'autre, échangé nos adresses mail, promis de nous écrire – les choses qu'on fait dans ces occasions. Le lendemain allait être le jour de notre départ, mais aussi celui de la fermeture définitive de l'hôtel pour la saison hivernale. Le ferry pour Kem partait à neuf heures, et nous avons pensé que ce serait bien de nous lever tôt pour donner un coup de main. Nous avons monté l'escalier, mais au moment de nous séparer sur le palier, comme les autres soirs, Julia a réfléchi – enfin, elle a fait mine de réfléchir, le doigt sur la bouche, en dodelinant de la tête, et fini par dire : « Mmmh, non, je crois que je vais venir avec toi. »

J'ai souri, je l'ai regardée. J'ai essayé de savoir dans quelle mesure cette phrase était due à l'alcool. C'était comme si elle avait écouté mes pensées.

— Non, je ne suis pas ivre. En fait, je voulais le faire depuis le début. Mais je ne savais pas si tu étais encore un mec sympa. Tu aurais pu devenir un connard, entre-temps. Mais non, tu es resté un mec sympa.

Et maintenant, elle était là, debout dans la faible lumière de l'aube, dans un endroit paumé dans le nord de la Russie. La vie était étrange, mais ce n'était pas un mal.

Julia m'a précédé en bas. Je suis descendu quelques minutes plus tard avec mes valises et les ai trouvés tous les trois, à cette même table où je les avais vus le premier soir, exactement dans la même position. Je me suis souvenu du sentiment de solitude que j'avais alors éprouvé : eux trois qui parlaient russe, moi, l'étranger, qui me taisais. Mais je me suis aussi souvenu de mon soulagement quand Julia m'avait pris la main et des premières discussions, après. Ces six jours avaient été étranges et beaux, et pas seulement grâce à ce bouquet final. Je l'ai dit à Lila tandis que nous chargions nos sacs à dos sur la Jeep qui allait nous conduire à la jetée.

— Alors rendez-vous ici l'année prochaine ! a-t-elle répondu.

Je savais qu'il n'y aurait pas de prochaine fois, que nous ne nous reverrions plus. Mais Lila était si jeune. À vingt ans, on croit encore que l'éloignement n'est fatal à aucun sentiment, quel qu'il soit. Qu'il est possible ou raisonnable de « rester en contact » avec des personnes qui ont partagé des beaux moments à nos côtés. Je savais par expérience que les choses ne se passaient pas comme ça. Julia le savait, elle aussi. Nous n'avons eu besoin que d'un regard pour nous le dire, et dans ce regard est également passée notre amertume d'être désormais désabusés et, par conséquent, vieux.

— Bien sûr. Rendez-vous ici l'année prochaine.

Il n'y avait que nous à la jetée. Pendant le trajet en voiture, nous avions entrevu deux ou trois marins qui prenaient leur petit déjeuner, penchés sur le comptoir de l'épicerie. Lila nous avait laissés sous un auvent en amiante à moitié inondé, le seul endroit sec dans un rayon de plusieurs centaines de mètres. J'aurais voulu lui demander ce qu'elle pouvait bien faire, la veille, devant le monastère avec le pope et Filippov, mais j'ai ensuite décidé que ça n'avait plus d'importance. C'était une affaire réglée, qui ne me regardait plus. J'avais recueilli des impressions, des images, quelques détails mystérieux. Mais je n'avais pas trouvé la vérité. Peut-être parce que la vérité était celle, banale, dont la police avait eu la conviction : un accident. J'avais suffisamment d'éléments pour deux articles ; il ne me resterait plus, ensuite, qu'à oublier pour toujours les îles Solovki et mes pauvres « amis » disparus.

Le ferry était là, moteurs éteints, couvert sur un tiers de sa surface par des bâches en toile cirée. Sous l'auvent, le grondement de la centrale électrique était comme le bruit d'un jet sur la piste de décollage. C'était comme ça jour et nuit. Oui, ça pouvait rendre fou.

Nous avons attendu une bonne demi-heure les mains sur les oreilles. Puis, vers huit heures et quart, deux des marins que nous avions vus à l'épicerie sont apparus sur la route qui menait à la jetée et se sont dirigés vers le navire. Le capitaine s'est matérialisé sous la bâche : il avait dormi sur le bateau. Il a fait monter les marins sans un mot et s'est mis à enrouler la toile avec leur aide. Nous étions les seuls passagers, mais la moitié du ferry était rempli de cagettes en bois scellées. L'odeur a suffi à nous faire deviner leur contenu : du poisson séché. Le capitaine nous a lui-même aidés avec nos sacs à dos, en riant. Il a dit quelque chose à Julia – quelque chose que Julia, assourdie par le bruit de la centrale, a fait mine d'avoir compris – et nous a invités d'un geste à le suivre. Il nous a fait signe de nous installer à côté de lui, dans la cabine de pilotage, et a agité une main sous son nez. Ce que nous avons très bien compris, Julia et moi : c'était le seul endroit du bateau qui ne puait pas le poisson.

Un marin a détaché l'amarre. Le ferry a commencé à s'éloigner de la jetée tandis que j'étais hypnotisé par le ressac qui faisait onduler une énorme tache de mazout et de morceaux de plastique dans l'embouchure du port. C'est là que nous avons entendu un cri – comme si l'un des marins avait donné l'alerte – et, quelques secondes plus tard, un coup, comme si la coque avait heurté la jetée. Nous sommes sortis sur le pont en courant ; par terre, nous avons vu une espèce de gros ballot de fripes qui allait et venait au gré du roulis du navire. Puis le ballot s'est mis debout et nous avons reconnu Valentin. Il avait sauté à bord lorsqu'on avait largué les amarres et était maintenant là, à nous regarder, ses cheveux trempés collés sur le front, la bouche à demi ouverte en une grimace qui, au moins dans l'intention, devait être un sourire. Les marins et le capitaine l'encerclaient, mais ils étaient trop ébahis pour faire quelque chose. Valentin a sorti d'une poche de sa parka une enveloppe blanche pliée en deux, a attrapé Julia par la main et la lui a confiée. Là-dessus, toujours en souriant, il s'est incliné plusieurs fois dans toutes les directions et a commencé à reculer vers la proue du bateau.

Julia a essayé de le retenir. Elle l'a appelé par son nom, lui a dit quelque chose. Mais il n'écoutait pas : il continuait à s'incliner et à reculer. Toute la scène avait duré quelques dizaines de secondes, et le bateau était désormais à une centaine de mètres du port. Julia l'a encore appelé. Valentin, cette fois, s'est retourné. Le sourire avait disparu. On aurait dit que son visage était pensif, mais encore eût-il fallu qu'il puisse penser. C'était comme s'il lui était subitement venu à l'esprit quelque chose – la véritable raison de sa visite. J'ai crié son nom, moi aussi, et c'était comme si j'avais donné le signal. Valentin s'est jeté à l'eau et, ce faisant, s'est cogné la hanche contre l'un des écubiers. Tandis que le bateau s'éloignait, nous l'avons vu s'agiter dans l'eau glaciale.

J'ai crié « *Stop the boat !* » au capitaine.

Mais le capitaine m'a souri et a haussé les épaules. « *No problem* », a-t-il dit.

Effectivement, il n'y avait pas de problème. Je suis arrivé à voir Valentin nager pendant une trentaine de secondes, puis sa trace a disparu. Mais une minute plus tard, nous avons vu une silhouette qui se dressait debout sur le rivage, une tache noire dans la lumière grise du matin. Nous nous sommes regardés, Julia et moi. La silhouette a levé un bras. Valentin nous saluait. Il avait parcouru la mer Blanche à la nage sur plus de cent mètres, un jour d'automne arctique, tout habillé. Et maintenant, il était debout au bord de l'eau et nous saluait. Nous avons levé la main nous aussi, incrédules.

Nous sommes rentrés au sec et le capitaine est retourné aux commandes en secouant la tête et en souriant, comme si la scène que nous venions de voir était quelque chose de normal, quelque chose qui pouvait arriver de temps en temps. Julia a ouvert l'enveloppe. À l'intérieur, il y avait les dessins que la mère de Valentin m'avait montrés la veille – l'autoportrait de Valentin et celui avec l'échelle montant vers le soleil. Mais il y en avait un autre, une figure à mi-corps de profil, la tête enveloppée par la capuche d'une parka. C'était Enrico : Valentin n'avait eu besoin que de quelques coups de crayon pour le coucher sur le papier, pour le rendre reconnaissable, même pour moi qui ne l'avais vu qu'en photo. Le fou avait du talent. Avec les dessins, il y avait deux Polaroïd et un bloc-notes. Sur l'une des photos, il y avait Enrico et Valentin, avec la mer en arrière-plan. Enrico indiquait l'objectif à Valentin, mais

Valentin regardait ailleurs. Sur l'autre, il y avait deux hommes en pleine conversation, assis devant l'épicerie. Ils ne semblaient pas s'être aperçus que quelqu'un les photographiait. L'un des deux était Filippov.

Le bloc-notes était tout à fait normal, avec des pages quadrillées, une couverture noire et une écriture en caractères qui semblaient japonais ou chinois. J'ai lu les premiers mots : « Jusqu'ici, tout va bien… »

C'était ceux d'Enrico. Ce bloc-notes, c'était le sien.

DEUXIÈME PARTIE

Enrico Saraceno écrit sur l'un de ces blocs dont les feuilles, grâce à leur bord supérieur crénelé, peuvent se détacher une par une en laissant, à l'intérieur, une bande blanche au niveau de la souche. Le bloc est, apparemment, intact : une douzaine de feuilles remplies des deux côtés plus une trentaine de feuilles blanches à la fin. Mais en faisant attention, on remarque qu'à la fin de la partie écrite, et avant le début des feuilles blanches, il y a trois talons – c'est-à-dire ce qui reste de trois pages qui ont été arrachées du bloc.

L'écriture est claire, allongée, bien droite, avec très peu de ratures – signe qu'Enrico ne prenait pas de notes à chaud mais qu'il écrivait une fois au calme, la plupart du temps (c'est ce que laisse deviner le contenu de certaines notes) en fin de journée. Le stylo est toujours le même, l'encre est noire. La date a beau manquer, les premières notes ou réflexions remontent sans aucun doute au jour de l'arrivée aux Solovki.

> Jusqu'ici, tout va bien. Bien sûr, l'important, ce n'est pas la chute, c'est l'atterrissage. Mais jusqu'ici, tout va bien. Voilà deux jours que nous sommes partis et je n'ai pas encore eu l'occasion ni de m'ennuyer, ni de m'indigner, ni de m'énerver. Je n'ai même pas eu envie d'être seul, pas une fois. La chose est suffisamment rare pour mériter d'ouvrir ce journal de bord, me semble-t-il. *Memento*.

Kem est encore comme il y a trois ans. Non, c'est pire qu'il y a trois ans. La gare avec le chiotte bouché est encore là, et elle ne s'est pas arrangée (mais je n'ai pas vérifié s'ils avaient nettoyé le chiotte). Les HLM devant la gare donnent la même envie de se barrer et de ne plus jamais revenir. Au guichet, j'ai aussi eu l'impression de reconnaître l'employé qui avait imprimé nos billets, l'autre fois : il était égal à lui-même, il n'avait même pas vieilli. Mais nous n'avons pas vieilli nous non plus, on dirait. Dans le train au départ de Saint-Pétersbourg, Francesco a essayé de draguer la serveuse du wagon-restaurant, sans succès. Il a dit qu'il n'y avait pas trop mis du sien, mais ce n'est pas vrai. Vu que son histoire avec Ludovica est terminée (semble-t-il), un petit coup de queue (juste un seul, même) avec une serveuse du wagon-restaurant dans un train russe aurait été une belle revanche. Mais rien à faire.

Ça fait drôle de revoir le monastère. Depuis le ferry, à environ un kilomètre du rivage, c'était la tache noire dont je me souvenais. Mais le soleil brillait si fort qu'on aurait pu être sur la mer Égée ; l'île aurait pu être la Crète, ou Ios. Sur le bateau, il m'a semblé reconnaître quelqu'un, l'un des membres d'équipage : j'ai le sentiment de l'avoir croisé l'autre fois, mais ce n'est sans doute qu'une illusion, une tentative pour trouver une continuité entre ceux que nous sommes aujourd'hui et ceux que nous étions il y a trois ans. Sauf qu'il n'y a pas besoin de ces signes : la continuité, elle est là, je la vois sur les visages de Francesco et de Fabio. C'est nous, toujours nous. « On voit le virtuose du *wishful thinking* » (Isabella).

On nous a logés dans la vieille caserne, qui est dégueu de chez dégueu. *My mistake*. J'aurais dû réserver, faire réserver au Solovki, comme l'autre fois : les autres qui travaillent au monastère sont là. La vieille caserne est un gros bâtiment de deux niveaux, c'est-à-dire un rez-de-chaussée et un premier étage. On voit qu'elle a un siècle et qu'elle n'a jamais été rénovée. Ni même nettoyée, pour tout dire. Il y a une femme qui passe pendant la journée, elle prétend être là pour tout ranger et « faire la secrétaire ». C'est ce qu'elle m'a dit, dans un russe quasi incompréhensible. Mais en réalité, elle ne fait rien, et il n'y a aucune secrétaire. Notre chambre – une grande pièce avec cinq lits – est au premier étage, près des douches communes. Nous avons entassé dans un coin les draps et les serviettes sales puis sorti nos sacs de couchage. Il y a une fenêtre aux carreaux à moitié brisés et une armoire murale sans verrou. Non, on ne s'est pas bien occupé de nous. Mauvaise humeur de Francesco et Fabio – passagère, cependant. Cette journée est si belle, impossible de ne pas être content d'être là, entre nous : on se fout du monde entieeeeer. Nous allons tout de suite au monastère.

Le pope a l'air d'être un connard. Il ressemble à l'idée qu'on se fait d'un pope. Type spirituel, grand et maigre, d'environ soixante ans. Il parle un français quasi parfait, mais il a le ton d'un homme qui semble donner des ordres même quand il n'en donne pas.

Crypte en bonne voie. Projet des architectes de l'Unesco réalisé presque sans modifications et, à vue de nez, sans regarder à la dépense. Grande émotion chez les maçons quand ils ont su que l'architecte – enfin, un des architectes qui avaient fait les dessins – était là avec eux. Francesco très content. Nous avons rencontré le contremaître et l'ingénieur qui ont suivi les travaux en juillet, finlandais tous les deux. Ils disent que ce n'est plus le moment de concevoir mais d'agir, surtout dans le corps principal du monastère ; ils disent aussi que les ouvriers sont paresseux et négligents. « Vous devrez mettre les mains dans le cambouis, vous aussi », nous ont-ils prévenus. Mais on est prêts. Le chantier est dirigé par un moine qui ne semble pas avoir de compétences particulières – pour ça, il y a les responsables techniques envoyés par l'Unesco –, mais il possède un fort ascendant sur tout le monde. Nous l'avons vu lui aussi, c'est une armoire qui doit faire deux mètres de haut. On a l'impression que les maçons font simplement semblant de l'écouter puis se remettent à perdre du temps. Le mur de soutènement qui devait être prêt en juillet n'est pas encore commencé. Et pour ce qui est du plafond de la crypte, il faut attendre l'arrivée des matériaux, de l'isolant ; il faudra ensuite attendre que les maçons apprennent à mener un travail plus exigeant que bâtir un mur.

« Vous savez ce que faisaient les communistes dans ces souterrains ? Vous les voyez, ces deux trous dans le mur ? » Le pope m'a montré deux taches de ciment frais, symétriques, à environ un mètre et demi de distance. « Là, il y avait des anneaux. Ils gardaient les prisonniers attachés par les poignets à des anneaux en fer jusqu'à ce qu'ils avouent. » Il ne m'a pas laissé le temps de poser la question, il l'a fait lui-même : « Qu'est-ce qu'ils avouaient ? Tout. Qu'ils étaient des conspirateurs. Qu'ils étaient trotskistes.

Rester des jours, des semaines, attachés à un mur dans les caves d'un monastère, sans manger, sans pouvoir dormir si ce n'est debout, dans le froid… Et tout ça pour quoi ? Pour une question de philosophie politique, l'interprétation d'une page de Marx ou d'Engels. Vous ne croyez pas que, derrière une telle perfection dans le mal, il y a forcément un talent, une intelligence surhumaine, diabolique ? »

J'allais lui répondre que non, qu'au contraire, toute cette cruauté est profondément, essentiellement humaine. Que les Romains avaient fait les mêmes choses, voire pire, aux chrétiens. Et que les chrétiens comme lui avaient fait la même chose, voire pires, aux hérétiques. Le problème, c'est de croire à quelque chose qui n'existe pas encore mais qui existera un jour : la dictature du prolétariat, la résurrection des corps, les fleuves de lait et de miel… Mais le pope ne faisait pas la conversation : il ne voulait pas une réponse.

Premier soir. Dîner à l'épicerie, qui se trouve à trois cents mètres de la caserne. Il n'y a plus le vieux gérant, celui qui nous avait adoptés, il y a trois ans, quand pratiquement personne n'avait jamais vu de touristes aux Solovki. Maintenant, il y a une dame très gentille et son fils, l'Unesco leur refile trois fois rien tous les jours pour qu'ils nous préparent petit déjeuner, déjeuner et dîner. Manières occidentales, dignes du Sud de l'Italie, presque, tant la dame est gentille, mais qualité soviétique pour la bouffe : une soupe de poissons insipide, le bortsch habituel, deux pommes. Demain, nous irons à l'hôtel Solovki avec les jeunes Finlandais : ils devraient avoir quelque chose de correct là-bas.

La grande pièce où nous dormions dans l'ancienne caserne devient encore plus sordide le soir. Des moustiques entrent par la fenêtre aux carreaux cassés, des souris courent dans le faux plafond : pas mal, à en juger par le bruit qu'elles font. La seule lumière est celle d'une ampoule qui pend au milieu de la pièce. Aujourd'hui au monastère, le moine-armoire nous a demandé si nous avions besoin de quelque chose. Demain, je lui amène la liste : moustiquaire, carreaux, serviettes, draps, et aussi un grand coup de balai. Dans la pièce, nous sommes seuls. Les autres sont occupées, il y a des valises, des vêtements, etc. Mais les maçons que nous avons rencontrés aujourd'hui au monastère ne sont pas là. Est-ce qu'ils dorment là-bas ?

Fabio me demande si nous sommes encore assez jeunes pour supporter tout ça. Je réponds que oui, mais que nous sommes assez riches pour nous payer un hôtel si on se lasse de cet endroit dégueu. Il approuve. On se couche.

6 août

Les maçons n'avaient pas disparu, et ils ne dormaient pas au monastère. Ils étaient partis boire quelque part. Pas à l'épicerie, car nous ne les avons pas vus. Ils doivent avoir leur bar privé, leur grotte privée. Bref, ils sont revenus vers minuit, une bonne douzaine, presque tous ivres. Ils hurlaient. Ils ne savaient pas que notre chambre était occupée. Ou peut-être qu'ils le savaient et qu'ils n'en avaient rien à foutre. Bref, ils sont entrés et ont allumé la lumière, d'abord dans le couloir, puis dans notre chambre. Nous nous sommes levés, à moitié dans le coaltar. Ils disaient des choses sans queue ni tête et je n'arrivais pas à les suivre. On leur a hurlé « *Get out !* », mais ils ne semblaient pas comprendre – enfin, ils avaient manifestement trop bu pour vouloir comprendre. Francesco en a attrapé deux et les a mis à la porte. Deux autres se sont approchés d'un air menaçant. Les choses commençaient à mal tourner quand le plus gros de tous, et le seul sobre, une espèce de sanglier en chaussettes et torse nu, est intervenu : il a poussé tout le monde dehors vite fait, bien fait. On a retrouvé nos sacs de couchage. On les a entendus chanter un long moment dans les chambres voisines.

Ce matin, réconciliation. On l'espère, du moins. Nous nous sommes tous croisés dans les douches, vers sept heures et demie. Les jeunes ont entre vingt et vingt-cinq ans. Il y a les Russes, qui sont maçons et viennent des villages de la terre ferme. Il y aussi deux Anglais, un Allemand, deux Belges et quelques autres Européens – tous bénévoles comme nous, tous étudiants d'un âge où les désagréments d'un logement de fortune et d'une mauvaise nourriture sont vécus comme une aventure. Ils ont l'air sympathiques. On a ri du bordel d'hier soir. Mais Francesco ne riait pas. Il a dévisagé deux des Russes qui nous ont réveillés ; ils se sont approchés tout penauds pour fraterniser. Prendre un visage dur, ça paie, et dans ce domaine, Francesco est un maître. Il y a aussi trois filles, belges toutes les trois. Les Russes ne parlent pas anglais – en fait, ils ne parlent pas du tout. Le seul qui semble autorisé à parler, c'est le sanglier d'hier soir, Misha. « *My name is Misha. I am the chief in this building* » : c'est comme ça qu'il nous a salués aujourd'hui. « *Hail to the chief* », j'ai répondu, mais il n'a pas compris.

L'idée de quitter la caserne et de déménager à l'hôtel *Solovki* était une bonne idée. Sauf que toutes les chambres sont encore occupées pendant une semaine. Les deux collègues finlandais s'en vont demain matin mais seront tout de suite remplacés par deux couples de touristes. Je déjeune avec eux. Les travaux se poursuivent; aucun problème particulier si ce n'est que les maçons sont indisciplinés et qu'ils n'y connaissent rien en restauration. Il faut aussi gérer le père Stefan, le moine-armoire, qui voudrait tout foutre par terre et repartir de zéro. « Ils ne comprennent pas la différence entre restauration, restructuration et destruction. C'est comme s'il n'y avait, dans leur esprit, qu'une seule langue : celle de la révolution, pas celle des réformes. » Oui, ils me le confirment, le pope est un connard. Il ne s'intéresse qu'à la crypte et aux icônes; à ses yeux, le reste pourrait aussi bien s'écrouler. Mais c'est lui qui gère les financements, alors autant le garder de son côté. Et puis c'est une espèce de chef de village officieux. Avec Filippov, bien évidemment.

Fin de la jeunesse, donc. Enfin, elle était déjà finie depuis un moment. Mais c'est comme s'il y avait maintenant une espèce de sanction symbolique. Les jeunes Russes braillards et menaçants qui viennent nous réveiller, nous qui cherchons refuge dans un hôtel… Pourquoi sommes-nous ici ? Malgré l'étrangeté de la situation, j'ai l'impression d'être le seul à me le demander. Fabio suit son programme de travail avec un sérieux et un abandon de petit employé. C'est ce qu'il est, malheureusement. Ce matin, j'ai été épaté de voir le peu de cheveux qu'il lui reste… Francesco, lui, semble toujours ou trop euphorique ou trop abattu pour poser des questions, soulever des doutes sur la nécessité d'être ici, à trente-cinq ans, plutôt que sur une petite île grecque avec nos copines ou nos femmes.

Si nous sommes là, c'est pour restaurer le monastère des îles Solovki.

Non, nous ne sommes pas là pour ça.

7 août

Misha, le sanglier torse nu, est un militaire. Deux ou trois autres sont militaires aussi, même s'ils ne portent pas l'uniforme. « Ce sont des gars des sous-marins », m'a dit Tibor à l'épicerie. Ce qui veut dire qu'ils ont une espèce de contrôle officieux sur ce qui se passe dans l'ancienne caserne. Et qu'ils ont probablement des armes.

Histoires de fantômes autour du feu. Ce soir, après dîner, nous nous sommes retrouvés avec les autres bénévoles et les Russes dans la grande pièce près de l'entrée. Il y a encore une vingtaine de fauteuils en cuir, ils doivent avoir au moins un demi-siècle. Les Russes ont bu de la vodka, nous, de la bière chaude. À la troisième tournée de vodka, quelqu'un a commencé à raconter une histoire sur une communauté de chamanes qui a vécu, et qui vivrait encore, dans le nord de l'île, des gens – d'après ce que j'ai pu comprendre de son russe décousu – qui venaient du nord. Ce type a l'air sinistre, mais on comprend qu'il ne soit pas tout à fait à l'aise : ce doit être le bouffon de la petite bande. Le récit a été accueilli par un éclat de rire collectif et des bourrades. À un moment donné, Misha l'a soulevé d'un coup – l'autre devait faire dans les quatre-vingts kilos – et l'a balancé hors du bâtiment, comme dans les saloons des westerns. Il est revenu à l'intérieur en riant.

8 août

Uwe a disparu. Uwe, c'est un mec pas bien grand, dans les trente ans mais déjà à moitié chauve, avec un ventre et des verres de lunettes assez gros. Misha le traite un peu comme la mascotte du groupe, une sorte d'aide de camp personnel, et Uwe est assez content de cet attachement. Uwe étudie l'histoire de l'art oriental à Berlin, il est venu seul ici en apprenant qu'on cherchait des bénévoles pour « valoriser la collection » d'icônes du monastère. Il sourit toujours, il est toujours de bonne humeur. L'autre soir, un des Russes a ironisé sur ses préférences sexuelles ; lui a répondu méchamment, en russe, mais l'autre ne s'est pas mis en rogne. Tout le monde l'aime. Il a disparu. Cette nuit, il n'a pas dormi dans sa chambre. Mais bon, pourquoi ne devrait-on pas disparaître ?

Misha est monté, cet après-midi. Il était seul, les autres étaient sur le chantier. Il était à moitié ivre, à même pas dix-sept heures. Il portait un marcel et un slip jaunâtre. Je voyais par transparence une touffe dégoûtante de poils noirâtres entre ses jambes. Les corps humains sont révoltants. Un sac de fumier. Je ne sais pourquoi il est monté – il cherchait peut-être quelque chose à voler. Il a eu l'air surpris en me voyant. Il m'a demandé si j'avais des cigarettes. Je lui ai dit que je ne fumais pas. Il a regardé vers moi, pris mon sac à dos et plongé la main à l'intérieur, pour vérifier. Comme les gosses : alors ce que je trouve dedans, c'est à moi ! Je lui ai arraché mon sac des mains, sèchement. J'ai eu peur, pas parce qu'il est gros mais parce qu'il était ivre. Il s'est approché. J'ai contrôlé d'un regard la rangée de bouteilles sur le rebord de la fenêtre : j'étais prêt à en prendre une et à la casser en plein sur sa tête. L'espace d'un instant, j'ai espéré qu'il me donne l'occasion de réagir : lui fracasser la tronche m'aurait aidé à me sentir beaucoup mieux. Nous sommes restés immobiles un moment, à moins d'un mètre l'un de l'autre. Moi, dos au mur, lui, devant moi, penché en avant, les yeux mi-clos. Si j'avais ouvert la fenêtre avant de le balancer un étage plus bas, tout le monde aurait cru à un accident, il n'y avait pas de témoins. J'ai regardé la poignée de la fenêtre, cherché un point d'appui pour faire levier et le soulever par-dessus le rebord. Là-dessus, il m'a donné une tape sur l'épaule, plus cordiale que menaçante. Et puis il est parti.

Je me souviens qu'une fois, un camarade de classe plus âgé que moi m'avait dit : « Mais enfin, tu ne sais pas qui c'est, les Pink Floyd ? Alors t'es vraiment con… » J'avais ensuite découvert qui c'était, mais trop tard : il m'avait mis sur la liste des cons. Et c'est à ça qu'ont servi les trente années suivantes – à essayer de me rattraper, d'effacer mon nom de la liste des cons.

J'ai eu une idée fixe quelque part dans la tête – toute la journée. Et maintenant, elle ne me lâche pas. Francesco qui attrape par le col un des jeunes Russes qui nous ont réveillés, l'autre soir. Moi, je reste sans rien dire dans un coin de mon lit. Il est comme ça, Francesco. Uwe aussi avait renvoyé dans les cordes celui qui se foutait de sa gueule.

9 août

Vu de près, Filippov est le portrait craché de son grand-père, l'homme qui sourit aux déportés dans le petit film. On dirait la même personne, comme si les gènes, à cause du froid, n'étaient pas arrivés à beaucoup se diversifier : plus que son petit-fils, c'est son clone. J'ai mis un peu de temps, un long moment de black-out, avant de comprendre que ça ne pouvait pas être lui, que ce n'était pas lui. Mais, en le croisant par hasard sur le sentier qui mène du port à l'épicerie, je l'ai fixé si intensément qu'il m'a regardé à son tour. Il se souvient certainement de moi, de l'autre fois. Il a grommelé quelque chose. Eu un sourire mauvais. J'ai souri à mon tour et marché droit devant moi. Au bout de quelques mètres, j'ai commencé à entendre ses pas ; mais il ne s'éloignait pas : il avait fait demi-tour et s'était mis à me suivre. Alors j'ai accéléré le pas. Peu après, je l'ai entendu s'arrêter, rire à gorge déployée et dire quelque chose d'inintelligible en russe. Quoi qu'il en soit, je sais des trucs sur Filippov et Filippov sait des trucs sur moi.

Je me souviens qu'une fois j'avais vu un type – à moins que ce soit dans un film. Il avait sur le bras un tatouage qui disait : « *My name didn't love me.* » J'ai pensé que j'aurais pu me faire tatouer ça, moi aussi. Mon adorable maman. Je ne sais pas ce que ça fait d'avoir des enfants, mais il doit y avoir un bon pourcentage d'amour de soi dans celui qu'on prétend leur porter. Ma mère ne m'a jamais aimé.

Encore Misha. Fabio s'est bien rapproché d'une des petites Belges, la plus mignonne. Ce soir, pendant que nous étions tous à l'épicerie, ils nous ont précédés dans la chambre. Au bout de quelques minutes, Misha est monté et, pendant que les deux autres étaient au lit, il leur a balancé une bassine remplie d'eau. Fabio ne s'est pas mis en colère. Peut-être a-t-il eu peur, mais je ne pense pas. Misha lui a donné de grandes claques dans le dos : il a eu raison de ne pas s'énerver, de prendre ça à la rigolade, nous sommes tous bons amis. Mais c'était clairement une vengeance pour la scène de la première nuit – et nous n'étions pas amis du tout. Le chef, c'est lui, il veut qu'il n'y ait aucun doute. Quand, plus tard, je suis entré dans la pièce, j'ai demandé à Fabio si tout allait bien. Il m'a regardé avec un sourire et m'a dit : « Oui, mais tu pouvais l'en empêcher. » Et puis il a ajouté : « Non, tu ne pouvais pas. »

Au cœur du paysage. Autour de la jetée, sur quelques centaines de mètres, la colline est remplie d'échafaudages pour sécher le poisson. En regardant ça de loin, on croit être arrivé dans une espèce de gigantesque buanderie, avec des draps blancs étendus à l'air libre. En réalité, ce sont les morues, une forêt de morues accrochées sous les auvents. Et le blanc n'est pas blanc : c'est un jaune passé qui lui donne, j'ignore pourquoi, un air funèbre. Je pense alors au fait que le blanc est la couleur du deuil en Chine. Et que nous sommes en pleine mer Blanche, naturellement. Il ne fait pas froid, mais le temps change rapidement : il y avait un rayon de soleil qui éclairait la mer, voici quelques minutes, et il faisait presque chaud. Puis le vent a rassemblé les nuages juste au-dessus de nous, on pouvait presque *entendre* cette grosse pelote grise qui était en train de couvrir le soleil. Maintenant, il pleut.

10 août

Martino avait une soixantaine d'années quand j'étais petit ; il doit être mort, maintenant. Il nous apportait les légumes de son jardin en échange d'une invitation à dîner, de temps en temps. Il vivait avec sa femme et sa fille un peu débile au rez-de-chaussée de la maison que nous louions pour les vacances, à Marina di Carrara. Avec mes parents, il était très gentil, mais une fois où j'étais seul, je devais avoir cinq ans, il m'a arrêté dans l'escalier et glissé une main entre les jambes. Puis il m'a dit de le suivre. Et ce qui est incroyable, c'est que je me souviens plus si je l'ai suivi ou pas. J'ai pensé à ça dans mon demi-sommeil, ce matin – j'ai revu cette scène.

Valentin est-il toujours le même ? Ou a-t-il régressé ? Comment est-ce qu'on vieillit, quand on est handicapé mental ? J'ai laissé passer quelques jours avant d'aller le voir. Je ne savais pas s'il était encore en vie, encore sur l'île, s'il habitait toujours avec sa paria de mère. Du coup, j'ai fait une pause en milieu de matinée et je suis allé à sa cahute, près de la centrale électrique. Le bruit était encore plus fort que dans mon souvenir : assourdissant. Valentin était dehors, au soleil, assis sur le même banc en bois où je l'avais vu la première fois, il y a trois ans. Cette fois-là, il m'avait fait peur, il nous avait fait peur – ce géant difforme avec ses deux dents dans la bouche, le visage tourmenté, le cou marqué par une ribambelle de cicatrices, les oreilles comme deux coquilles d'huître mal collées sous les tempes. Sa mère était venue à notre rencontre pour nous dire, dans son français de roman russe, qu'il était très gentil, que c'était notre ami. Aujourd'hui, en le voyant de loin, alors que je m'approchais doucement, je me suis demandé s'il allait me reconnaître. J'oscille entre sarcasme et émotion. J'adore les émotions, tant pis pour les cyniques. Aujourd'hui, j'ai quasiment pleuré quand Valentin m'a reconnu sur le sentier : il est venu à ma rencontre et s'est agenouillé par terre pour s'agripper à mes jambes. « *Je vous attendais* », m'a dit sa mère en apparaissant sur le pas de la porte. Elle m'attendait ; est-ce qu'elle attend quelque chose de moi ?

Hier soir, espèce de rapprochement avec Fabio. « Comment se fait-il qu'à partir du moment où un être humain montre qu'il a un peu ou vraiment besoin d'un de ses semblables, celui-ci s'éloigne ? » Et vice-versa.

11 août

Il y en a beaucoup, comme Valentin. Tibor m'a dit que certains les gardent enfermés chez eux parce qu'ils ont honte. Les fruits de l'endogamie. On se mariait et on se marie encore entre consanguins ; ici, tout le monde est de la famille de tout le monde. Autrefois, c'était le goulag qui amenait du sang frais. Les gardes épousaient une fille du village et les gènes se mélangeaient. Le goulag fermé, l'échange s'est terminé et on est revenu aux mariages entre parents. Désormais, presque chaque famille a, caché quelque part, son fou, son hébéphrénique. La déstalinisation a eu cet effet collatéral : les Solovki sont redevenues un endroit rempli de gens difformes, tantôt physiquement, d'autres physiquement et mentalement. Mais Filippov est tout à fait normal. Tout à fait normal.

Espèce d'affection incommunicable, inexprimable, ce matin, en regardant Fabio dormir l'oreiller sur la tête, à moitié éclairé par le soleil. J'ai tracé avec un doigt, dans l'air, le profil de son dos.

Vu d'en haut à l'heure où ils rentrent pour dîner, les moines semblent condamnés aux travaux forcés, plus ou moins comme ceux du petit film. Ils sont grands, massifs. Ceux qui arrivent du chantier ont des taches de plâtre de la tête aux pieds. D'ici, on voit la cour du monastère, les murs, le village autour de la baie et, un peu plus loin, la mer ouverte. Le soleil s'est couché et, s'il n'y avait pas ce froid, on pourrait se croire en Croatie. Seulement, nous sommes plus proches du pôle Nord que de Moscou, et, de l'autre côté de la mer, il n'y a pas l'Italie. Je suis dans la cellule du père Stefan. Nous attendons que les autres moines aillent dîner pour pouvoir descendre dans la crypte et voir si ce qu'il dit est vrai : le pope serait un voleur. Il devrait y avoir environ un millier d'icônes, si on en croit le catalogue manuscrit qu'il m'a montré. Dans la crypte, il y en a moins de la moitié. Mais parmi elles, dit Stefan, il y a sûrement des copies. Les originaux sont quelque part, on ne sait où. Certaines sont encore empaquetées. Les autres ont été vendues. « Par le pope », ajoute Stefan sans que j'aie besoin de lui demander.

C'est donc vrai, la courbe descendante a commencé. Nous ne serons jamais plus beaux que ça. On dirait qu'ils ne s'en rendent pas compte, qu'ils ne le savent pas. Ils parlent du futur, de ce qu'ils feront dans dix, vingt ans. Investissements pour l'avenir. Fonds de pension. Moi, j'arrive seulement à me dire que dans trente ans, je devrai probablement mettre une couche pour ne pas me pisser dessus. La vie, la vraie vie, c'est fini.

Ma mère ne m'a jamais aimé. Ma mère n'était jamais là. Oh, si seulement ça avait été le cas. Si seulement on m'avait enfermé dans un orphelinat, tout petit. La lutte pour trouver à manger, les méchancetés des autres enfants, le froid, la solitude : je serais une victime, un héros, quelqu'un qui s'est fait tout seul... Seulement, ma mère était toujours là. Une fois, quand j'étais au cours élémentaire, elle était venue me chercher à l'école. Un gamin plus grand m'« attendait dehors », je ne me souviens plus pourquoi. À cet âge-là, tous les motifs sont bons. Je me dirigeais vers ma mère et il m'avait balancé par terre. Elle s'était alors lancée sur le gamin et l'avait poussé. Le gamin était gros, agressif. Il l'avait poussée à son tour. Bref, ils étaient tombés par terre tous les deux, au milieu de mes camarades de classe, de leurs mères, leurs pères, leurs grands-parents, et s'étaient mis à rouler devant les gens ébahis. Ma mère portait une jupe. Je me souviens que, dans la confusion, la jupe s'était levée et nous avions tous vu sa culotte, une grande culotte blanchâtre qui serrait ses cuisses grasses. Je n'ai jamais eu aussi honte. Pas à cause de la culotte, mais parce que ma mère m'avait défendu, et de cette façon absurde. Le lendemain, en classe [*La note s'arrête ici.*]

Ce matin, au chantier, les Français ont bloqué les travaux et demandé aux ouvriers si quelqu'un avait vu Uwe, mais rien. Fabio est allé à l'hôtel Solovki parler avec les architectes, mais rien là-bas non plus. On m'a dit que ses affaires sont encore dans sa chambre, même sa parka rouge un peu ridicule qu'il portait le soir de notre arrivée. Difficile de savoir comment il a pu passer ces nuits dehors, sans parka. À moins qu'il ait trouvé le moyen de partager le lit d'une fille du village. Ou d'un garçon. Moi, je trouve qu'il fait pédé. Je l'ai dit à Fabio qui s'est presque mis en colère en me traitant d'homophobe. Je ne suis pas homophobe, il ne m'est pas sympathique, c'est tout. Le fait que Fabio et Francesco le trouvent sympathique me le rend doublement antipathique. La vérité, c'est que j'ai besoin d'être aimé par mes amis, le plus aimé de tous, toujours. Je ne peux pas les partager avec d'autres, surtout si ces autres sont des gamins rencontrés par hasard dans une ancienne caserne au cercle polaire arctique. Et pédés. Sauf que Fabio, surtout Fabio, a ce genre de penchants, ce n'est pas la première fois.

Voici une quinzaine d'années, Valentin avait disparu. En plein automne. On l'avait cherché pendant des jours : ils étaient même venus d'Arkhangelsk, avec des chiens. Mais Valentin, qui avait environ quinze ans, à l'époque, s'était volatilisé. Il pouvait avoir fui sur le continent. Ou bien être tombé dans le marécage qui commençait à se recouvrir de glace. Ceux d'Arkhangelsk avaient promis à sa mère de revenir au dégel. Pour le cadavre, sous-entendu. Mais cela n'avait pas été nécessaire, car Valentin était revenu. Il avait frappé à la porte de la maison et sa mère s'était retrouvée face à une espèce de squelette au visage couvert de barbe et de cheveux, avec seulement deux dents qui jaillissaient de sa bouche à demi ouverte, pleine de bave. Ce n'était pas beau à voir, mais il y avait pire. Avant sa disparition, Valentin était un peu bizarre. Après, *bizarre* ne suffisait plus : c'était l'idiot que j'allais connaître des années plus tard. Il ne réussissait plus à articuler les mots – et c'était un déchirement car, de toute évidence, il *aurait voulu* parler. Il s'efforçait de le faire, mais c'était comme si le fil qui relie le cerveau et la langue s'était cassé. Il passait ses journées sur le banc en bois devant la maison et se levait, de temps à autre, en mugissant des phrases sans queue ni tête et en se frappant les cuisses avec les mains, comme si le fait de ne pas pouvoir articuler des phrases le mettait au désespoir. Deux ans de ce silence forcé avait fini par racornir son cerveau, en plus de sa langue. Il avait cessé de se lever, il restait toute la journée assis sur son banc, ou dans son lit. Sa mère le lavait et l'habillait, comme un enfant, mais il se faisait tout le temps dessus. Comme un enfant, là aussi. Quand je l'ai rencontré la première fois, il y a trois ans, ce couple – la mère, désormais vieille, et le fils, grand, gros et attardé – était émouvant. Mais il ne provoquait pas un sentiment de tristesse, au contraire. La mère était tranquille, résignée. Et Valentin avait progressé, il avait réappris à se servir des toilettes, à marcher. Il travaillait au port et les quelques sous qu'on lui donnait lui permettaient d'assurer sa subsistance, et celle de sa mère. Avec ses deux dents de devant, énormes, on avait l'impression qu'il souriait toujours.

Comparé à la dernière fois, il m'a eu l'air encore plus en forme. Sa grosse tête légèrement blonde est toujours penchée d'un côté, la bouche entrouverte comme pour reprendre haleine après une immersion. *Gasping for breath.* Mais il est fort. Il est entré dans la maison et revenu au bout de trente secondes avec un sac en plastique. Il a versé le contenu du sac sur l'herbe, devant moi.

13 août

Ils ont retrouvé Uwe. Mort. Je le savais déjà. Écrabouillé au pied de la falaise, le visage détruit, un agglomérat de chair méconnaissable. Ils ont d'abord pensé que c'était à cause de la chute, puis ils ont vu que tout le corps, chair et vêtements, était réduit en charpie et ils ont compris que c'était les rats. Il est sorti tôt le matin pour sa petite course habituelle, a glissé sur le sentier qui longe la falaise, basculé en contrebas. On ne sait pas s'il est mort sur le coup ou s'il a survécu, longtemps ou pas. Il a peut-être passé une nuit entière à agoniser. Quand il arrive quelque chose de grave, quand il y a un attentat, un tremblement de terre, ou si quelqu'un meurt, je me demande toujours où j'étais au moment où la chose se produisait, ce que je faisais ou pensais. Je dormais dans mon lit, tranquillement, j'écrivais, je mangeais, je riais. Peut-être qu'il a vu arriver les rats, qu'il les a entendus grimper sur lui et commencer à mordre.

Ils se sont ligués contre moi. C'était déjà arrivé pendant notre premier voyage ici. Je l'avais complètement oublié, ou alors j'avais pensé que les rôles se modifieraient avec le temps. Sauf que tout est resté comme avant. L'instinct des chasseurs. Et ce serait moi la proie. Certains coups d'œil, certaines paroles voilées. Surtout chez Francesco – comme s'il y avait, à mon égard, un étrange désir de vengeance. J'imagine qu'il me tient encore responsable de la rupture de ses fiançailles. Fiançailles, voilà un mot que Francesco pourrait employer sans ironie : « Tu sais, je suis fiancé. » Et Fabio est simplement lui-même.

14 août

Aujourd'hui, visite à Valentin et à sa mère. Nous avons dessiné. Je ne sais pas qui leur a donné, mais ils possèdent un très vieux Polaroïd ; la mère a voulu me photographier avec Valentin. J'ai été ému de la voir émerveillée et heureuse quand la photo est sortie. C'est beau et désolant de les voir ensemble. L'endroit où ils vivent ressemble plus à une étable qu'à une maison. Et le fait qu'il y ait les œuvres complètes de Proust et de Stendhal dans son taudis est encore plus douloureux. On est obligé de se dire qu'une telle sensibilité – la sensibilité de quelqu'un qui apprécie *Le Rouge et le Noir* – est encore plus tourmentée par les privations : le froid, la faim, l'absence d'amis. Filippov venait souvent la voir, les mois suivant la mort de son mari, mais [*La note s'arrête ici.*]

Dernières nouvelles sur Uwe. La police est arrivée et a pris le cadavre – ce qui reste du cadavre. Ils vont l'expédier en Allemagne.

15 août

En fin de compte, je devrais juste accepter, avec le sourire, que le problème, ce n'est pas les autres, c'est moi. Il y a forcément quelque chose de malsain chez quelqu'un qui revient pour la deuxième fois dans ce trou paumé du cercle polaire arctique en y emmenant à nouveau les mêmes amis. Qui le suivent, c'est ce que je commence à me dire, par pitié plus qu'autre chose. C'est comme si je n'arrivais à être serein (pas heureux, attention : serein) qu'en mouvement. Ce n'est pas juste à cause de ce travail de merde que je suis obligé de faire, à cause de ces interros écrites que je dois corriger, des deux débiles du dernier rang, du proviseur, ce guignol fini. Pas juste à cause de ça. C'est parce qu'en Italie, je me sens mobilisé en permanence – comme si tout ce que je vois m'obligeait à intervenir ou simplement à donner mon avis. Et ça me fatigue. Ça me fatigue aussi que mon intervention et mon avis n'aient aucune importance. Plus exactement, s'ils comptent un peu, c'est uniquement aux yeux de ma mère. Ma mère, la veuve. L'idée de devoir retourner à l'école en septembre me fait vomir. Vomir. Je préférerais m'enfermer dans un bunker et en sortir l'été prochain – ou ne plus en sortir du tout. Ou bien fuir encore plus au nord. Je ne crois pas que beaucoup de gens se souviendraient de moi. Ou il suffirait peut-être que je change de travail. Mais qui voudrait de moi ? Et moi, je voudrais de qui ? « Tragédie de ceux qui, s'étant portés par amour du bien, dans une voie où il y a à souffrir, arrivent au bout d'un temps donné à leur limite et s'avilissent. » (Simone Weil)

16 août

Tout est un mensonge. Ce ne sont pas « mes amis ». Encore quelques années et nous commencerons à nous voir moins souvent. Certains auront des enfants. Pas moi. Nous nous reverrons de temps en temps pour dîner, ou pour je ne sais quelle cérémonie. Puis à l'enterrement de nos parents. Puis au nôtre. L'amour et l'amitié s'en vont passés trente ans. Les choses ne sont plus les mêmes. Les mots n'ont plus de sens.

Exercices d'abstraction. Ce soir au dîner, sans me faire voir, j'ai fixé pendant cinq minutes le col dégueulasse de la chemise de Misha. Je l'ai isolé au milieu de la crasse des lits, des armoires murales, des rideaux qui ont ramassé la poussière des tsars, du goulag... Se pourrait-il que cette haine de la propreté soit un trait de la vraie virilité ?

Ce matin, avant d'aller au chantier, j'ai dit à Francesco que je le rejoindrais plus tard. Il m'a demandé si j'avais peur de sortir, avec Misha dans les parages. Il sait frapper là où ça fait mal.

J'ai parlé à Misha. « Pourquoi pas ? », m'a-t-il dit. Oui, pourquoi pas ?

L'île est pleine de rats, des rats par milliers, par millions. Ils passent l'hiver sous terre, ou dans l'obscurité humide des caves et des greniers, puis refont surface au printemps, comme de l'écume sur l'eau ; alors les gens les retrouvent partout, seuls ou par groupes de dix, de cent. C'est l'un des sujets préférés de la gardienne du dortoir, qui est contente d'avoir trouvé quelqu'un avec qui partager sa répulsion pour ces bêtes. Qui aime les rats ? D'ailleurs, ce n'est pas une question d'amour. Moi, je les ai toujours trouvés atroces, obscènes. Des petites machines diaboliques. Même elle est d'accord. « Diaboliques, oui, diaboliques », a-t-elle confirmé en secouant la tête, mais aussi le cou et une partie du tronc pour donner plus de vigueur à son approbation. Elle m'a raconté la fois où, au moment d'abattre un mur dans une maison près du port, le mince voile de revêtement est tombé d'un seul bloc, laissant apparaître, en dessous, une masse compacte de chair grise, six mètres sur trois – dix-huit mètres carrés de rats morts à moitié dévorés par d'autres rats – leur descendance – qui étaient devenus fous à cause de la lumière et avaient fui vers le quai du port pour se noyer dans la mer, l'un après l'autre. Elle m'a raconté la fois où le chien d'un des pêcheurs avait été agressé par une colonie de rats affamés qui l'avaient dépecé vivant. Elle m'a dit qu'on a mis du poison dans la caserne où nous dormons et que les rats sont partis. Mais la nuit, quand tout est silencieux, entre deux mugissements de la centrale, je peux entendre le bruit de leurs petites pattes ou de leurs mandibules dans les combles. Fabio et Francesco m'ont dit que je rêve, mais je ne rêve pas du tout.

Sentiment de totale osmose en voyant Fabio et Francesco assis à côté de moi au déjeuner, comme si la même énergie secrète, une sève propre à nous trois, circulait dans nos trois corps. La chose la plus proche de l'amour que j'aie ressentie dans ma vie. Toujours Simone Weil : « Les êtres que j'aime sont des créatures. Ils sont nés du hasard. Ma rencontre avec eux est aussi un hasard. Ils mourront. Ce qu'ils pensent, ce qu'ils sentent et ce qu'ils font est limité et mélangé de bien et de mal. Savoir cela de toute son âme et ne pas les aimer moins. »

Ce geste ne doit pas être une vengeance. Ce doit être un renoncement, calme et fatigué. Aussi parce que ce voyage a l'air de vouloir être mon plus grand triomphe.

Tout cela me dégoûte. Je n'écrirai plus.

TROISIÈME PARTIE

1

L'automne de cette année-là a été la seconde jeunesse que m'avait accordée un dieu indulgent et généreux. Ou bien un dieu amateur de farces macabres. Un dieu, comme je le répétais en permanence à Julia, qui semblait avoir utilisé le malheur de ces trois pauvres garçons pour me donner un peu de bonheur et nous offrir une seconde chance, à elle et à moi. Non, un dieu qui semblait avoir *causé* le malheur de ces trois pauvres garçons pour que je puisse à nouveau rencontrer Julia, passer une semaine avec elle du côté du cercle polaire arctique puis l'emmener vivre avec moi dans mon appartement de célibataire – enfin, d'ancien célibataire – dans le centre de Florence.

— Bref, gazouillait Julia, tout ce bordel, c'était pour que tu puisse me mettre dans ton lit ?

Et je gazouillais en retour :

— Les voies du Seigneur sont aussi innombrables qu'impénétrables et tortueuses. D'ailleurs, tu remarqueras que c'est à toi que j'ai fait cette fleur…

— Ah non, écoute, je ne veux pas avoir ces trois pauvres garçons sur la conscience. Et puis j'avais une cohorte de prétendants. Une *cohorte*. Alors que toi, tu passais tes soirées sur YouTube ou à discuter avec ta télé. Tes ex s'étaient même liguées contre toi.

Je lui avais raconté le coup du SMS de Paola et Lorena, celui avec : « Tu baises comme un pied. » D'ailleurs, il semblait que ce ne soit pas le cas – du moins à en croire Julia.

J'avais envoyé chez Gaia un camion avec toutes ses affaires : quelques meubles, des livres, des babioles accumulées au cours de nos voyages, que j'avais unilatéralement décrété être *ses* voyages et *ses* achats inconsidérés dans les souks de la moitié de la planète. Je coupais les ponts, je m'offrais une autre vie, un nouveau départ, et cetera. Julia continuait d'enseigner le russe à l'université. Moi, je passais la prendre presque tous les soirs à la fac, place Brunelleschi. La place et la fac étaient squattées par des kyrielles de toxicos et de punks avec leurs chiens, leurs guitares et leurs djembés, mais je n'allais pas là-bas parce que j'avais peur pour elle. C'était de pauvres gars inoffensifs et Julia aurait très bien pu s'en sortir toute seule. Le fait est que j'aimais entrer dans le bâtiment de l'université un peu avant la fin de l'heure, monter pendant deux étages l'escalier qui menait à sa salle et attendre dehors. Sans qu'elle s'en aperçoive, je la regardais à travers le petit hublot carré qui s'ouvrait au milieu de la porte, sa bouche qui remuait en silence, ses mains qui faisaient de drôles de signes dans l'air, des signes *non italiens* – c'est ce qui m'arrivait de penser – pour mieux se faire comprendre par la douzaine d'élèves de son cours. J'approchais mon oreille de la porte et saisissais quelques phrases, quelques mots incompréhensibles en russe. Après, ça dépendait. Je restais parfois là jusqu'à la fin de la leçon, à la contempler, un peu à l'écart, tandis qu'elle prenait congé de ses étudiants, des étudiants qui, au bout d'un petit mois, se sont mis à me saluer, moi aussi, avec un sourire qui – j'en étais sûr – n'était pas moqueur mais sincère, heureux de me voir aussi manifestement heureux : le monde m'aimait. Julia aimait elle aussi me voir l'attendre, mais j'essayais de doser ces apparitions. Le plus souvent, j'attendais en bas et, quand je la voyais sortir du bâtiment, je faisais semblant d'être à peine arrivé – mieux : je la prenais bras dessus, bras dessous en m'excusant de ce léger retard.

La raison de tout ça ? La voilà. À quoi m'avaient conduit des années d'attentions, de gentillesses, de ponctualité les soirs d'apéritifs et de dîners ? À m'entendre dire que je baisais comme un pied. Voilà à quoi ça m'avait conduit. Et ce n'était même pas vrai. Du coup, je m'efforçais maintenant d'user prudemment de la gentillesse et des attentions pour que Julia ne voie pas tout de suite combien j'étais heureux d'être avec elle, de marcher avec elle dans le cloître de la faculté (tiens, encore un truc qui entrait en ligne de compte : revenir à ma fac aux côtés de celle qui avait été le rêve inaccessible de tout le monde dix ans plus tôt). Sauf que je n'ai jamais été bon pour cacher mon bonheur : je n'arrive pas à vivre quelque chose de beau sans hurler aux quatre vents que je vis quelque chose de beau. Toujours cette satanée sensibilité de poète romantique. Mon air indifférent durait juste le temps de traverser le cloître. Puis je ne résistais plus et je lui demandais si tout n'était pas parfait : Florence encore douce, l'apéritif qu'on était en train de prendre, notre dîner, l'après-dîner, le cocooning sur le canapé, tout.

Oui, tout était parfait.

Seulement, je n'arrivais pas à oublier à qui je devais cette perfection. Je ne plaisantais pas quand je disais que la disparition, la mort probable de ces trois jeunes avait été le prix à payer pour que nous puissions nous retrouver. Je souriais, en le disant. Mais quand j'étais seul, ou dans mon lit avant de m'endormir, je ne souriais plus. Je me sentais redevable. Et je me sentais coupable. C'était comme si, pour mettre sur pied quelque chose de bien, ces trois-là avaient dû disparaître, s'effacer, mourir. Et le « quelque chose de bien », c'était moi, ma vie. Je me suis souvenu d'un vers d'un des poèmes que Gaia avait accrochés au frigo quand nous nous étions installés ensemble – un de ses poètes à la con. « Il faut trop de vies pour en faire une », ça disait, ou un truc dans ce goût-là. En réalité, il n'en faut que trois. Et ce n'était pas tout. Il y avait aussi le fait qu'après avoir parlé à leurs parents, suivi leurs traces jusqu'aux Solovki, interviewé ceux qui les avaient croisés là-bas, j'avais l'impression de bien les connaître. Mieux : j'avais l'impression d'être le seul à bien les connaître parmi tous ceux qui s'étaient occupés de leur affaire – de moins en moins nombreux, d'ailleurs, à mesure que d'autres morts, d'autres mystères plus frais prenaient la place de « l'affaire Solovki » dans les faits divers des journaux.

Ils avaient disparu, ils avaient trouvé la mort, ils avaient fini dans une crevasse. Je me souviens d'un titre de journal sublimement débile, un mois après leur disparition, un titre qui était comme une pierre tombale posée sur l'enquête, une invitation à ne plus gaspiller ni d'argent ni de temps pour elle. Ce titre était : « *Tourisme à la carte : y a du soleil et des dégâts.* » De toute évidence, disait l'article, les Italiens portés disparus s'étaient noyés ou s'étaient blessés en escaladant une montagne (alors qu'il suffisait d'une carte détaillée pour voir que les Solovki étaient plates comme une table). Quoi qu'il en soit, il y avait d'autres choses plus intéressantes à raconter, des vrais crimes avec un vrai mort, un assassin, une arme du crime, et cetera. Un accident sur une île en pleine mer Blanche, ça pouvait toujours arriver, et c'était arrivé, fin de la discussion.

Il ne restait plus que moi pour essayer de recoller les morceaux. J'avais été le seul journaliste à aller aux Solovki. Et oui, ces trois garçons, je les connaissais bien, désormais. De mieux en mieux, même. Et pour cause : je continuais à rencontrer des gens qui les avaient vus, fréquentés. Je disais qui j'étais, expliquais ce sur quoi je travaillais et, le temps de creuser dans leur mémoire, mes interlocuteurs retrouvaient des traces, des apparitions vieilles de plusieurs années. Florence est si petite ! Certains allaient à la même salle de sport que Fabio. D'autres étaient clients du cabinet Luciani et se souvenaient des sarcasmes du père de Francesco sur la vocation d'architecte de son fils. D'autres encore avaient un enfant ou un petit frère qui fréquentait l'école où enseignait Enrico. Et les portraits se peaufinaient, le tableau se faisait de plus en plus net : Fabio et son incapacité à prendre des décisions, sa façon de se disperser dans mille petites activités qui ne menaient à rien ; l'inquiétude, peut-être le manque de talent de Francesco ; l'ironie, la dérision permanente dont Enrico usait avec des étudiants qui étaient évidemment trop jeunes pour pouvoir l'apprécier et réagissaient en le traitant comme un cas social… Il ne restait plus que moi pour tenter de remettre ensemble les morceaux. Parce que je leur devais quelque chose, à tous les trois, en échange de cet automne de bonheur avec Julia. Julia. Au début, elle se moquait de moi en voyant que mon enquête devenait une manie. Puis elle a commencé à s'inquiéter. Pourquoi cette obsession pour des gens que je ne connaissais pas, que je n'avais jamais vus ? Pourquoi, m'a-t-elle demandé,

« cette faiblesse » ? C'était le mot juste, le mot que j'attendais pour pouvoir l'avouer : je me sentais faible.

J'étais en train de me séparer de ma femme, après un mariage qui avait duré près de dix ans. Je m'étais marié jeune, pour les standards courants. Mon père était implicitement, poliment contre. Mes amis m'avaient, eux, conseillé d'attendre et de profiter encore un peu de la vie. De fait, nous aurions pu vivre ensemble sans nous marier, Gaia et moi – nous n'étions intéressés ni par la religion, ni par les conventions. Mais à un moment donné, nous avons senti comme le devoir d'*affirmer* quelque chose, comme une déclaration de confiance à nous-mêmes et au futur, alors qu'autour de nous, les autres – c'est ce qu'on se disait – semblaient se disputer la palme du plus irresponsable. Puis le futur était arrivé pour nous prouver que quelque chose était allé de travers. Niccolò était né au beau milieu d'une crise conjugale et n'avait pas contribué à la résoudre.

Et il se passait autre chose. Certaines des personnes que j'avais connues étaient mortes. Naturellement, les gens mouraient aussi quand j'étais enfant ou adolescent. Mais les cas étaient très particuliers : c'était toujours les grands qui mouraient. Ma vieille instit du cours élémentaire, retrouvée morte au bout de plusieurs jours, seule dans son mini-appartement dans le quartier de l'Isolotto. La mère d'une voisine, dans un accident de voiture. Même quand mon camarade de classe Andrea était allé s'emplafonner contre un arbre avec sa moto et avait atterri à l'hôpital, s'était fait opérer et avait fini par mourir, je me souviens que nous avions tous été effondrés, sans exception, car c'était ce qu'on attendait de nous, mais c'était un demi-mensonge. Quand est arrivée la nouvelle de sa mort, je me suis enfermé dans la salle de bains en essayant de pleurer, pourtant j'avais envie de sourire. « Tu mens, tu mens ! » : c'est pour ça que cette réplique de *La Mort de Danton* m'avait tant frappée quand je l'avais lue. Et elle avait également frappé Enrico ; il l'avait soulignée lui aussi dans l'exemplaire que j'avais trouvé à côté de son lit aux Solovki. Nous mentions. Mais maintenant, les choses avaient changé. Maintenant, ceux qui mouraient étaient des gens à qui j'avais parlé quelques semaines ou quelques jours plus tôt, des gens à qui je tenais, que j'aimais vraiment. Et pas seulement de vieux collègues ou de vieux amis de la famille, mais des gens de mon âge, ou à peine plus vieux – l'un d'un cancer, une autre dans un accident en montagne. Bref, mes amis étaient mortels ; il n'était donc pas difficile d'en déduire que je l'étais moi aussi, que ce serait bientôt mon tour de disparaître.

Voilà aussi, je crois, pourquoi j'étais sensible au destin des trois disparus. Il va sans dire que ce genre de choses n'aurait jamais pu arriver. J'avais une compagne – non, une nouvelle compagne : Julia –, j'avais un fils, une espèce de travail. Par bonheur, je n'avais pas le temps de me perdre pendant un mois du côté du cercle polaire arctique pour restaurer des monastères gratis. Mais je connaissais un tas de gens qui auraient pu se retrouver dans une situation de ce genre, un tas d'amis portés sur les cultures alternatives qui auraient tout de suite accepté de passer un mois aux Solovki pour fuir leur vie. Je n'aurais personnellement pas accepté, mais entre ma séparation avec Gaia, mon épuisement au quotidien et la médiocrité de mon travail, jour après jour, je commençais à comprendre leur point de vue.

Et il y avait quelque chose en plus. J'avais comme la sensation qu'Enrico, dans son journal, parlait *vraiment* pour moi. Un peu tardivement, je ressentais moi aussi, désormais, la peine inspirée par les responsabilités, par la fin des innombrables possibilités que la vie semble offrir jusqu'à trente ans. Maintenant, il n'y avait qu'à attendre – la famille, les enfants, le travail, la vieillesse, la mort. Qu'est-ce qu'avait écrit Enrico, déjà ? « Nous ne serons jamais plus beaux que ça. » Moi aussi, je me sentais arrivé au sommet : il n'y avait plus que la descente, maintenant.

Deux jours après mon arrivée à Florence, j'ai appelé Galliano. Je lui ai raconté mon voyage et dit que j'étais quasi prêt à lui remettre le premier des trois articles dont nous étions convenu, j'avais seulement besoin d'un peu de temps pour rassembler mes notes et mes idées. Galliano m'écoutait distraitement. Tandis que je parlais, j'entendais le bruit des touches de son ordinateur. Trop rapide. Il n'écrivait pas, cette buse : il tapotait sur le clavier pour se donner une contenance, pour me faire comprendre qu'il avait des choses beaucoup plus importantes à faire, c'est tout.

J'ai savouré ce moment.

— J'ai trouvé… Je suis entré en possession du journal d'Enrico.

— Ah ben merde !

— Comme tu dis. C'est du bon. Bizarre, mais c'est du bon.

— Et tu as fait comment pour l'avoir ? Tu l'as trouvé où ?

— On me l'a donné.

— On te l'a donné.

— On me l'a donné.

— Capace, dis-toi que je ne vais pas lâcher un sou. Tu n'auras pas un sou en plus de que ce qu'on a décidé, c'est clair ?

Je n'avais pas songé une seule seconde à faire monter les enchères (je suis grand seigneur), mais Galliano m'a donné l'idée.

— Ben… Ça mérite peut-être une petite rallonge, non ? Allez, tu lis le truc et puis tu décides.

— Mmmh, on verra, pour la rallonge… Ça dit quelque chose sur ce qui leur est arrivé ?

— Quoi, tu voudrais une carte qui mène à leurs cadavres ? Oublie tout de suite. Il n'y a que des observations sur leur vie là-bas, sur la vie en général…

— Des trucs trash ? Des histoires de pédés ? Tafioles et compagnie ?

J'étais habitué au cynisme raffiné de Galliano. C'était lui qui, pendant les bombardements sur Sarajevo, avait pris congé du photographe envoyé faire un reportage là-bas en disant : « Des enfants. Des cadavres d'enfants. Par pitié. » C'était lui qui, pendant la première guerre du Golfe, avait offert une récompense de cinq millions de lires – plus de deux mille cinq cents euros ! – à celui qui lui ramènerait des photos des Irakiens enterrés vivants : « Dans le sable, avec du sable dans la bouche, dans les yeux, partout. Plein de sable, plein. » Galliano était raciste, fasciste, machiste et, naturellement, homophobe. Sans compter que personne ne semblait jamais avoir eu l'occasion de lire une ligne rédigée par ses soins. Pour ce que nous en savions, il pouvait même être analphabète. C'est pour ça qu'il était devenu directeur.

— Des histoires de pédés ? Non, je ne dirais pas ça. En fait, les choses sont un peu plus compliquées…

— C'est toi qui les compliques, Capace. Toi. Mais le lecteur, lui, il veut des choses simples. Et il a droit de vie ou de mort sur ton petit cul, je te rappelle. Alors nous devons tout lui simplifier, même les choses déjà simples. Du coup, ça leur évite de nous casser les couilles.

J'ai encaissé la leçon de journalisme en silence, puis je lui ai un peu mieux décrit le contenu du journal.

— Bon, a-t-il conclu, tout ça m'a l'air d'être intéressant. La mère est d'accord pour qu'on le publie ?

J'ai été doublement surpris. Parce que je n'avais jamais imaginé Galliano capable d'avoir tant de scrupules. Et parce que je n'en avais pas eu : je n'avais même pas pensé qu'il soit juste, opportun, honnête, de dire à la mère d'Enrico que nous avions trouvé le journal de son fils. Je suis resté un instant sans rien dire, à me demander pourquoi une chose aussi évidente ne m'était pas venue à l'esprit.

— Tu ne lui as pas dit. Tu ne lui as pas dit que tu avais trouvé le journal de son fils !

— Effectivement, non. J'ai préféré…

Galliano gloussait.

— Houuu, Capace ! Mais alors, je n'ai plus rien à t'apprendre ! Mais alors je t'ai toujours sous-estimé ! Mais alors tu es vraiment devenu le pit-bull que tu dois être dans ce monde de loups… Ah, *chapeau** !

— Non, c'est que je voulais te consulter d'abord. Si jamais ça ne t'intéressait pas…

— Ça m'intéresse, mais vu que nous ne sommes pas des chacals et que je ne veux pas finir au tribunal, il vaut mieux savoir ce qu'en pense la mère de ce pauvre gars, tu ne crois pas ?

Moi, j'avais cru qu'il me sauterait au cou : le scoop qui relançait l'affaire ! À partir de là, ça pouvait déclencher plein de choses : un contrat à l'année, une collaboration régulière… Mais non. Il ne m'a pas proposé une collaboration régulière. À la place, il m'a donné une leçon de déontologie. Galliano. Et le plus chiant dans tout ça, c'est qu'il avait raison.

2

— Et vous voudriez publier ce machin-là ?

La mère d'Enrico vivait dans un deux-pièces à Sesto Fiorentino : une chambre, cuisine, séjour et un petit balcon qui donnait sur le vacarme de la rocade pour Livourne. Le mobilier avait le dénuement poussiéreux des éléments de décor qu'on voit dans les vieux téléfilms de Maigret avec Gino Cervi : deux fauteuils en skaï, une vieille table de salle à manger surdimensionnée par rapport à la pièce, un gros rideau blanc qui privait l'appartement du peu de lumière sale qui venait de dehors et, aux murs, une dizaine de ces reproductions atroces de tableaux célèbres faites au point de croix, avec du fil de couleur à la place de la peinture. Tout en m'asseyant sur un fauteuil, j'ai reconnu une *Vierge aux rochers*, un Renoir, des tournesols de Van Gogh, deux Arcimboldo.

— Je sais, ils sont moches. Mais c'est mon mari qui les faisait. C'est un souvenir.

Je n'avais pas ouvert la bouche ; de toute évidence, l'expression de mon visage parlait d'elle-même. Mais c'était peut-être un trait d'humour que Mme Saraceno sortait à tous ses invités, c'était tout à fait plausible. Quoi qu'il en soit, cette petite blague m'a confirmé l'idée que je m'étais faite au cours de notre première conversation téléphonique, fort brève, quand elle avait refusé de se laisser interviewer : cette femme était tout sauf une idiote.

J'ai marmonné :

— Du tout, au contraire… Vous avez un sacré pan d'histoire de l'art…

Elle a eu un sourire indulgent qui voulait dire qu'à partir de maintenant, je pouvais me dispenser de faire semblant. J'ai souri moi aussi et accepté ce pacte silencieux : j'allais lui dire la vérité, j'étais là pour ça.

Je lui avais téléphoné la veille au soir – en allant droit au but avant qu'elle puisse me raccrocher au nez.

— Madame Saraceno, je suis Alessandro Capace, de *Fatti*. Excusez-moi de vous déranger une fois de plus, mais nous avons retrouvé le journal de votre fils.

Il y a eu un silence, puis :

— Où ?

— Aux îles Solovki. Un garçon qui vit là-bas me l'a donné.

— Pourquoi à vous et pas à la police ?

— Je ne sais pas. Je crois qu'il me faisait confiance.

— Et pourquoi c'était lui qui l'avait ?

— Il se peut qu'il l'ait trouvé. Ou que votre fils le lui ait donné.

— Et il ne pourrait pas l'avoir pris, ou volé ? Vous ne l'avez pas dit à la police ?

— S'il l'avait volé, on comprendrait mal pourquoi il a fini par me le donner alors que je ne lui avais rien demandé… Et puis ce n'est pas vraiment un journal, plutôt un bloc-notes. Je vais évidemment prévenir la police. Mais avant, je voulais en parler avec vous. Comme vous pouvez le comprendre, ce journal a une grande valeur journalistique.

Je m'en suis voulu d'avoir dit ça en plein milieu de ma phrase.

— Une grande valeur journalistique ?

— Je veux dire qu'il serait intéressant de le publier.

Valeur journalistique et *intéressant* sont deux expressions malheureuses quand on les sort coup sur coup ; je n'ai donc pas été étonné quand Mme Saraceno m'a répondu, sans hausser le ton mais en détachant bien chaque mot.

— Vous parlez de mon fils. De mon fils et de son journal...

Comment est-ce que je m'y prenais pour irriter les gens même quand mes intentions étaient bonnes ? Je faisais comment ?

Je l'avais alors interrompue :

— C'est justement pour ça que je vous ai appelée. J'aimerais vous le faire lire. J'aimerais en parler avec vous.

Silence. Elle ne s'attendait pas à une telle honnêteté. J'ai pensé avec un peu de dégoût qu'elle pouvait remercier Galliano, c'était à lui qu'elle la devait.

— Je travaille cette nuit. Je suis infirmière, je suis de garde. Mais si vous passez demain après déjeuner, je serai chez moi.

Cette réaction m'a dérouté. Comment croire qu'une mère ne veuille pas voir immédiatement le journal de son fils disparu ? Mme Saraceno avait un drôle de flegme.

Et le lendemain, j'étais là, à contempler les tableaux au point de croix sur les murs tandis que Mme Saraceno lisait le journal de son fils, les derniers mots que son fils avait écrits avant de disparaître. La lecture a été expédiée en moins de dix minutes. À la fin, elle m'a repassé le bloc. Je n'attendais pas des larmes. Mais pas non plus un tel self-control. J'ai repensé aux larmes de la mère de Francesco, au déluge verbal de la mère de Fabio. Je me suis demandé s'il n'aurait pas été naturel d'attendre le contraire : les bourgeois entraînés à cacher leurs passions, le peuple habitué à les crier – à en faire étalage, même. Autrefois, peut-être. Aujourd'hui, la frontière, s'il en existe encore une, est moins nette. Plus qu'une question de fortune, la dignité est une question d'intelligence, et la mère d'Enrico était manifestement plus intelligente que les deux autres.

— Ce n'est qu'une succession de pensées, le genre de choses que tout un chacun pourrait dire ou écrire pendant des vacances. Je ne vois vraiment pas…

Mais le fait est que « tout un chacun » n'avait pas disparu. C'est ce que j'ai essayé de lui expliquer prudemment.

— Quoi qu'il en soit, il y a des détails qui pourraient aider dans les enquêtes…

— Lesquels ? m'a-t-elle coupé.

Je me sentais perdre pied.

— Eh bien… Ça, il faut laisser les enquêteurs en décider… Et puis j'ai l'impression que ça donne un portrait de votre fils bien plus nuancé et… oui, euh, intéressant…

Elle m'a regardé, a eu le même sourire ironique que devant les tableaux au point de croix ; mais cette fois, le regard était plus sévère : je m'étais remis à faire semblant.

— Écoutez, je comprends très bien pourquoi ce truc vous intéresse. Et je sais très bien que l'enquête et le portrait de mon fils n'ont rien à voir là-dedans. Je lis les journaux moi aussi, j'aime les faits divers. Et on est face à une histoire parfaite pour les faits divers, non ? Évidemment, moi, je ne peux pas l'apprécier parce qu'elle implique mon fils, mais pour vous, qu'est-ce que ça change? Vous êtes encore jeune, vous voulez faire carrière, et vous avez là une belle opportunité, un bon moyen pour sortir du lot, pour percer.

J'ai essayé de parler mais elle m'a arrêté d'un geste de la main.

— Non, je ne vous fais pas de reproches, vous faites votre travail. J'ai juste l'impression que les gens ont déjà oublié cette histoire. Vous savez, il arrive tellement de choses… Il y a un tas de personnes qui disparaissent, non ? À *Perdu de vue*, ils ont l'embarras du choix, pas vrai ? Vous croyez vraiment que les pensées de mon fils peuvent faire grimper les tirages ?

— Ce n'est pas ça. C'est que…

— Bref, faites ce que bon vous semble de ce truc. En fait, j'imagine que je dois vous remercier d'être venu me demander… quoi ? Mon avis ? Ma permission ?

À vrai dire, je ne savais pas bien moi non plus pourquoi j'étais là. J'ai encore hésité.

— Permission accordée, a-t-elle conclu.

Je pensais que c'était une formule de congé. La visite avait assez duré. Au lieu de quoi, elle a continué à parler.

— Je ne voudrais pas vous paraître froide, désintéressée… C'est tout le contraire. J'ai un cancer, voyez-vous.

— Mon Dieu, je suis désolé.

— Pourquoi êtes-vous désolé ? C'est la première fois que vous me voyez…

J'ai admis :

— C'est ce qu'on dit, j'imagine…

Mais je l'ai dit pour être à la hauteur de son sérieux, de son ironie. Le fait est que j'étais vraiment désolé. Je m'étais senti coupable de toutes les belles choses qui m'étaient arrivées par l'effet de cette tragédie. Et pendant le quart d'heure où je l'avais regardée lire les dernières pages écrites par son fils unique, mort, j'avais compris qu'après tout, c'était ma façon de commencer à payer, moi aussi. De quel droit pouvais-je m'immiscer dans la vie d'une mère et d'un fils ? Je savais quoi, moi, sur eux ? Pour moi, c'était juste des pages de bloc-notes, mais elle, elle pouvait voir son fils penché sur sa feuille tandis qu'il écrivait, imaginer sa voix tandis qu'il relisait, une voix qu'elle n'entendrait plus jamais… J'avais pensé à ma mère, à la façon dont elle aurait réagi dans cette situation. Ma mère perdue au fond d'une ville quelconque en Allemagne, à côté de quelqu'un que je n'avais jamais vu, en train de lire les derniers mots de son fils oublié. Et j'avais pensé à la mère de Valentin, à sa couverture de cheval jetée sur ses épaules dans cette espèce d'étable où elle vivait, en pleine mer Blanche, abrutie par la pauvreté et le vacarme de la centrale électrique. À peine rentré en Italie, j'étais allé dans un grand entrepôt à la sortie de Florence et, pour une cinquantaine d'euros, j'avais acheté deux pulls ainsi qu'un lot de bas en laine, et expédié le tout à l'adresse de l'épicerie de Tibor, un beau paquet avec son nom à elle écrit bien lisiblement par Julia et la demande de le lui faire parvenir au plus vite.

Le cancer. Assis avec elle sur le divan, avec le trafic de dix-huit heures derrière la fenêtre, j'ai eu envie de mettre ma tête sur ses genoux et de pleurer. Pour Enrico, pour elle, pour moi, pour les disparus. Et, par-dessus tout, pour les mères.

— Ne soyez pas désolé. Moi, je ne suis pas désolée. Vous savez que je suis veuve. Mais la mort de mon mari n'a pas été quelque chose d'aussi traumatisant. Oh mon Dieu, vous devez penser que je suis un monstre…

Elle a bloqué d'une main ma tentative de dire une autre bêtise rhétorique.

— Non, le fait est que j'avais entièrement, comment dire ? transvasé ma vie dans celle de mon fils. Entièrement. Lui-même le dit, dans son journal. Il est très sévère avec moi, et il a raison. La mère omniprésente, qui l'aimait par névrose. Oui, je vivais à travers lui. Et ce n'était pas une belle vie – ni la mienne, ni la sienne. J'avais passé à mon fils aussi bien mes qualités que mes défauts. Et ce qu'on voyait, c'était surtout mes défauts. Enfin, surtout... une certaine incapacité à vivre sa vie. Oui, voilà. Comme si ce qui est clair, simple, évident pour les autres, était en revanche opaque et difficile pour nous. Oui, inadaptés à la vie. Pas en général – ça nous plaisait, la vie, en général. Non, inadaptés à la vie d'aujourd'hui, dans ce pays, dans cette ville...

Et elle a désigné du menton la fenêtre, ce qu'il y avait dehors – la rocade pour Livourne, Florence, l'Italie.

— Je vous assure que vous n'êtes pas la seule à vous sentir comme ça. Nous sommes nombreux. Très nombreux.

— Ça se peut. Ça se peut que ce soit comme une espèce d'épidémie qui ne se voit pas, qui ne se manifeste pas dans les corps comme la peste, ou comme le sida, mais elle est là. Ça se peut. Mais c'est triste quand on voit que la maladie dévore aussi quelqu'un qu'on a créé, et qu'il n'y a rien à faire pour l'éviter. C'est très triste.

Je ne savais pas bien quoi faire. Cette permission était une excuse. En réalité, j'étais venu pour trouver quelques éléments qui rendraient plus dramatique mon article, du type : « Mme Saraceno attend depuis deux mois dans son petit appartement de Sesto Fiorentino... » Alors que.

Galliano ne serait pas content. Je l'ai annihilé par la pensée. J'ai tendu une main, je l'ai posée sur le bras de cette femme. Elle a mis la sienne dessus, comme pour dire que c'était moi, en réalité, qui avais besoin de réconfort. Et de fait, c'est ce que je ressentais.

— J'ai toujours pensé que mon fils chercherait une autre voie. Autre chose que ça. Les voyages : le Japon, l'Inde. Il étudiait les endroits où il allait. Il lisait. Ce n'était pas un touriste, ni même un de ces crétins qui tombent amoureux d'un autre pays histoire de dire, qui veulent seulement s'en aller parce qu'ils croient que le bonheur est ailleurs. Lui, il ne pensait pas ça. Il cherchait un moyen de s'en sortir *ici*. Malheureusement, j'ai compris très vite, quand il était encore ado, que mon fils était comme moi : condamné à l'échec. Et à la douleur aussi. Il a été pendant plusieurs années avec une gentille fille qu'il avait connue à l'université. Je dis « une gentille fille », mais en réalité, elle n'avait pas de qualités particulières. Ni de défauts particuliers, pour être honnête…

Elle a secoué la tête en riant, haussé les épaules comme pour dire qu'il n'y avait aucune raison, désormais, de garder des secrets et poursuivi :

— De temps en temps, on en riait, avec mon fils : ni qualités, ni défauts. « Une page blanche », je lui avais dit, une fois. Et il m'avait répondu : « Oui, mais une page perméable à l'encre. » On riait d'elle ; la vérité, c'est que nous étions complices. Nous nous aimions, moi et lui, lui et moi. Et oui, je dois bien admettre qu'effectivement nous n'aimions pas les autres. C'était ça qui nous unissait… Oh mon Dieu, je vous fais vraiment un panorama pathologique…

Elle a ri. J'ai ri moi aussi. Je me suis dit que c'était sûrement beau d'être complice avec une femme aussi intelligente. Beau et, à la longue, très compliqué, surtout si cette femme était votre mère.

— Quoi qu'il en soit, ils se sont quittés voilà deux ans. Et moi – ce n'est pas une chose que je devrais dire, je sais –, j'ai été contente. Pas parce que j'allais l'avoir pour moi toute seule. Non, je ne suis pas ce genre de mère. Mais parce qu'il valait mieux que nos gènes ne se communiquent à personne d'autre. Que personne ne soit entraîné avec nous dans notre... maladie.

— Et pour ce qui est de ce voyage aux Solovki, vous croyez que votre fils pourrait...

— Ce voyage aux Solovki, c'était un hasard. Ça aurait pu être autre chose, n'importe quoi... Ils y étaient allés une première fois, il y a quelques années. Je me souviens qu'il avait trouvé cet endroit un peu sinistre. Ce doit être une espèce de prison au milieu des glaces, vous y êtes allé...

J'ai acquiescé. Oui, une prison au milieu de la boue et de la glace.

— Il était toutefois resté fasciné par l'histoire de ces îles. Et par la nature. Je crois qu'il aimait l'idée d'une nature qui n'est ni belle, ni grandiose, ni amicale – une nature qui, m'avait-il dit, est *contre* les êtres humains. Et puis il a rencontré des gens bizarres. Il parle aussi des plus bizarres dans ces notes. Le garçon fou. Sa mère...

— À un moment donné, votre fils parle d'un petit film. Il dit... Attendez...

J'ai pris le journal et lu à haute voix :

— « Vu de près, Filippov est le portrait craché de son grand-père, l'homme qui sourit aux déportés dans le petit film. On dirait la même personne, comme si les gènes, à cause du froid, n'étaient pas arrivés à beaucoup se diversifier : plus que son petit-fils, c'est son clone. » Vous savez ce que c'est, ce film ?

— Oui. Mon fils a appris, je ne sais comment, qu'un film de propagande avait été tourné aux Solovki. Par les Soviétiques. Pour montrer qu'on était bien dans les goulags, que tout le monde était content. Du coup, il se l'est procuré par le biais d'une espèce d'association de rescapés, des gens qui étaient allés au goulag et avaient ouvert un site Internet avec journaux, photos, films... Il a même essayé de me le montrer, mais c'est un film muet avec des sous-titres en russe, j'ai décroché tout de suite. Il l'a laissé ici après son dernier déménagement, je vous le donne volontiers si vous pensez que ça peut vous servir.

Le voilà, l'élément dramatique.

— Bien sûr, ça me sera certainement utile.

Mme Saraceno est revenue une minute après avec un petit sac en plastique sur lequel était écrit « *Solovki Labour Camps 1928* » et, à l'intérieur, un DVD remasterisé. Elle me l'a donné. Puis est restée debout. Il était l'heure de partir, je me suis levé moi aussi.

Dehors, le bruit du trafic avait diminué, c'était maintenant une basse continue, un bourdonnement qui parvenait à peine à franchir la barrière du double vitrage.

— Bien, je vous ferai savoir comment vont les choses. Vous recevrez un exemplaire des articles.

— Non, ce n'est pas nécessaire, a-t-elle répliqué. En admettant que quelqu'un le découvre, vous ou un autre, je ne suis pas sûre de vouloir savoir ce qui s'est passé. En fait, je ne veux pas le savoir. Je vous l'ai dit : pour moi, ce n'était qu'en partie une surprise. J'attendais quelque chose, je ne savais pas quoi. Et il s'est passé quelque chose. J'espère juste qu'il n'a pas souffert.

Elle a souri. Moi, j'étais au bord des larmes, des larmes de sympathie et d'admiration plus que de douleur. Je voulais être sûr que nous allions nous revoir. Je lui ai dit que je lui rapporterais le DVD.

— Oh, je ne crois pas que vous trouverez grand-chose d'intéressant dans ce film. Mais vous pouvez le garder.

Elle m'a ouvert la porte. Au bord du palier, elle a ajouté, toujours en souriant :

— Disons que je vous le confie, comme un souvenir…

Elle m'a posé une main sur la joue :

— Et ne soyez pas triste, hein ! Qu'est-ce que vous avez à faire cette tête ?

3

Le lendemain matin, le téléphone a sonné à huit heures alors que je prenais le petit déjeuner devant mon ordinateur allumé. J'étais en train de retoucher l'article que j'étais censé rendre le jour d'après – quelques vérifications sur l'orthographe des noms, quelques notes de couleur en plus, pour créer une atmosphère, mais c'était d'abord un moyen d'être satisfait du résultat, car l'article me semblait parfait. J'avais une histoire, j'avais des informations dont ne disposait personne d'autre, j'avais Julia. J'étais indestructible.

— Mon cher journaliste, te voilà de retour !

C'était Monina, et c'était un horaire inhabituel pour lui car il n'arrivait jamais à son bureau avant dix, onze heures. L'heure était étrange, tout comme le fait que ce soit lui qui m'appelle. J'ai pensé qu'il avait quelque chose d'important à me dire, ou qu'il avait hâte de m'entendre. Ou les deux à la fois.

— J'attendais un appel de ta part… Un appel rapide.

Peut-être que je me trompais, peut-être que c'était ma mauvaise conscience, mais il y avait, me semblait-il, une note quasi menaçante dans son ton ironique.

— Je viens de rentrer. Ça fait deux jours. Je suis justement en train de rassembler les pièces…

Il ne m'a pas laissé finir ma phrase :

— Je sais, je sais que tu viens de rentrer. Mais ça ne fait pas deux jours : ça en fait quatre exactement.

— Oui, depuis peu, quoi…

— Et comment ça s'est passé, comment ça s'est passé ?

C'était maintenant le ton qu'on prend avec les enfants : qu'est-ce que tu as fait de beau ?

— Bien, c'était intéressant, j'ai même du nouveau, et j'allais justement…

Il ne m'a pas laissé finir :

— Tu allais justement, bien sûr… Mais l'ennui, c'est ce que tu es revenu trop vite. Trop vite. Tu aurais dû rester encore quelques jours. Où est ton flair de journaliste ? Hein ? Parce qu'il y a eu des développements importants…

Il a marqué une longue pause en attendant ma question. Mais je suis resté sans mot dire.

— Il se trouve que la police russe a chopé celui qui a tué le jeune Allemand.

— Quand ?

— Hier. Quel sens du timing, hein ? Tu as loupé ton scoop. Tu es vraiment con.

Monina ne faisait pas de distinction entre les journalistes qui écrivaient pour les quotidiens et les reporters comme moi. Si ça se trouve, il la faisait, mais en considérant les reporters comme des gens qui auraient tellement voulu écrire pour les quotidiens. Et il avait peut-être raison, même si, à vrai dire, ce n'était pas mon cas : je voulais de l'espace pour les investigations, les grandes descriptions, le para-roman. Quoi qu'il en soit, Monina pensait que tous les journalistes avaient pour seul et unique but l'Exclusivité, le Scoop. Ce n'était pas le cas, ce n'était pas à ça que je pensais par cette matinée resplendissante, devant l'écran de mon ordinateur, tandis que j'écrivais mon reportage du Grand Nord, mais cela ne voulait pas dire que je n'étais pas troublé par cette nouvelle. Troublé et déçu.

— Et ce serait qui ? j'ai demandé.

— Ton ami Valentin. L'idiot du village.

Je suis resté muet. Pourquoi Valentin ? Non, je ne pouvais pas dire que je n'y avais pas pensé. L'idiot, le plus étrange de tous. Le seul, par conséquent, qui aurait pu faire une chose aussi étrange, aussi absurde que de tuer la mascotte du groupe. Moi qui avais pourtant pensé à tant d'autres choses qui ne s'étaient pas réalisées. Pourquoi celle-là, précisément ? Et puis pourquoi Monina disait-il que j'étais l'ami de Valentin ? Qu'est-ce qu'il en savait ?

— Ils ont des preuves ?

— On dirait que oui. Ils ont trouvé chez lui une gourmette qui appartenait au petit jeune. Et des dessins bizarres. L'idiot savait dessiner.

J'ai pensé à l'autoportrait. Au dessin de Valentin au pied d'une échelle qui menait au soleil.

— C'est tout ? Peut-être que c'est le petit jeune qui lui a offert la gourmette. Et qu'est-ce qu'il y a de mal à faire des portraits ?

— Oh non, il n'y a pas de mal à ça, tu penses bien. Mais je n'ai pas dit que c'était des portraits.

C'est vrai, il ne l'avait pas dit. J'étais tombé dans le piège. Mais le fait est que je n'avais pas songé à devoir éviter des pièges. Je m'étais toujours imaginé Monina comme un allié, une espèce de parrain un peu rigolo, qu'on pouvait même taquiner gentiment, de temps à autre. Sauf que c'était aussi un commissaire de police et, à en juger par les choses qu'il arrivait à savoir avant les autres, sûrement bien plus qu'un simple commissaire. À cet instant, ce n'était pas le parrain qui me parlait. Il fallait que je fasse attention.

— J'ai dit des dessins, a-t-il poursuivi. Mais tu as raison, c'était des portraits. Un peu étranges, cela dit.

J'ai posé la question qu'il attendait :

— Pourquoi étranges ?

— Parce que ce ne sont pas des portraits de l'Allemand vivant. Ce sont des portraits de l'Allemand mort, avec la tête écrabouillée et tout le tralala.

Je n'ai rien dit. J'ai repensé au portrait d'Enrico. Non, c'était le portrait d'un vivant. Mais il y avait clairement de l'entraînement derrière ; Valentin avait un certain talent et une certaine pratique pour ce qui était de dessiner les visages. D'accord, il savait dessiner. Mais pourquoi en conclure qu'il avait tué Uwe ? On pouvait penser qu'il avait découvert le cadavre, qu'il avait fait son portrait puis qu'il était rentré chez lui sans rien dire à personne. Il était assez fou pour faire une chose dans ce goût-là. Mais je savais ce qu'allait me dire Monina.

— Et il y a autre chose. Parce que l'idiot est un récidiviste. Il y a environ quinze ans de ça, il avait déjà agressé quelqu'un, un autre garçon de l'île. Coups de pied et coups de poing : ton idiot est du genre assez costaud, on dirait. Il ne l'a pas tué, mais presque. Il s'est enfui et, pendant quelques mois, personne ne l'a vu. On le croyait mort parce qu'il n'avait ni un sou ni la possibilité de quitter l'île. Et avec trente degrés en dessous de zéro, tu ne risques pas de revenir raconter ta vie. Sauf qu'il est revenu. Un jour, on l'a vu débouler de la forêt tout cassé, tout sale. Et il ne parlait plus. Ce n'est pas comme si ce gars était un génie avant. Mais à partir de là, il était fou, vraiment fou. Il était comment ? Barjo, hein ? Je sais que vous êtes devenus amis, toi et lui...

J'ai éclaté de rire :

— Eh bien, je t'ai sous-estimé. Qui était votre informateur, là-bas ? Un des jeunes de l'hôtel ? Un des marins ? Tibor, à l'épicerie.

— Oh, un peu tout le monde, tu sais, un peu tout le monde... C'est un peuple d'espions, de gens qui aiment dire et médire, il suffit d'un verre de vodka... Au fait, il t'a donné quoi, l'idiot, sur le ferry ?

J'avais compris qu'il allait me le demander, j'avais donc un mensonge tout prêt :

— Des dessins.

— Mmmh. Quels dessins ?

— Des autoportraits.

— Rien d'autre ?

— Deux photos, rien d'intéressant.

— Ce con a fait deux cents mètres à la nage en pleine mer Glaciale Arctique juste pour te donner son autoportrait et deux photos-souvenir ?

Il savait tout. C'était comme s'il avait été là-bas, sur le ferry.

— Tu l'as dit toi-même : c'est un con.

Le lendemain, j'ai cherché la nouvelle de l'arrestation de Valentin dans les journaux et sur Internet, mais je n'ai rien trouvé. De toute évidence, Interpol n'avait pas encore rendu la chose publique. Monina m'avait fait comprendre que nous devions travailler en équipe. Il m'avait aidé ; maintenant, il voulait quelque chose en échange. Pour commencer, une transparence totale. Il était commissaire de police. Mais en me prévenant à l'avance de l'arrestation de Valentin, il m'avait à nouveau fait une faveur. Il était encore mon parrain. C'est moi qui allais donner la nouvelle, qui allais la glisser dans mon article pour *Fatti* – un reportage pour un hebdomadaire qui grillait la politesse aux journaux mais aussi aux agences de presse… Je l'ai appelé à son bureau pour le remercier.

— Eh oui, tu fais bien de me remercier. Tu fais bien. Mais maintenant, ça va être à toi de m'aider un peu, tu ne crois pas ?

Le ton inquisiteur de la veille avait laissé place à sa cordialité ironique habituelle. Nous étions de nouveau amis. Il y avait deux choses que je pouvais lui donner en échange. La première, c'était le journal d'Enrico ; l'autre, c'était les soupçons sur le pope. Sauf que le journal devait d'abord sortir dans *Fatti*. Quant à l'histoire des icônes, là, c'était moi qui avais besoin d'un coup de main.

— Effectivement, je voulais te le dire hier. Mais ensuite, tu m'as donné cette nouvelle… J'ai découvert quelque chose qui pourrait intéresser Interpol… Donc, tu sais que tout ce truc, tout ce paquet de fric de l'Unesco, tourne autour des icônes…

— Ce que tu veux me dire, m'a-t-il coupé, c'est que le pope fait du trafic avec les icônes, qu'il s'en est fait faire des copies qu'il a mises dans la crypte et que, pendant ce temps, il vend les originaux.

Monina a savouré mon silence.

— Hé hé, tu pensais que les autorités du village ne surveillaient rien, pas vrai ? Sauf qu'ils surveillent, ils surveillent… Cela dit, n'écris rien sur cette histoire, je te prie, car nous sommes encore dessus et tu pourrais gêner l'enquête. C'est assez clair ou pas ?

C'était assez clair. La révélation, l'exclusivité de la veille était un petit cadeau pour que je me taise sur la question des icônes. Pas de problème, c'était un échange équitable, et il me permettait de ne rien dire sur le journal.

— D'accord. Je m'en tiens aux généralités. Mais l'arrestation de l'idiot, ça, je peux en parler, non ?

— L'idiot, c'est toi qui vois. Vous êtes amis, non ?

L'article est sorti quelques jours plus tard. Il y avait un compte rendu du voyage, des extraits de conversations avec certaines des personnes que j'avais rencontrées sur l'île ainsi qu'un bref et tendre portrait de nos hôtes, Lila et Pavel. Il y avait aussi un peu de couleur locale : les moines, le déluge perpétuel, les cercles de pierres sur la falaise ; il y avait un paragraphe sur les icônes – *Une promenade dans la crypte* – où je décrivais le monastère et parlais des travaux de restructuration comme de l'importance de la collection mais, fidèle à mon accord avec Monina, je ne faisais aucune allusion aux probables trafics du pope. Mais surtout, il y avait la nouvelle de l'arrestation de l'idiot sous le titre (de la rédaction) *Le fou en prison. Et s'il les avait tous tués ?* avec, à côté, le visage de Valentin qui souriait d'un air ahuri devant mon iPhone – la seule photo existante du monstre, de mon ami le monstre, et c'était moi qui l'avais faite quasiment par hasard au moment de les quitter, lui et sa mère, à peine quelques jours plus tôt. Eh oui, la Providence existait... L'article se terminait sur une annonce : j'avais trouvé le journal d'Enrico, et ce journal jetait une lumière nouvelle sur toute l'histoire. Les lecteurs étaient renvoyés au *Fatti* de la semaine suivante.

La voilà, l'affaire de ma vie. C'était d'ailleurs pour cette raison que j'avais accepté de la suivre depuis le début : je voulais trouver la clé de l'énigme, frapper un grand coup. J'avais eu du flair, j'avais été tenace. Les journaux papier et télévisés avaient classé cette histoire comme un accident, mais on attendait toujours le mystère de l'été, et l'affaire des Solovki pouvait parfaitement remplir cette case vide. C'était même encore mieux, car à la place du *décor* provincial des villas alignées les unes à côté des autres, il y avait ici l'exotisme du Grand Nord. Sans compter qu'*on n'avait pas retrouvé* les cadavres. Ce qui voulait dire que la fin n'avait rien d'évident, qu'il y avait toujours une chance de voir les trois jeunes débarquer du Diable vauvert pour révéler une vérité inattendue.

Julia et ma carrière, le tout d'un seul coup. Des collègues m'ont appelé pour me demander si j'y étais vraiment allé, aux Solovki, ou si j'avais tout inventé avec l'aide d'un atlas et d'Internet. Mais en attendant, on m'appelait. J'ai même été interviewé par le JT de la RAI pour un reportage « un mois après la disparition des trois amis florentins ». Je disais des choses comme : « La police russe n'a pas encore classé le dossier » (alors que le dossier n'avait jamais été ouvert par la police russe) et, à propos du monastère : « Le théâtre de siècles d'histoire et de violence. » Un répertoire entier de phrases toutes faites. Et surtout, à la demande expresse de Galliano, je glissais partout le nom de *Fatti* : « Mes articles dans *Fatti*... », « À *Fatti*, nous pensons que... » Le soir, devant ma télé, la honte de me voir aussi empoté – à l'écran, j'avais l'air d'être *beaucoup* plus vieux et gros qu'en vrai – a presque réussi à me faire oublier qu'ils avaient écrit, en surimpression, *Alessandro Capaci* au lieu de *Capace*. Même eux. J'ai reçu un appel de mon beau-père (enfin, de mon futur ex-beau-père), ravi que j'aie « enfin commencé à faire mon trou ». L'enflure. Vezzali, le directeur du quotidien où je travaillais en free-lance, m'a appelé pour me féliciter et me demander une série d'articles sur cette histoire, payés le triple de ce que je prenais d'habitude. J'ai surenchéri. Je ne voulais pas plus de sous mais un contrat de collaboration : fini les piges. Vezzali a répondu que j'allais naturellement être le premier de la liste « au moment des prochaines embauches ». D'accord, mais quand ? J'avais trente-six ans et c'était dans un wagon cinq étoiles que j'avais la possibilité de monter. Et ça pouvait facilement être le dernier, aussi.

4

Au début, il n'y a qu'une tache oblongue qui s'agite. La tache oblongue est une file de prisonniers qui s'apprête à entrer au goulag. Le goulag est l'ancien monastère de l'île auréolé de soleil.

Il y a un homme, de dos, qui compte les prisonniers en leur donnant une tape sur l'épaule. Les prisonniers sourient, le saluent et franchissent le portail qui conduit aux dortoirs. Les dortoirs sont dans l'aile droite du monastère. La caméra suit les prisonniers dans leur journée type. Réveil dans de petites chambres de quatre ou six lits, simples mais propres. Petit déjeuner tous ensemble autour des grandes tablées du réfectoire – ce même réfectoire que j'allais voir bien des années plus tard, décoré par les icônes et les caftans des moines. Il y a ensuite la fabrique de poisson. Ce n'est pas encore le squelette à moitié recouvert par la végétation que je verrai. Pour l'heure, elle est là, flambant neuve, prête à entrer en fonction pour la gloire et le progrès de l'Union des républiques socialistes soviétiques. C'est le jour de l'inauguration. Les prisonniers sont réunis en cercle : tous ont la mine sérieuse et attentive de ceux qui écoutent un discours important, mais l'orateur reste toujours invisible. La caméra filme les bacs où sont entassés les poissons, le tapis roulant en acier qui les achemine à travers les différentes étapes de leur transformation, des phases énumérées par une voix off. Le dernier arrêt est en plein air, sous un gigantesque auvent : ce sont les échafaudages en bois pour le séchage, de minces troncs d'arbre montés à l'horizontale sur des troncs plus solides, d'une hauteur de deux mètres, noircis par la fumée. Les prisonniers ouvriers passent dessous.

La caméra survole ce petit labyrinthe, des centaines de mètres de râteliers d'où pendent les ribambelles bleu-gris des morues. Cadrage sur une cloche. Les prisonniers prennent dans leur besace pain, harengs, patates. C'est une splendide journée d'été. Les prisonniers s'assoient au bord de la mer et mangent et boivent ensemble. À la fin, quelques-uns enlèvent carrément leurs chaussures et entrent dans l'eau en éclaboussant leurs camarades. Tout le monde rit. Le travail reprend. Les prisonniers tranchent les morues, ramassent les morceaux dans de grands sacs de jute. Puis ils rassemblent les sacs et les apportent dans un souterrain auquel on accède à travers une espèce de trappe. C'est le soir, mais le soleil est encore haut. Les prisonniers retournent au monastère avec leurs besaces en bandoulière. La caméra cadre un homme qui marche à côté de la file. On le voit d'abord de dos : il a le même uniforme gris que celui qui saluait les prisonniers à l'entrée, la même carrure robuste, c'est lui. Puis l'homme se retourne et la caméra le cadre, avec son air souriant. Il est complètement chauve, il a le nez écrasé comme les boxeurs, des yeux minuscules au fond de sa tête ronde. L'espace d'un instant, je pense à une blague, à un photomontage. Je bloque l'image. L'homme est le portrait craché de Filippov.

J'ai tapé « Solovki » et « goulag » dans Google. Sont sortis une cinquantaine de sites. Celui où Enrico devait avoir acheté le DVD était un site hongrois consacré à l'histoire du communisme. Il y avait une brève histoire des Solovki au temps de Staline. Je m'étais déjà documenté, je le connaissais déjà. Mais plus bas, en anglais, il y avait aussi quelque chose que je n'avais jamais vu, un extrait d'un livre de l'écrivain Varlam Chalamov, *Vichéra*. Voici ce qu'il disait :

> Le premier camp soviétique fut celui de Kholmogory, le pays natal de Lomonossov. Il fut ouvert en 1924. On y avait parqué ce qui restait des marins ayant participé à la révolte de Kronstadt. [...] On ferma Kholmogory et les marins survivants furent transférés au fleuve Solovki. En 1925, on créa le SLON, dont la direction et le premier secteur se trouvaient sur les îles Solovki, le second secteur à Kem, le troisième à Oust-Tsilmé, et le quatrième dans le nord de l'Oural, sur le fleuve Vichéra[1].

Et puis il y avait une carte de la Russie nord-occidentale : une dizaine de petits drapeaux rouges indiquaient l'emplacement des goulags. Je me souviens encore de l'émotion que j'ai éprouvée en lisant la légende.

> Aux Solovki, [la] commission était présidée tous les ans par Ivan Gavrilovitch Filippov, membre du collège du NKVD, un ancien tourneur de l'usine Poutilov. Il existe un film documentaire sur les *Solovki*. [Filippov] y figure

1. Verdier, 2000, p. 66. Traduction du russe par Sophie Benech.

dans son célèbre rôle de président de la commission de décharge[1].

La photographie juste à côté ne laissait aucun doute : c'était bien l'homme qu'on voyait dans le petit film. Et c'était aussi, de toute évidence, l'ancêtre (probablement le grand-père) de Filippov, celui qui, avec le pope, « était aux commandes des îles Solovki », comme me l'avait dit Tibor. L'homme qui avait convaincu la police russe de clore le dossier des trois Italiens disparus en déclarant qu'il les avait vus sur le sentier qui menait vers le nord de l'île, par un après-midi pluvieux, dangereusement près du mur de roche contre lequel se brisaient les vagues.

J'ai retiré le DVD du lecteur et l'ai rangé dans son boîtier. Enrico avait regardé ce documentaire avant de partir pour la seconde fois aux Solovki. Mais peut-être était-il parti pour la seconde fois aux Solovki *parce qu*'il avait vu ce documentaire. Lui aussi devait être resté sans voix. Dans son journal, il avait écrit : « Je sais des trucs sur Filippov, Filippov sait des trucs sur moi. » Qu'est-ce qu'il savait ? Y avait-il dans ce petit film quelque chose qui l'avait convaincu de retourner aux Solovki, qui l'avait poussé à trouver un prétexte – la restauration du monastère – pour pouvoir revoir Filippov ?

Le lendemain de la sortie de mon premier article dans *Fatti*, a été publiée dans *La Repubblica* une lettre du professeur Anselmo Barone, slavisant de l'Université de Pise. Barone reliait la disparition des trois amis à celle des deux touristes américains,

1. *Ibid.*, p. 43.

survenue quelques années plus tôt, et avançait pour l'une et l'autre une seule et même explication. « En Russie, écrivait-il, les rites chamaniques sont documentés jusqu'au début du XXe siècle, en particulier dans la zone nord-occidentale et en Sibérie. Ces rites prévoyaient aussi des sacrifices humains, comme c'était et c'est d'ailleurs encore le cas chez de nombreuses populations tribales. Au cours des soixante-dix ans de l'ère communiste, rien de tout cela n'a évidemment filtré, mais tout laisse penser que ces us et coutumes ancestraux n'ont pas été complètement abandonnés dans les zones les plus reculées. Pourquoi ne pas se donner la peine d'enquêter dans cette direction ? »

On avait également parlé de la lettre de Barone ainsi que de mon article dans un horrible talk-show de l'après-midi. Ils avaient interviewé un soi-disant chamane qui habitait dans les montagnes près de Rovereto mais était « parfaitement renseigné sur les rites et les mythes de la toundra sibérienne ». C'est ce qu'assurait le journaliste. La caméra filmait un garage bourré de petits autels et de babioles aux formes étranges ainsi que d'alambiques remplis de liquides colorés façon *Apprenti sorcier* de Disney. Les murs couverts de mousse, expliquait le chamane du Trentin, servaient à « isoler l'environnement des influences négatives ». Le journaliste lui demandant si quelque chose pouvait avoir mal tourné au cours d'un rite chamanique aux Solovki, le chamane assurait que ses collègues (c'est ce qu'il avait dit : « ses collègues ») étaient des gens pacifiques et que le chamanisme était seulement « une façon d'interpréter et d'entrer en contact avec les forces de la nature ». Il ne fallait pas être grand clerc pour comprendre que ce type n'avait aucune idée de ce qu'il racontait ; et le plus gênant, c'était que le journaliste l'avait compris lui aussi. Du coup, l'interview se transformait en canular courtois qui culminait dans la question « Mais que fait un chamane comme vous dans la région de Rovereto ? Vous ne devriez pas être dans les Andes, sur l'Himalaya ? » et la réponse absolument désarmante du chamane, sur laquelle se refermait le reportage : « C'est parce que je suis homme à tout faire dans une école du coin. »

Là-dessus, on avait interviewé une anthropologue de l'université de Rome qui n'avait absolument rien à dire, si ce n'est qu'« après soixante-dix ans de silence soviétique, établir la vérité est devenu très difficile ». Et puis des exorcistes, des romanciers, des metteurs en scène, des criminologues, toute la petite troupe des commentateurs de service qui avaient tous comme point commun de n'avoir absolument rien à dire de sérieux sur cette affaire.

Je savais comment on procédait. Je l'avais fait un paquet de fois moi aussi, et c'était toujours un calvaire. On prenait son répertoire, on appelait deux ou trois experts présumés ou on demandait à un collègue, un ami, de nous les indiquer, ces fameux experts. Tant qu'il s'agissait de politique ou de sport, ça allait. Sauf que les experts en chamanes ne devaient pas être faciles à trouver, et la rédaction du talk-show avait dû se contenter de ce qu'ils avaient sous la main. Dans toute cette histoire, personne n'avait manifestement pensé à appeler – ou plutôt, à rappeler – Barone.

— Si, si, m'a-t-il dit au téléphone, j'ai été contacté, même par la télévision. Mais ils voulaient que je brode un scénario de film d'horreur avec sorciers et messes noires. Je ne me prête pas à ces idioties. Par conséquent, si vous souhaitez me voir, vous êtes prévenu…

Le lendemain matin, je suis allé à Pise.

Mon interview de Barone est sortie au début du mois d'octobre avec les fragments du journal d'Enrico. Le titre, *Mystères aux îles Solovki*, et les photos hautes en couleur – des traces de sang sur la neige au fond d'une forêt, le visage de Satan tiré d'une gravure ancienne surplombant une vue du monastère au crépuscule – n'étaient pas de mon fait, mais je dois dire que pour une fois, le titre et les images ne trahissaient pas trop le contenu de l'article.

[...] Le professeur Barone me reçoit dans son bureau de la via Galli Tassi, au siège de la faculté de Lettres. C'est un slaviste de formation, « un lettré », me dit-il, « pas un historien, et encore moins un anthropologue ». Mais il s'est longtemps occupé de littérature populaire et a publié différentes études sur l'histoire et les traditions des ethnies non russes sur le territoire russe. En outre, il a arpenté ces zones en long en large, « de la Scandinavie à la Sibérie ». Il a un peu plus de quarante ans – et pas les soixante-dix que je m'étais imaginé en parcourant sa bibliographie. Et à vrai dire, il ne m'a donné l'impression d'être un féru de messes noires ou rites sataniques. Je le lui ai dit.

« Ce n'est pas mon genre, en effet. Dans le meilleur des cas, ce sont des inepties ; dans le pire, ce sont des actes de démence. Mais cela ne veut pas dire qu'on ne les pratique pas – et bien plus souvent que les gens ne le pensent. Il s'agit là d'un phénomène largement sous-estimé, même en Italie, bien qu'on en parle de plus en plus dans la rubrique des faits divers. On s'imagine mal à quel point ce genre de rites pararéligieux est répandu, surtout dans les campagnes.

L'affaiblissement de la religion traditionnelle a conduit ces superstitions à refaire surface. Les gens ont incontestablement besoin de croire à quelque chose.

Incontestablement. Je l'interroge sur sa lettre à *La Repubblica*. Il s'attendait à ce que la police lui pose des questions, à ce qu'on le contacte pour lui demander de l'aide. Cela ne s'est pas fait. Qu'aurait-il dit ?

« J'aurais dit et répété que je n'avançais qu'une hypothèse. Rien ne prouvait concrètement que les choses s'étaient passées comme ça. Si j'y ai pensé, c'est à cause d'une série de circonstances, dont aucune ne peut être jugée probante en soi : le lieu de la disparition, qui n'est pas un lieu comme les autres ; le fait qu'on ne retrouve pas les corps ; le fait que personne n'ait rien vu dans une zone où tout le monde travaillait, mangeait, dormait tout près des autres. »

Je demande ce qui, d'après lui, est arrivé aux trois disparus. Il répond immédiatement.

« Je crois qu'on les a brûlés. »

Morts, mais pas que. Assassinés, mais pas que. Brûlés, aussi. Je demande ce qui le rend aussi sûr de lui – vu qu'on n'a pas retrouvé les corps.

« Parce que c'était à mon sens un homicide rituel, et tous les rites chamaniques dans cette région sont des rites du feu. La cérémonie se déroule autour d'un bûcher et on exécute le sacrifice en jetant la victime dans le feu. »

Et la victime est…

« La victime est un animal, ou une partie d'un animal. Mais, comme je vous l'ai dit, dans toute la zone du cercle polaire… »

C'est moi qui complète la phrase : on sacrifie des êtres humains.

« Nous ne savons pas ce qui se passe maintenant, il n'y a pas d'études sur cette question. Il y a des disparitions, oui, mais rien qui puisse être relié avec certitude à ces rites. Ce que nous savons, c'est que ces choses-là arrivaient dans le passé. Herzen, le révolutionnaire russe, en parle dans ses journaux. Et on lit dans les chroniques des missionnaires chrétiens du XVIIe-XVIIIe siècle des témoignages concordants de gens qui ont vu – ou qui ont parlé à des gens qui ont vu. Voilà par exemple ce qu'écrit le jésuite Annibale Fratta, qui publie son *Voyage à travers la Russie* en 1744 :

"De Saint-Pétersbourg nous voyageâmes cinq jours durant vers le nord, sans rencontrer âme qui vive. Le cinquième jour, nous entrâmes dans le village de Korje dont le père Delisle [le jésuite Delisle, naturaliste et théologien, qui guide Fratta dans ses explorations] me dit qu'il est connu en ces terres pour le grand nombre de sorciers qui y résident. Nous fûmes reçus avec tous les honneurs par le chef du village et nous demandâmes à rencontrer l'un de ces sorciers. Aussitôt le visage du chef du village s'assombrit. Nous expliquâmes que notre intérêt était celui d'hommes de science : moi comme médecin, mon compagnon de voyage comme naturaliste, nous voulions seulement mieux connaître cette étrange race de prêtres. Il nous répondit que ce n'était point des prêtres mais des assassins amis du diable et qu'on voyait régulièrement disparaître du village de Korje et de ceux alentour des personnes, et surtout des enfants, que ces sorciers utilisaient pour leurs rites funestes."

« Vous comprenez ? »

Mais nous parlons de 1744, j'objecte.

« Certes, mais les témoignages plus récents ne manquent pas. Le fait est que la police russe, comme celle des Soviétiques avant elle, considère presque ces choses comme si elles n'entraient pas dans leur juridiction. »

L'article s'arrêtait là, mais ma conversation avec Barone s'était poursuivie. Je lui avais fait observer qu'il y avait eu une garnison militaire aux Solovki et que les îles avaient encore une grande importance stratégique. Comment croire que les militaires ne savaient rien ? Et, s'ils savaient quelque chose, qu'ils n'avaient pas bougé le petit doigt ? Barone avait lu le journal d'Enrico. Comment croire qu'on n'arrivait pas à trouver ce Misha qui semblait au cœur de toute l'histoire ?

— Ah oui, le journal, m'a répondu Barone. Je l'ai lu, c'est vrai. Seulement, voyez-vous, Misha s'y comporte comme pas mal de soldats russes un peu alcoolisés. Il vexe, il menace, il défie, mais en fin de compte, et vous me le confirmez vous aussi, il n'a pas l'air d'avoir vraiment fait suer les trois garçons. Je ne surestimerais pas le rôle, le pouvoir des militaires. Les militaires vont et viennent. Le journal indique que tout le monde est aux ordres d'une seule personne. Pas d'un officier, mais d'un natif de l'île, ce Filippov qui, comme vous me l'avez dit, doit faire partie de la famille qui contrôle l'archipel depuis les années du goulag. À mon sens, il faut interroger ceux qui sont restés sur l'île, pas ceux qui sont partis. »

J'ai soudain repensé à Orlachov et à ce qu'il avait dit sur les Solovki. Elles étaient une *enclave*, un lieu à l'intérieur d'un autre lieu. C'était une autre loi.

5

Il a fallu trois semaines pour convaincre Galliano de nous payer le billet pour Arkhangelsk, à Julia et à moi, afin qu'on aille voir Valentin en prison. L'histoire – pour reprendre l'expression dont il s'était servi, une lamentable expression de roman noir des années 1950 que lui seul pouvait encore employer sans éclater de rire – commençait « à avoir du mou dans la gâchette ». On pouvait peut-être lui redonner des couleurs – ou pas. Et puis d'abord, qu'allais-je bien pouvoir apprendre en discutant avec un idiot qui avait toutes les peines du monde à parler ? Du coup, nous sommes arrivés à un compromis. Le Groupe Éditorial Merde-en-branche nous payait le voyage, mais toutes les autres dépenses étaient à notre charge.

— Ne va surtout pas t'imaginer qu'on est là pour te payer ta lune de miel, hein ! Que les choses soient claires.

J'ai répondu par un silence. Julia me servait pour la traduction ; et ça, même un idiot comme Galliano le comprenait. Mais il était évident que l'idée de retourner avec elle dans le nord de la Russie me plaisait : ce serait un cadeau pour fêter notre premier mois ensemble. J'ai promis un reportage développé, deux ou trois articles sur le Grand Nord et tout un tas de belles photos.

— Surtout du débile.

— Je doute qu'on m'autorise à le photographier.

— Eh bien débrouille-toi. Tu m'as dit qu'il était moche, non ? Tu sais, il n'y a qu'une seule chose qui marche encore mieux que le cul, c'est les monstres. Les gens aiment ça. Les monstres, je veux dire. Enfin, le cul aussi, mais les monstres encore plus que le cul. Ou à la rigueur, c'est kif-kif, les monstres et le cul, du pareil au même. Mais vu que tu as un monstre sous la main… Enfin, si on va par là, question cul, tu es servi…

Il était temps d'interrompre cette avalanche de conneries :

— OK, j'ai compris, je vais me débrouiller.

Pour me débrouiller, il n'y avait que Monina sur qui je pouvais compter. Le second des deux noms qu'il m'avait donnés quelques semaines plus tôt était celui d'un agent d'Interpol à Arkhangelsk. J'ai appelé Monina et lui ai demandé s'il pouvait me mettre en contact avec lui. Il m'a répondu qu'il allait tout de suite transmettre mon nom à Interpol, on allait me faire entrer dans la prison sans difficulté.

Je lui ai demandé pourquoi il faisait tout ça pour moi. Ce que j'avais de spécial.

— Tu n'as rien de spécial, Capace. Mais je t'aime bien. Par comparaison, je veux dire. Avec tes collègues. Cela dit, ce n'est pas très compliqué : c'est une belle bande de connards… Mais il y a autre chose. Le truc, c'est qu'on veut savoir où sont passés les corps. Quand je dis « on », je parle de la police italienne. Parce que les Russes n'en ont rien à battre. Et j'ai l'impression qu'il ne dit rien à la police russe, l'idiot. Dieu seul sait ce qu'ils lui auront fait en taule après son arrestation… Vu la façon dont tu me le décris, il y a des chances pour qu'il parle à quelqu'un qu'il considère comme son ami. Bref, tu vas là-bas, tu lui poses les bonnes questions, tu te fais dire où sont les corps des trois autres, tu me le dis, on passe pour des gens droits dans leurs bottes et tout le monde est content.

— Sauf Valentin…

— Eh, il aurait dû y penser plus tôt, ce con…

— Mais je ne crois vraiment pas que ce soit lui, tu sais ?

— Dis donc, Capace, pourquoi est-ce qu'il faudrait toujours tout compliquer ? Il a tué l'Allemand, il y a des chances pour qu'il ait aussi tué les Italiens, non ?

— Mais qui a dit qu'il avait tué l'Allemand ?

Monina poussa un interminable soupir de fatigue et de déception.

— Capace, tu es un bon gars. Et un bon journaliste aussi. Mais tu n'as pas d'expérience en matière d'enquêtes. Les délinquants, tu n'en as vu que dans les films. Bref, pour faire simple, tu es à côté de la plaque. Le premier suspect est presque toujours le coupable. Et si c'est un barjo…

— Bon, je vais aller voir. En attendant, je te remercie mille fois.

— Où sont les cadavres. C'est ça qu'on veut savoir : où sont les cadavres.

Valentin ne m'a pas dit où étaient les cadavres. Il ne m'a rien dit : il ne pouvait rien dire à personne.

La prison était une prison militaire. Il n'y avait pas de parloir. Ils nous ont fait entrer dans une petite cour intérieure et asseoir à une table mal fichue. J'avais déjà visité deux, trois prisons en Italie, et parmi les choses qui m'avaient le plus frappé, il y avait le bruit. Un bruissement permanent de voix qui sortaient des cellules et des couloirs ; et puis, de temps en temps, un cri, un juron, un éclat de rire. Impossible d'oublier ne serait-ce qu'un instant qu'on se trouvait à l'intérieur d'un lieu qui pullulait littéralement de gens : on les entendait respirer. À la prison militaire d'Arkhangelsk, en revanche, il y avait un silence surnaturel, comme si les seules présences humaines se limitaient à nous et au gardien qui nous avait escortés dans la cour – dans le plus profond silence, lui aussi. Mais ce n'était pas le cas : la prison n'était pas vide. Nous avons levé les yeux et, derrière les barreaux des fenêtres, nous avons entrevu les visages des prisonniers qui nous regardaient en faisant des petits signes de la main pour nous saluer mais n'osaient évidemment pas parler.

Après quelques minutes d'attente, au milieu de deux gardes, est arrivé Valentin – ou plutôt ce qui restait de Valentin. Quand nous l'avions rencontré aux Solovki, il arrivait à dire quelques mots et se faisait comprendre avec des gestes ; ses sourires hébétés le rendaient même sympathique. Il ressemblait maintenant à un masque du théâtre antique, cristallisé dans un hurlement. Ils l'avaient massacré. Son bras gauche pendait, inerte, dans la manche de sa tenue, comme si, à l'intérieur, ses os avaient été broyés et qu'il ne restait plus que l'enveloppe de chair. Ses yeux étaient rouges de sang, comme sous l'effet d'une très forte fièvre ou (et c'était sûrement pour cette raison) à cause du manque de sommeil. Le voir dans de telles conditions était déchirant, même si le vrai déchirement est venu peu après, quand il nous a reconnus et qu'il s'est précipité vers nous en échappant à ses gardiens. Il s'est mis à genoux, a serré mes jambes comme font les enfants quand ils veulent être protégés. En attendant, les deux gardes, maintenant revenus de leur surprise, étaient en train de se ruer sur lui. J'allais intervenir, je voulais lui éviter d'autres coups, mais Julia m'en a empêché. Elle a dit quelque chose de doux, les deux soldats l'ont fixée un instant puis ont reculé de quelques pas et sont restés là à attendre pendant que nous essayions de parler avec Valentin.

Seulement, Valentin ne parlait pas. Il a passé au moins cinq minutes à pleurer et à haleter contre ma jambe. Julia lui répétait toujours la même phrase en russe : « Qu'est-ce qui s'est passé ? » Et lui répétait toujours le même mot : « *Drug.* »

Drug veut dire « ami ».

Impossible de comprendre à qui il faisait allusion. À moi ? À Enrico ? Au jeune Allemand qu'on l'accusait d'avoir tué ? Seulement, rien ne disait si Valentin savait pourquoi on l'avait enfermé ici. Et c'est pour ça que le regarder était aussi déchirant, là, dans la cour de cette prison, défiguré par les coups – parce qu'il ne comprenait probablement pas le motif de ces tabassages et de cette détention, il ne comprenait pas comment on avait pu l'emmener aussi loin de chez lui et de sa mère. On dit que la souffrance des animaux émeut plus que celle des êtres humains car les animaux ignorent la raison pour laquelle ils souffrent et ignorent que leur souffrance aura une fin. C'est ce qui m'est venu à l'esprit en regardant Valentin – un animal qui ne savait strictement rien de la raison d'une telle douleur.

Julia a encore essayé pendant quelques minutes de lui poser des questions. Mais il était passé des pleurs à une espèce de prostration muette. Il s'était assis sur le banc en bois à côté d'elle et gardait les yeux rivés au sol, les mains sur les genoux, la tête oscillant d'avant en arrière comme un pendule. Après environ un quart d'heure, les gardes qui avaient attendu debout à l'autre bout de la cour sont venus reprendre Valentin. Au début, il n'a pas compris et les a suivis docilement. Et puis quand il a vu qu'on le séparait de nous pour toujours et que nous partions, il a poussé un cri inhumain et s'est jeté vers nous. Mais cette fois les gardes ont rapidement réagi. L'un l'a attrapé par une jambe et l'a flanqué par terre. L'autre s'est mis sur lui à califourchon et l'a menotté les mains dans le dos. La dernière chose que nous avons vue était le visage difforme de Valentin couvert de larmes tandis qu'il répétait sa litanie, *drug drug*, mais d'une voix de plus en plus faible et fatiguée. Un troisième garde a ensuite ouvert la porte de la prison et Valentin a été traîné à l'intérieur.

Nous nous sommes promenés une demi-heure le long de la jetée du port. J'ai essayé de lancer une conversation, n'importe laquelle, mais nous étions tous les deux encore trop secoués par ce que nous avions vu quelques heures plus tôt. Arkhangelsk devait être beau en été, quand les gens – comme nous l'avait expliqué le concierge de l'hôtel – passaient leurs journées sur les plages en face des vieux hôtels de l'époque tsariste et que le port était rempli de bateaux à voile. Mais à la fin du mois d'octobre, l'hiver commençait déjà. Un brouillard froid recouvrait le bord de mer et on ne pouvait plus distinguer le ciel de l'eau depuis la jetée. Dans le silence, on entendait le tressautement des vagues contre les bateaux amarrés dans la rade. La lumière d'un phare jaune apparaissait et disparaissait à l'ouest. Dans cette direction, bien plus loin, il y avait les îles Solovki.

Nous étions arrivés le matin par avion de Saint-Pétersbourg. Le taxi qui nous avait conduits à l'hôtel n'avait pas eu l'air surpris quand il avait su pourquoi nous venions à Arkhangelsk. Il était au courant des « sales trucs » qui s'étaient passés aux

Solovki mais les questions de Julia ne nous ont pas aidés à comprendre si les sales trucs en question étaient la disparition des trois Italiens et la mort de Uwe ou s'il faisait allusion aux événements passés, à une aura maléfique qui planait sur l'île, sans plus de précisions. Ce que nous avons saisi, c'est que les coupables étaient d'après lui « ceux du monastère ». Un nostalgique. Tant qu'il y avait eu les communistes, personne n'avait jamais créé de problèmes. Et puis quand les moines étaient revenus, les « sales trucs » avaient commencé. Il fallait les foutre dehors, Moscou n'avait qu'à se les reprendre, puisqu'ils venaient de là. Nous étions arrêtés à un feu rouge et, pour mieux faire passer l'idée, le chauffeur a levé la main du volant et fait un geste brusque, comme pour éloigner un insecte. Dehors, il y avait la périphérie bétonnée d'Arkhangelsk, inondée par la pluie. J'ai imaginé le pope et les moines, chassés du monastère, en train de se traîner dans cette grisaille en file indienne, comme les forçats que j'avais vus dans le documentaire. C'était un pays de déportés, et de gens qui voulaient déporter leurs semblables.

Notre hôtel était un quatre étoiles qui en valait à peine deux, avec une tuyauterie qui hurlait dès qu'on ouvrait l'eau chaude et des draps grisâtres remplis de ravaudages. Mais il avait le mérite d'être tranquille. Trop, même : à notre arrivée, ce matin-là, nous n'avions vu personne dans le secteur. Il était aussi économique, ce qui était tant mieux vu que c'est moi qui payais la note. Julia avait récupéré deux noms de restaurants sur l'avenue qui longeait le port, mais nous avons fini par nous apercevoir que nous étions allés trop loin. La zone des amarrages, avec la lumière des navires et les marins qui s'affairaient autour des coques, était dans notre dos. La seule lumière était maintenant celle des réverbères qui, tous les cent mètres environ, laissaient sur le béton un petit halo jaunâtre. Le reste était noir et froid. Nous sommes arrivés au bout du quai. Plus loin, il n'y avait que le brise-lames et, derrière, le grand large. Nous sommes revenus sur nos pas et, au bout de quelques mètres, sans nous concerter, nous avons tourné à gauche et pressé le pas.

— Ils sont encore là ?

— Je ne sais pas. Je ne les vois pas. Je crois que non.

Aucune angoisse dans la voix de Julia. Mais elle s'en était aperçue, elle aussi, et peut-être avant moi. Deux hommes nous avaient suivis. Le problème était de déterminer si c'était des loubards qui voulaient nous faire les poches ou des gens qui connaissaient la raison de notre venue à Arkhangelsk et voulaient en savoir plus.

— Ils nous suivent depuis longtemps ? j'ai demandé.

— Mmmh, j'en sais rien...

Nous avons continué à marcher en zigzaguant d'une rue à l'autre en direction de ce qui semblait être le centre-ville, à en juger par les lumières et la circulation. J'allais proposer qu'on s'arrête manger quelque chose vu que le danger – si danger il y avait – était écarté quand j'ai senti qu'on me poussait.

— Ici, ce sera parfait, a dit Julia.

C'était un pub. J'avais espéré un endroit plus romantique mais le plus urgent, à cet instant précis, c'était de ne pas rester dans la rue. On était vendredi soir, et la dizaine de tables du local étaient occupées par des couples et des ados qui avaient la permission de minuit. J'ai eu cette sensation que j'éprouve toujours en entrant dans ce genre d'endroits, un mélange de familiarité et de distance. De la familiarité car les ados qui se trouvaient là avaient des visages, des cheveux, des vêtements et probablement des goûts et des idées comparables aux jeunes de leur âge en Italie. Au cours de ma vie consciente, assez brève, le monde était devenu un seul et même pays pop, immense. Les mêmes films, la même musique, les mêmes jeans, les mêmes sous – peu nombreux mais suffisants, après tout. « Vous aviez envie du communisme ? », m'avait une fois demandé Gaia en indiquant la rangée de voitures qui remplissaient la bretelle d'autoroute menant à l'un de ces magasins qui proposaient les plus grandes marques à prix cassés. « Le voilà. » Sauf que je n'en avais pas envie du communisme, moi. Et de toute façon, ce truc-là n'était pas le communisme, c'était autre chose : un état de nature peuplé de 4 × 4. J'étais prêt à reconnaître qu'on pouvait s'y sentir bien. Mais moi non, je ne m'y sentais pas bien.

Et puis il y avait l'âge. Depuis quelque temps, chaque fois que j'entrais dans ce genre d'endroits, je calculais l'âge moyen et finissais toujours par constater que j'étais le plus vieux. Ils faisaient quoi, le vendredi à dix heures du soir, les gens de trente-cinq ans ? Ils restaient chez eux avec leurs gosses ? Non, ils n'en faisaient même pas. Ils sortaient dîner avec femme et amis ? Oui, c'était ce que faisait la majorité des personnes de mon âge. Soit ils faisaient ça dehors, soit ils organisaient ça chez eux avant d'être invités à leur tour et ainsi de suite, à l'infini. J'ai repensé à ce que m'avait dit la mère d'Enrico : « Inadaptés, pas à la vie en tant que telle mais à la vie d'aujourd'hui. » Oui, Enrico devait lui aussi en avoir eu marre des dîners du vendredi et du samedi, des visites chez les amis… C'était étrange, mais je le comprenais de mieux en mieux. Je comprenais pourquoi il était resté longtemps fiancé à une fille qu'il méprisait, pourquoi il était retourné sur une île au beau milieu de nulle part qui ne lui avait même pas plu la première fois. Je comprenais…

Julia m'a réveillé de ma transe :

— J'aime cette chanson.

— Foo Fighters, *Times Like These,* version acoustique.

Un pays pop, sans limites.

Je n'ai jamais été très bon avec les femmes. Je ne suis jamais vraiment entré dans la rhétorique de la galanterie, les choses qu'il faut faire ou ne pas faire, dire ou ne pas dire. Je fais des erreurs, je vais toujours trop vite ou trop lentement. Et puis ce soir-là, les choses n'ont pas pris la tournure que j'avais souhaitée. J'avais imaginé un beau restaurant en face du port – petite salle réservée, serveurs aux petits soins, silence, musique classique en sourdine. Au lieu de ça, nous avions passé l'après-midi dans une caserne nauséabonde, l'hôtel était un trou à rats et nous étions suivis par deux inconnus qui, dans la meilleure des hypothèses, étaient des agents russes d'Interpol. Dans la meilleure des hypothèses, je dis bien. Et maintenant, nous étions assis dans une espèce de guinguette devant deux fishburgers couverts de sauces malodorantes au milieu de la jeunesse malodorante d'Arkhangelsk. Tout était si nettement aux antipodes de ce qu'on pouvait appeler une atmosphère romantique que j'y ai vu une occasion en or. Si ça se soldait par un échec, ce serait la faute de ce boui-boui pourri, pas la mienne. Je me suis senti soulagé.

— C'est comment, ce truc-là ? j'ai demandé en indiquant le fishburger qui flottait dans une mare de mayonnaise sombre.

Julia a fait une grimace qui s'est transformée en sourire. Je n'avais pas besoin de plus pour trouver du courage.

— Pas terrible, hein ? Écoute, je pensais… Ça te dirait, je ne sais pas, qu'on se marie ? D'ici quelques mois, le temps de régler la question… de ma séparation avec Gaia.

Sa réaction a été à la hauteur.

— Mmmh. Non, le poisson est bon, c'est les sauces qui gâchent tout. Ils n'arrivent pas à cuisiner quelque chose sans la noyer sous des saloperies… Me marier avec toi, hein…

Elle a pris une mine sévère, comme quelqu'un qui jauge une offre – peut-être une bonne affaire, peut-être une arnaque. Et puis elle a arrêté de jouer la comédie. Et souri. Et caressé ma joue, puis mon nez, mes yeux, ma bouche pleine de fishburger.

— Tu sais que tu es la personne la plus douce du monde, pas vrai ?

— Il y a un large consensus sur ce point.

— Mmmh… Et tu sais que c'est l'endroit le moins romantique du monde pour poser une question pareille ?

— Oui, mais ça faisait des heures que j'attendais le bon moment, et si je ne te l'avais pas demandé, je serais resté toute la soirée comme ça, à bafouiller des conneries.

— Du coup, il faut qu'on remercie ceux qui nous suivaient. S'ils nous suivaient.

— Tu veux dire que ce n'était pas après nous qu'ils en avaient ?

— Eh bien, peut-être qu'on s'est un peu trop précipités. Qu'on a été un peu trop nerveux. Enfin, *tu* as été un peu trop nerveux.

— Ah, maintenant tu veux dire que j'ai tout inventé, que personne ne nous suivait ? Et qu'on a fini dans cette gargote parce que j'ai flippé comme jamais…

— Oui, on peut aussi dire ça comme ça.

J'ai pris un instant de réflexion. Peut-être que j'avais vraiment tout inventé. Peut-être que cette incertitude et cette question qui m'angoissaient m'avaient donné la sensation d'être suivi. Seulement, pourquoi aurait-on dû nous suivre ? Qui savait que nous étions ici ? Et pourquoi la police russe s'intéresserait-elle à nous ? Oui, j'avais sans doute tout inventé.

— Bref, oui…, m'a réveillé Julia.

Je m'étais encore perdu dans mes pensées à cause de nos poursuivants imaginaires.

— Oui, quoi ? j'ai répondu.

6

Le journal d'Enrico est sorti presque intégralement dans *Fatti* pendant que nous étions à Arkhangelsk, Julia et moi. Les compliments de l'éditeur et des collègues, c'est Galliano qui les a récoltés. C'est à lui – comme il l'a si bien résumé avec sa science habituelle – qu'est revenu le mérite de cette « machine d'investigation bien huilée ». J'ai eu à mon retour quelques coups de fil enthousiastes, quelques e-mails où on me demandait des détails. Vezzali m'a invité à déjeuner pour savoir en avant-première « quelles seraient les prochaines étapes de l'enquête ». Avec une curiosité de lecteur, m'a-t-il dit, pas de journaliste (pour sûr !), et, quelque part, l'intention de savoir si son free-lance à vie allait l'abandonner pour un poste fixe à *Fatti* – et dans ce cas, cela allait peut-être valoir le coup de le relancer, de le flatter… Moi, j'ai fait des allusions, tergiversé, envisagé différentes pistes, mais à vrai dire, je ne savais pas comment continuer. L'excursion à Arkhangelsk n'avait pas apporté de grands résultats, si ce n'est ceux qui concernaient ma vie privée : tout ça pouvait à la rigueur déboucher sur un article avec quelques impressions personnelles, quelques méditations sur la brutalité de la justice russe, guère plus, même pas une photo – on nous avait confisqué nos portables à l'entrée de la prison.

Quant aux enquêtes, on les avait closes – si tant est qu'on les avait ouvertes – après l'arrestation de Valentin pour le meurtre de Uwe. Mais rien ne prouvait qu'il l'avait tué. D'ailleurs, rien ne prouvait non plus qu'il avait quelque chose à voir dans la mort des trois Italiens car les témoignages que j'avais recueillis laissaient penser le contraire. On aurait dit que Valentin était devenu une espèce de mascotte pour Enrico et ses amis : le portrait et les pages du journal ne disaient pas autre chose, non ? Seulement, comme me l'avait confirmé Monina, les recherches s'étaient arrêtées. Que le coupable soit Valentin ou qu'il s'agisse d'un accident, personne – ni les Italiens, ni les Russes, ni Interpol – n'avait envie de gaspiller de l'argent et de l'énergie dans une enquête qui, presque à coup sûr, n'allait mener à rien. L'affaire des deux touristes américains disparus avait fait l'objet de vérifications approfondies mais manifestement, leur histoire, ce mystère vieux d'une quinzaine d'années, n'avait rien à voir avec celle des trois jeunes de Florence. Et les chamanes ? « Oh, laisse-les tomber, ceux-là, d'accord ? avait pesté Monina. Encore un peu et on va finir par jouer les chasseurs de fantômes. »

C'était Galliano qui avait raison : l'affaire s'essoufflait. L'été était fini, le championnat de foot et la saison télé avaient recommencé, ce n'était plus le moment. Tout cette histoire aurait dû arriver à la fin du mois de juin, pas à la fin du mois d'août. D'ailleurs, pour que ce genre de choses garde tout son intérêt, il fallait qu'il y ait au moins certains des ingrédients du polar : un suspect, un mobile, un coup de théâtre. Sauf que dans cette affaire, les investigations s'étaient aussitôt enlisées, il n'y avait manifestement aucun élément nouveau et, au fond, l'hypothèse de l'accident paraissait tout à fait plausible. Elle me semblait plausible à moi aussi, à ce moment-là. L'affaire s'essoufflait. Et avec elle – je n'ai pas pu m'empêcher d'y penser tout en détaillant mes mirobolantes stratégies d'enquête à Vezzali qui acquiesçait poliment tout en découpant ses côtelettes –, je risquais de m'essouffler moi aussi.

Octobre est passé dans cette morne apathie. Mais au début du mois de novembre, il est arrivé quelque chose. Pour mon anniversaire, Gaia m'avait offert un livre intitulé *Passa la bellezza*. Elle m'avait dit que c'était l'histoire d'un connard, mais un connard qui n'était pas conscient d'en être un, exactement comme moi. Je l'avais laissé sur un coin de table pendant environ un mois car j'avais besoin de tout sauf de voir à l'œuvre mon double qui avait l'air si peu sympathique. Puis je l'avais commencé, et ça m'avait plu. Ça parlait d'un écrivain qui avait des relations difficiles avec sa famille, des relations difficiles avec sa femme, sa maîtresse, l'Italie, et cetera. Gaia avait effectivement raison : ça pouvait être moi, mais ça pouvait aussi être un bon tiers (le tiers intelligent) des hommes italiens entre trente et quarante ans.

À un moment donné, le héros qui doit aller au Piémont pour je ne sais plus quelle mission (il est agronome de profession) se retrouve par hasard à visiter la bibliothèque de Santo Stefano Belbo, le village de Pavese. Sur une table, ouvert à la dernière page, il y a le journal de l'écrivain, *Le Métier de vivre*. Le héros en lit les dernières lignes : « Ce voyage a l'air de vouloir être mon plus grand triomphe. Tout cela me dégoûte. Pas de paroles. Un geste. Je n'écrirai plus. »

J'avais gardé le journal d'Enrico dans une chemise rangée sur une étagère au-dessus de mon bureau. Je suis allé la chercher, même si je n'avais pas besoin de vérifier. Je me souvenais très bien qu'il se finissait presque sur les même mots : « Aussi parce que ce voyage a l'air de vouloir être mon plus grand triomphe. Tout cela me dégoûte. Je n'écrirai plus. »

Il avait repris les mots de Pavese – il les avait repris pour lui-même, car personne ne devait lire ces pages. Et personne ne les aurait lues si je n'étais pas devenu par hasard l'ami de Valentin, exactement comme l'avait fait Enrico. Mais s'il les avait cités pour lui seul, s'il ne l'avait pas fait pour impressionner quelqu'un d'autre, ça voulait dire qu'il y croyait, que ce n'était pas une pose. Pavese les avait écrits le 18 août 1950. Dix jours après, il s'était tué par une overdose de somnifères. Après avoir parlé avec sa mère, je m'étais persuadé qu'Enrico *pouvait* faire ce genre de choses. Enrico cherchait une autre voie, un moyen de s'en sortir, m'avait-elle dit. Mais elle m'avait dit aussi qu'il y avait chez lui quelque chose de cassé, un défaut, un mal qui le vouait à l'échec. Et ce journal, en le relisant maintenant, avec toutes ces observations désespérées sur la vieillesse, ce sentiment de défaite... Ce journal *pouvait* aussi avoir été écrit par un futur suicidé : « Ce geste ne doit pas être une vengeance. Ce doit être un renoncement, calme et fatigué. » Voilà ce qu'il voulait dire. J'ai calculé qu'entre la dernière annotation dans son journal, le 16 août, et le jour de sa disparition, le 26, il y avait exactement dix jours. Parfait. Une mort de lettré, absolument parfaite. S'en aller en volant les mots d'un écrivain. Aussi faible que lui, inoffensif. Mais si ce truc-là était prémédité – et il ne pouvait qu'être prémédité –, quel besoin y avait-il d'aller jusqu'aux îles Solovki ? Où était le cadavre ? Et surtout, quel était le rapport avec Fabio et Francesco ? Que leur était-il arrivé ?

J'ai relu depuis le début le journal d'Enrico à la recherche d'indices qui m'auraient échappé, mais il n'y avait pas d'indices – ou je ne savais pas les repérer. Ce « Je n'écrirai plus » pouvait être pris au pied de la lettre, point barre : le journal allait s'interrompre ici. Sans compter qu'un candidat au suicide n'aurait jamais écrit, le 16 août, justement : « Sentiment de totale osmose en voyant Fabio et Francesco assis à côté de moi au déjeuner, comme si la même énergie secrète, une sève propre à nous trois, circulait dans nos trois corps. La chose la plus proche de l'amour que j'aie ressentie dans ma vie. »

Moi aussi, j'avais tenu un journal, à l'adolescence. Je savais qu'on tend à forcer sur la pédale du tragique et du sublime, que le moindre petit épisode du quotidien devient un prétexte pour une Méditation Profonde sur la vie. C'est pour ça que les journaux s'écrivent jeune, quand on voudrait que notre destin soit justement sublime et tragique. Et puis on s'adapte, on se résigne. Comme me l'avait expliqué sa mère, Enrico ne s'était jamais adapté, il ne s'était jamais vraiment résigné. Oui, c'était un homme qui aurait pu se tuer. Mais c'était certainement un homme qui pouvait donner l'impression de vouloir en finir – aux autres comme à lui-même.

Dans son journal, Enrico ne parlait jamais d'Isabella, son ex-fiancée.

Je l'ai rencontrée un matin dans le bar de la faculté de jurisprudence où, à trente-quatre ans bien sonnés, elle se démenait, probablement en pure perte, pour décrocher une bourse d'études qui lui permette de conjurer une éventualité funeste : devoir se trouver un vrai travail.

— Ça ne m'étonne pas qu'il ne parle jamais de moi, m'a-t-elle dit. On était séparés depuis déjà deux ans, difficilement. Je ne sais pas s'il a eu d'autres relations. Moi oui.

Elle m'a montré son annulaire tout en tapotant son alliance. Sur mon carnet, j'ai écrit : « Brune, pas belle, maigre mais d'une maigreur malsaine, trop bronzée. » Elle aussi, comme tout le monde, comme tous ceux que j'avais écoutés à part les mères, elle aussi semblait considérer la disparition d'Enrico et des deux autres comme un événement plus désagréable que douloureux, quelque chose qui n'était pas prévu mais qui, une fois passée la surprise, n'allait laisser aucune trace, ni dans sa mémoire ni dans sa conscience. Peut-être – me suis-je dit – y avait-il un message, une leçon à retirer de toute cette histoire. Et cette leçon, la voici : la seule personne qui vous aimera vraiment, sur cette Terre, ce sera votre mère.

— Pourquoi dites-vous « difficilement » ?

— Parce que nous faisions traîner la chose depuis longtemps. Les derniers temps, nous savions tous les deux que ça allait se terminer, mais nous ne savions pas comment, et aucun de nous deux ne voulait faire le premier pas, dire « Allez, ça suffit... ». Ce n'est pas agréable de rester seul, vous savez.

Cette dernière phrase m'a surpris : Enrico m'avait justement l'air d'être le genre d'homme à se sentir très bien tout seul.

— Une espèce d'agonie.

— Oui, a-t-elle confirmé, une espèce d'agonie. Et puis au bout d'un moment, je me suis décidée.

J'ai pensé que sa décision était en rapport avec l'alliance qu'elle m'avait montrée un peu plus tôt. Vu que ce n'est pas agréable de rester seul, elle s'était assurée qu'il y ait un remplaçant digne de ce nom avant de dire « Allez, ça suffit... »

— Je peux vous demander pourquoi vous vous êtes quittés ? Quel genre de problèmes vous aviez ?

— Oh, plusieurs choses. Comme toujours, non ? Plusieurs choses qui s'étaient accumulées au fil du temps. Et puis, être avec Enrico, ça voulait dire être avec le groupe d'amis d'Enrico. Une espèce de club, avec les bons côtés qu'il y a dans un club. Mais aussi les mauvais. C'est-à-dire, d'un côté, la confiance, la proximité, le fait de toujours savoir quoi faire le samedi soir, les vacances ensemble... et de l'autre, surtout ces dernières années, une ambiance de concurrence pas très agréable, avec des jalousies réciproques, des petites méchancetés. Enrico en souffrait, même s'il ne le montrait pas : il avait toujours été un peu le chef charismatique, et maintenant que les autres commençaient à faire leur trou professionnellement, à bien gagner leur vie, ils se foutaient de lui parce qu'il passait ses après-midis à corriger les devoirs des gamins, surtout Fabio. Gentiment, bien sûr. Mais dans le fond, ils n'étaient pas si gentils... De temps en temps, j'avais presque l'impression qu'ils voulaient se venger de quelque chose...

— Et ce n'était pas possible de quitter le groupe, tout simplement ? D'arrêter de les voir ?

— J'aurais bien voulu, mais Enrico avait besoin d'un public. Les étudiants ne lui suffisaient pas. Il lui fallait des gens capables de lui tenir tête, voire de l'humilier. Oui, je crois qu'il y avait en lui une part de masochisme...

Une question m'a soudain échappé sans crier gare, sans que j'y aie vraiment réfléchi :

— Vous croyez qu'Enrico aurait pu se suicider ?

Isabella a poussé un rire outré, la bouche ouverte :

— Oh, vraiment pas, vraiment pas ! Non, pour l'essentiel, Enrico jouait un rôle. Vous savez, l'intellectuel tourmenté, à moitié raté, qui a toujours quelque chose à dire et à redire sur tout, qui sait toujours vous conseiller le livre qu'il faut, le film qu'il faut. Et qui a toujours le chic pour vous expliquer pourquoi les livres et les films que vous voyez ne sont pas les bons. Bref, un peu pathétique aussi, non ? Mais vivre, il aimait ça. Il aimait vivre et jouer un rôle. Et il l'aimait, son rôle. Sauf qu'à un moment donné j'ai compris qu'il n'avait pas besoin de quelqu'un pour partager la scène avec lui. Ni même d'un faire-valoir. Et naturellement, il ne voulait pas avoir d'enfants. Voilà en gros ce qui...

Elle n'a pas fini sa phrase. Elle m'a de nouveau montré son annulaire, en frottant de nouveau son alliance.

— Non, si je vous ai posé la question, c'est qu'en parlant avec la mère d'Enrico et les personnes qui le connaissaient, il m'avait semblé qu'il y avait ce... comment dire, ce mal de vivre réel, sans rien de feint, cette vision du monde plutôt noire. Du coup, on peut penser que cette décision de ne pas avoir d'enfants...

Elle a secoué la tête. Je n'avais rien compris.

— Écoutez, si ça se trouve, c'était le cas et je ne m'en étais pas aperçue. Mais d'après moi, c'était une pose. On joue tous un rôle, non ? Et lui, il en avait choisi un qui ne lui déplaisait absolument pas. Ça lui allait très bien. Oui, il me disait aussi qu'il ne voulait pas d'enfants parce qu'en fin de compte, il valait mieux ne pas naître, parce qu'il ne voulait pas donner un otage au destin – il citait toujours cette phrase d'un de ses poètes à lui. C'est ce qu'il disait. Mais en réalité, s'il n'en voulait pas, c'était parce qu'ils lui auraient volé la vedette, parce qu'il aurait dû s'écarter. Il n'était pas dépressif – on riait énormément ensemble, personne ne me faisait rire autant. Au fond, c'était surtout pour ça que j'étais avec lui. Je me souviens des moments où il me parlait de ses élèves, à quel point ils pouvaient être débiles. Et leurs parents aussi. Il n'était pas dépressif. Ni même très tourmenté. Aucun mal de vivre, non… Il était juste immature.

Je me suis souvenu de ce que m'avait dit la mère d'Enrico – Isabella était aussi dans la liste des débiles, des personnes dont Enrico riait. J'ai souri intérieurement de cette vengeance posthume.

— Pendant combien de temps êtes-vous restés ensemble ? je lui ai demandé.

Je n'avais pas de véritable raison de lui poser cette question. Mais j'étais curieux de savoir pendant combien de temps on pouvait rester avec quelqu'un – manger, dormir, faire l'amour avec lui – et réussir à aussi peu le comprendre, avant de l'oublier complètement, *parfaitement*, comme l'avait fait cette femme.

— Oh, depuis notre deuxième année de fac, onze ans. Une éternité.

Onze ans. « Et qu'est-ce que vous retenez de lui ? » j'aurais voulu lui demander. Mais je ne l'ai pas fait : je connaissais déjà la réponse. J'ai pensé à Gaia. Elle aurait donné exactement la même réponse si on lui avait posé cette question : rien. Puis j'ai pensé à Mme Saraceno dans son appartement de Sesto Fiorentino, à elle et à son cancer. Je me suis répété mentalement : personne ne vous aimera vraiment sur cette Terre, à part votre mère. Tôt ou tard, j'allais devoir me remettre à chercher la mienne.

Entre-temps, l'affaire est même passée dans *Perdu de vue*. Mais ça n'a rien donné. Il y a eu comme d'habitude un bref message invitant tous ceux qui disposaient d'informations intéressantes à contacter l'émission. Ils ont montré les photos des disparus. Ils ont aussi cité mes articles pour *Fatti*. Federica Sciarelli, l'animatrice, a elle aussi écorché mon nom en disant « Capaci » au lieu de « Capace », mais a tenu à préciser que les articles étaient « très renseignés ».

Le lendemain de l'émission, j'ai appelé la rédaction de *Perdu de vue*. C'était moi, le collègue très renseigné. *Capace*, pas *Capaci*. La voix féminine à l'autre bout du fil s'est excusée, amusée par la confusion. Est-ce que ça ne valait pas la peine – j'ai demandé – de faire un reportage un peu plus long sur cette affaire, de creuser un peu plus ? La voix m'a répondu qu'envoyer une équipe aux Solovki serait trop coûteux, et qui plus est assez inutile, vu qu'on risquait difficilement de trouver quelqu'un qui ait quelque chose à dire ou qui soit disposé à parler.

— Vous ne comptez pas inviter les parents sur le plateau ? j'ai demandé.

— On les a invités. Tous sans exception. Mais personne n'a accepté. Le père d'un des trois jeunes nous a même dit qu'on pouvait se la mettre quelque part…

Le père de Fabio : je reconnaissais son style.

J'ai demandé s'ils avaient reçu des coups de fil intéressants après l'émission.

— Non, rien de concluant. Juste… une femme a appelé pour dire qu'elle connaissait les trois, ou un des trois… Elle a dit aussi qu'il fallait enquêter sur celui qui avait organisé l'expédition ; elle le connaissait, et quelque chose n'allait pas chez lui.

Je n'avais aucune idée de la façon dont fonctionnait un programme comme *Perdu de vue*. Combien d'appels dans ce goût-là recevaient-ils ? Combien de fous appelaient pour dire qu'ils avaient la clé du mystère ?

— Elle a donné son nom ? Pourquoi est-ce que vous ne l'avez pas laissée intervenir ?

— En règle générale, nous ne laissons intervenir que les gens qui *ont vu* les disparus ou qui peuvent donner des indications utiles, pas des gens qui pensent savoir ce qui s'est passé. Ça pourrait être blessant pour les familles. Et légalement problématique aussi, du coup... Oui, je crois qu'elle a donné son nom, enfin, on a son numéro, mais il s'agit bien sûr d'une donnée confidentielle.

— Je comprends. Seulement, je suis un confrère.

— Alors tu comprends pourquoi on ne peut pas te le donner.

Je comprenais. Je pouvais juste espérer qu'on parle de cette histoire dans les émissions à venir et que cette femme se manifeste à nouveau. Je me suis subitement dit que je pouvais aussi faire autrement.

— Vous avez l'enregistrement de tous les appels qui arrivent à la rédaction, pas vrai ?

— Bien sûr.

— Ce serait possible d'écouter l'enregistrement de celui-là ?

Silence de l'autre côté. J'ai aussitôt ajouté :

— Peut-être en écrivant au responsable du programme pour obtenir l'autorisation. Vous seriez naturellement cités et remerciés dans les prochains volets de mon enquête dans *Fatti*.

— C'est vrai ? Bon, voilà ce qu'on va faire. Tu m'envoies un e-mail. Moi, je réfléchis à la question et j'en discute avec Federica. Et on te dit si ça peut se faire. Pour un confrère.

Entendre le nom de « Federica » balancé comme ça et cette dernière phrase sur les « confrères » m'a convaincu que cette fille n'était pas une journaliste, mais juste une des innombrables stagiaires de la RAI avec un doctorat en philosophie, une fille qui répondait au téléphone le lundi à *Perdu de vue* et s'occupait, le reste du temps, d'apporter leurs cafés à ceux qui passaient à l'antenne. Il fallait la persuader que c'était elle, la chef, et qu'entre confrères...

— Oui, discutes-en avec elle, évidemment. Mais j'imagine qu'au bout du compte ça va surtout dépendre de toi, du coup...

— Écoute, je vais faire l'impossible. Donne-moi ton e-mail...

Ne jamais sous-estimer le narcissisme des gens. Quelque heures plus tard, accompagné d'un long message – mis aussitôt à la corbeille – où la fille s'excusait de la mauvaise qualité du son et m'exhortait à la « tenir informée », le fichier audio du coup de fil est arrivé.

« Bonsoir, j'appelle au sujet des trois garçons de Florence qui ont disparu... Je voulais dire que je les connais, je suis assez proche de leurs familles... Et je voulais dire qu'il y en a un qui est un peu le chef du groupe, celui qui organisait les choses, pour ainsi dire. Enrico Saraceno. » La standardiste l'avait coupée : « Excusez-moi, madame, pouvez-vous me donner votre nom ? » La femme avait poursuivi : « Je peux seulement vous dire que cet Enrico Saraceno, je le connaissais, et que je ne l'ai jamais senti. Vous devriez dire à la police de mieux enquêter sur lui, parce qu'il se peut bien que ce drame ne soit pas du tout un drame, et que ça cache quelque chose d'étrange, de pas clair. Lié à ce Saraceno, justement. » Encore la standardiste : « Madame, si vous ne déclinez pas votre identité, nous ne pourrons pas vous prendre à l'antenne, vous comprenez... » Réponse : « Je voulais seulement dire ça, pour que vous le disiez à la police… d'enquêter sur Saraceno. Je ne suis pas la seule à le penser, voilà… » Et elle avait raccroché.

L'enregistrement durait une cinquantaine de secondes. Je l'ai écouté encore une fois, même si ce n'était pas nécessaire. C'était surtout pour apprécier les pauses, le ton de voix contrôlé de la mère de Fabio.

7

Vers la fin de l'année, le père de Gaia m'a fait tout un speech.

Le *cavaliere* Mannelli est ce qu'on appelle un homme accompli. Il a bâti un coquet patrimoine en exportant des meubles rustiques dans les pays de l'Est avant la chute du communisme, quand les Russes et les Polonais n'en avaient encore rien à branler du design et voulaient des meubles solides, fiables, sans fioritures : des chaises d'un quintal, des buffets pour des familles patriarcales, des lits pour dormir à cinq dessus. Après 1989, les goûts ont changé mais la révolution ne l'a pas pris au dépourvu. Maintenant, il vend des meubles design aux enfants de ceux qui achetaient les meubles rustiques il y a trente ans. Il a soixante-quinze ans, une femme dévouée qui passe ses journées à faire du bénévolat, une fille qu'il adore et qui l'adore, une belle maison sur les collines de Florence, rien de tape-à-l'œil – une grande partie d'une habitation rurale, mais avec un merveilleux jardin qui surplombe la ville.

Voilà pour la version officielle. La version non officielle, qui est aussi la vraie, est un peu différente. L'argent, ce n'est pas lui qui l'a gagné. Lui n'a fait qu'administrer le patrimoine. L'argent, c'est son père qui l'a gagné. Non, son grand-père. Non, son arrière-grand-père, et cetera. La vérité, c'est qu'on ne gagne plus l'argent, on l'a. C'est le cas en Italie, du moins. Ceux qui « se font tout seuls », dans la plupart des cas, sont des délinquants. Les autres héritent, et il y a ceux qui héritent la pauvreté et ceux qui héritent la richesse. Moi, j'avais hérité la pauvreté, une pauvreté digne du côté de mon père et *zéro* du côté de ma riche mère ; le père de Gaia avait hérité la richesse.

Les meubles, maintenant. Ils étaient tous à chier. Il avait le coup de génie d'appeler les rustiques des « meubles d'art pauvre », peu importe ce que ça voulait dire. Comment faisait-il pour vendre en Europe de l'Est avant la chute du communisme ? Grâce aux curés. Le père de Gaia était de l'Opus Dei, et ses innombrables entrées dans le diocèse de Florence et au Vatican lui avaient permis de remeubler « à un prix chrétien », comme il le disait, toutes les nonciatures et toutes les églises catholiques qui étaient restées ouvertes au-delà du rideau de fer. Pour expliquer simplement les choses, 1991 avait été « l'année des bancs » : le Vatican avait en effet décidé de mandater l'entreprise Mannelli pour fournir des bancs d'église destinés aux diocèses de l'Est – des centaines, des milliers de pièces. L'année suivante, la nouvelle villa des Mannelli à Fonte dei Marmi était inaugurée avec la bénédiction de l'évêque de Florence en personne, à qui le père de Gaia avait eu la courtoisie de reverser (« pour les exigences pastorales ») un tout petit pourcentage du chèque qu'il avait reçu du Vatican.

Sa femme, époustouflée en public par le charme du capitaine d'industrie, le détestait en privé de lui avoir imposé un rôle de poule de luxe, alors qu'avec son tempérament artistique et son vif intérêt pour les langues étrangères elle aurait pu, si on lui avait laissé plus de liberté… En réalité, elle n'aurait rien pu faire du tout : c'était les pleurnicheries habituelles de ces riches aveugles sur eux-mêmes. Je la connaissais superficiellement, mais suffisamment pour savoir que la seule activité pour laquelle elle avait une certaine disposition, un talent, presque, se trouvait être le rami.

Quant à sa fille, sa fille unique… Que dire de Gaia ? C'était une adorable adolescente de quasiment trente-cinq ans qui, comme toutes les adolescentes, avait avec son père un rapport conflictuel. D'un côté, il était l'Autorité : il fallait par conséquent le contester, ignorer ses conseils, railler sa prudence, blâmer son « éthique calviniste » (que Gaia était d'ailleurs la seule à sentir dans l'attitude mielleuse et sans scrupules de son père) ; de l'autre, il était l'Homme à Succès, c'est-à-dire également l'homme idéal, qui s'auréolait d'autant plus de lumière par comparaison avec l'Homme à Insuccès que, tout au bout du compte, j'étais, moi.

Moi, j'avais toujours eu d'excellentes relations avec lui. Les vrais idiots sont ma passion, car j'adore aller dans leur sens, les flatter, réclamer le récit de leurs succès. Quand j'étudiais à l'université, j'avais trouvé une phrase des *Confessions* de Rousseau qui expliquait, qui justifiait mon attitude, et je me l'étais soulignée : « La flatterie, ou plutôt la condescendance, n'est pas toujours un vice. La bonté avec laquelle un homme nous traite nous attache à lui ; ce n'est pas pour l'abuser qu'on lui cède, c'est pour ne pas l'attrister, pour ne pas lui rendre le mal pour le bien. » C'était exactement ça : je l'écoutais d'un air admiratif, je le flattais parce qu'au fond c'était un enfant lui aussi, comme Gaia, et j'aimais le voir content. Quand nous nous croisions, lui et moi, notre couple était si bien rodé qu'il donnait l'impression d'une osmose, d'une amitié réelles. « Regarde-les discuter ensemble ces deux-là », commentait la mère de Gaia, heureuse que quelqu'un la soulage enfin un moment de l'obligation de donner raison à son mari. En réalité, on ne discutait pas. C'était lui qui discutait : des derniers modèles de table de jardin, de la fois où il avait rencontré Paul VI, du fait qu'il ne voulait plus aller à la semaine du design à Milan, pas parce qu'ils ne l'invitaient pas, mais parce que « maintenant, c'est uniquement pour le spectacle, les affaires, elles se font ailleurs ». J'ai toujours pensé qu'il y avait chez lui une part de folie *réelle* et, de temps en temps, je frémissais en observant Gaia chez qui j'avais l'impression de repérer, dans certaines de ses attitudes, une trace, un indice de la psychose de son père. L'idiotie, ça se transmet par les gènes ? Est-ce que Gaia allait devenir une pauvre folle, elle aussi ? Heureusement, je n'aurais jamais à le savoir, ou alors juste en témoin désintéressé.

Et c'est justement de ça que voulait me parler le père de Gaia. C'est arrivé comme par hasard, un samedi après-midi où j'étais allé raccompagner Niccolò chez eux. Comme toujours, il m'a pris affectueusement, paternellement, par le bras. La séparation d'avec sa fille, m'a-t-il dit, ne l'avait pas surpris. Ça couvait depuis longtemps, il l'avait remarqué. Et il n'était absolument pas fâché après moi – mais enfin, quelle idée !

— Tu sais que je n'aime pas la langue de bois.

— Je sais bien, j'ai répondu.

C'était l'homme le plus porté sur la langue de bois que je connaisse.

— Tu sais que je t'ai toujours aimé comme un fils. Je peux le dire, hein ?

Je commençais à m'inquiéter, à sentir le piège, car tous ces compliments, ces clins d'œil, étaient trop appuyés, même pour quelqu'un comme lui.

— Et tu sais que vous m'avez toujours semblé un peu mal assortis, Gaia et toi. Entendons-nous : tu es merveilleux et elle est merveilleuse, mais disons que l'addition… l'addition…

J'ai alors volé à son secours en le suivant dans cette métaphore bancale :

— C'était plus une soustraction qu'une addition, disons…

— Voilà, bravo, tu m'as compris.

Il a fait une pause, secoué la tête en souriant, m'a mis un bras sur l'épaule. Mais son sourire ne semblait pas vraiment amical. L'espace d'un instant, j'ai eu la nette impression qu'il se préparait à me mettre un direct dans l'estomac. Je l'ai imaginé se vanter auprès de sa femme : « J'ai donné une leçon au gamin. Affaire classée. » J'ai durci mes abdos.

— Tu sais que je suis catholique. Un bon catholique, je ne sais pas, ce n'est pas à moi de le dire… mais bref, tu connais mes relations, des relations qui sont autant amicales que professionnelles, avec le diocèse de Florence…

J'ai relâché mes muscles. Non, pas de violence. Il y avait d'autres moyens.

— Ces rapports sont fondés, aussi, sur le respect, par moi et ceux qui me sont chers, des règles que l'Église recommande à ses fidèles de respecter, non, non… qu'elle impose à ses fidèles de respecter. Entendons-nous : ce sont des vieilles choses, dont on peut même sourire. Tu sais que je suis quelqu'un de moderne…

Je n'arrivais pas à m'imaginer un homme qui correspondait moins à la définition de « moderne » que lui.

— Bref, ce divorce entre Gaia et toi, même s'il est raisonnable, décidé d'un commun accord, indolore, sauf pour Niccolò, pas vrai…

Et là, sa main a serré plus fort mon épaule :

— Ce divorce ne serait pas apprécié, il ne serait pas compris par les gens qui ont une opinion dont je *dois* tenir compte, en tant que père de famille comme en tant qu'entrepreneur.

— Je comprends très bien. Seulement, tu comprends que nous sommes assez sûrs de notre décision. Et c'est justement pour le bien de Niccolò, me semble-t-il, que...

— Mais bien sûr ! m'a-t-il coupé d'un air radieux. Non, ne t'imagine pas que j'ai envie de vous influencer, de compliquer les choses ou de vous obliger à rester longtemps dans cette situation pénible. Ce n'est pas du tout le cas.

— Et donc ?

Et en le disant, j'ai compris. Entre le mariage et le divorce, il y a une troisième voie.

— Les mariages, ça peut s'annuler, tu sais ?

— La Rote romaine ? Mais nous avons consommé notre union, Gaia et moi, non ? Je veux dire, on a un enfant...

Il a souri béatement. Je posais toutes les bonnes questions, émettais toutes les bonnes objections – toutes prévues, toutes surmontables.

— La Rote romaine, oui. Mais ne va pas croire que la Rote romaine n'annule que les mariages non consommés. Ou ceux sans enfants. Il y a une grande casuistique.

Il s'est arrêté pour réfléchir, puis a confirmé d'un ton pensif :

— Oui, une grande casuistique...

— Et pour nous, ce serait quel genre de cas ?

— Réserve intellectuelle. « Réserve intellectuelle », ça s'appelle. Ça veut dire qu'au moment où tu contractais cette union, tu ne croyais pas réellement au, comment dire... au caractère sacré de ce lien, et tu étais déjà prédisposé à le briser, à le trahir. Cette réserve, si elle est adéquatement prouvée, peut être une condition suffisante pour une annulation.

Si je m'étais marié à l'église, c'était uniquement pour faire plaisir à Gaia, qui, elle, l'avait fait pour faire plaisir à ses parents. Nous ne donnions à aucun dieu, à aucune constellation de dieux, la possibilité d'exister, ni moi, ni elle. Sur ce point au moins, nous étions d'accord. Voilà pourquoi ce ne serait même pas un mensonge : de la réserve mentale, il y en avait, et pas qu'un peu. Mais en plus de la réserve, il y avait aussi la certitude que tout ça n'était qu'une farce. Sauf que cette annulation était une farce, elle aussi. Et si je m'étais prêté à la première par amour pour Gaia, je ne voyais vraiment pas pourquoi, une fois l'amour évaporé, j'aurais dû me prêter à la seconde.

— Et quand bien même, comment est-ce qu'on fait pour la « prouver adéquatement », cette réserve intellectuelle ?

— Oh, ce n'est pas difficile. Il suffit que tu écrives un mémoire. Un mémoire où tu dis, justement, que tu ne crois pas et que tu n'as jamais cru au sacrement du mariage, que tu n'as jamais considéré ton lien avec Gaia au sens chrétien, spirituel du terme… Là, on remet ce mémoire à un des mes bons amis avocat qui transmet la requête, et en six mois de temps…

— Qui ça, on ? j'ai demandé brusquement.

Il fallait que j'en parle à Gaia.

— Gaia est au courant, naturellement. Elle est d'accord.

— Elle est d'accord.

— Oui, elle est d'accord. Tu crois que je t'aurais fait une proposition de ce genre sans la consulter avant ?

Mais bien sûr. Le père de Gaia était un homme méprisable mais correct. Gaia, la femme avec qui j'avais partagé mon lit pendant dix ans. La mère de mon fils… Alors comme ça, c'était elle qui me demandait de tout oublier, d'effacer notre vie ensemble, uniquement pour qu'on puisse soulager son père marchand de meubles de ce petit motif de gêne pendant les réunions de l'Opus Dei. Mais au fond, pourquoi pas ? Qu'est-ce que je pouvais perdre, en réalité ? Moi, j'avais Julia.

Le *cavaliere* Mannelli a indiqué le fauteuil derrière moi, nous nous sommes assis l'un en face de l'autre. Nous étions si proches que je pouvais sentir son odeur, son haleine rance à moitié couverte par le parfum de son après-rasage. Et si l'odeur se transmettait par les gènes, qu'en était-il du reste ? Si elle passait du grand-père au petit-fils ? Il fallait que je lutte.

— Et en pratique, cette annulation, elle aurait quel effet sur… sur moi, sur moi et Niccolò ?

— Mais aucun. Il va sans dire que tu serais toujours légalement son père, non ?

C'était au moins ça.

— Et tu pourrais continuer à le voir, comment dire… au rythme auquel tu le vois maintenant.

Je ne sais pas pourquoi, mais ce mot de « rythme » m'a donné envie de l'étrangler. De toute évidence, pour lui comme pour Gaia je n'étais pas un père assez présent.

— L'annulation aurait bien sûr pour effet de vous rendre votre liberté, à toi et à Gaia : vous pourriez vous remarier tout de suite, et dans ce cas, il est clair que Niccolò suivrait sa mère…

— Tu es en train de me dire que Gaia veut se remarier ? C'est pour ça que je dois débarrasser le plancher ?

— Je ne te dis rien du tout, a-t-il répondu en marquant chaque mot.

Maintenant, son ton n'était plus amical et son sourire paternel avait disparu lui aussi.

— Gaia est majeure et elle sait ce qu'elle doit faire. Moi, je ne m'en mêle pas. En revanche, je sais que tu as trouvé, retrouvé même, un ancien amour… La chose n'est pas sans avantage pour toi, permets-moi de te le dire. Toi aussi, tu as le droit de prendre un nouveau départ, de pouvoir compter sur des sentiments solides.

Il était redevenu mielleux, enveloppant. Il était si profondément faux qu'il n'avait même pas besoin de jouer la comédie : il passait de la menace à la flatterie, de la violence à la douceur avec une rapidité et une candeur presque enfantines. Je me suis agrippé aux bras de mon fauteuil. Où était Gaia ? À quel cours de remise à niveau absurde, à quel apéritif atroce pour attachés de presse en charge du Vide abyssal ?

— Naturellement, les frais de cette annulation seraient tous à notre charge. Nous pourrions aussi te donner, si tu l'acceptes, un petit coup de pouce pour te relancer… Tu sais que tu as toujours été comme un fils pour nous, ça nous ferait plaisir.

Le voilà, le direct. Pas dans l'estomac, dans la tronche. Je devais effacer mon passé avec Gaia, la laisser libre de se remarier avec quelqu'un de plus élégant et solvable que moi, si possible un membre de l'Opus Dei. Je devais accepter le fait de voir Niccolò de plus en plus rarement – une semaine en été ou pendant les rares passages de Gaia à Florence. Gaia, qui avait *forcément* quelqu'un d'autre. Et en échange, parce que je renonçais à elle et à mon fils, qu'allais-je recevoir de mon beau-père ? Un petit coup de pouce pour me relancer, c'est-à-dire un chèque, une gratification pour le dérangement. Combien pouvait valoir un mémoire où je confessais ma « réserve mentale » ? Et mon fils, combien pouvait-il coûter ?

J'ai pensé à Enrico, à ce qu'il avait écrit dans son journal : « Ce geste ne doit pas être une vengeance. Ce doit être un renoncement, calme et fatigué. » Je me sentais immensément fatigué, et prêt à renoncer. Qu'est-ce que je faisais dans cette maison ? Pourquoi aurais-je dû compliquer les choses ? Tout ça n'était-il pas un malentendu ? Non, avec Gaia, tout n'avait pas été un malentendu : je pouvais me souvenir, même à ce moment-là, des jours merveilleux que nous avions vécus ensemble. M'est revenue en mémoire l'image d'un séjour en Grèce, une dizaine d'années plus tôt, elle et moi qui nous regardions dans les yeux sur le ferry qui nous conduisait d'Athènes à Paros. Le bonheur à l'état pur. Je me suis demandé si je n'aurais pas dû protester, résister au nom de ces jours-là. Mais j'étais vraiment fatigué. Et c'étaient eux qui avaient raison : la perspective de devenir un étranger pour mon fils ne m'empêchait pas de dormir, on peut presque dire que, sans le savoir (ou alors en le sachant, en le devinant), ils m'aidaient à trouver un moyen de m'en sortir avec Niccolò aussi.

— Je te ferai savoir mon prix au plus vite, ai-je dit en me levant de mon fauteuil.

Lui est resté assis et s'est contenté d'acquiescer. J'aurais bien aimé ne pas éprouver une espèce de fierté à l'idée que je ne l'avais pas déçu. Mais je n'y suis pas arrivé.

8

Le procès de Valentin aurait dû se tenir au début de l'année suivante, mais Valentin n'a pas tenu jusque-là. Un matin de décembre, Monina m'a appelé sur mon portable.

— Quel plaisir, ai-je répondu. Donne-moi tout de suite les mauvaises nouvelles.

— Figure-toi qu'elle pourrait même être bonne, en fait. Ça va nous simplifier, nous débloquer les choses, et Dieu sait si on a besoin de simplicité dans tout ce bordel.

À ce moment-là, j'avais déjà compris.

— Ton ami l'idiot, Valentin. Il est mort.

Non, je n'ai pas été surpris. Je l'avais vu dans cette cour à la prison d'Arkhangelsk, massacré par les gardiens, et j'avais compris qu'il n'allait pas *durer*. Je m'étais vraiment dit ça, qu'il n'allait pas durer. Comme une fleur, même si on avait du mal à imaginer quelque chose plus éloigné d'une fleur que Valentin. Ce pauvre Valentin, sa pauvre mère. Monina a attendu que je pose la question.

— C'est arrivé comment ?

— Il a attaqué les gardiens. Alors qu'il rentrait de l'heure de promenade, il s'est jeté sur un maton et a tenté de l'étrangler. Les autres sont arrivés, mais il n'y a pas eu moyen de l'arracher à la force des bras. Alors ils se sont servi des matraques, et bref... Un coup de matraque plus fort que les autres lui a fendu le crâne. Légitime défense. Mort.

— Et toi, tu crois à cette histoire ?

— Mais bien sûr, pourquoi je n'y croirais pas ?

— Ils ne pourraient pas l'avoir tué pour s'épargner la complication du procès ?

— Houuu, Capace, qu'est-ce tu es soupçonneux… On peut tout imaginer. Qu'il s'est suicidé. Qu'il a eu un infarctus. Qu'ils l'ont battu à mort pendant son sommeil. Mais ce qui compte, c'est la version officielle, non ? Celle que je t'ai gracieusement donnée et que tu peux gracieusement relayer dans tes très indispensables articles sur cette affaire que tu t'es inventée. Tu veux faire quoi ? Ouvrir une enquête sur les pratiques des gardiens de prison russes ?

— Sa mère a été prévenue ?

— Oh non, Capace, voilà la mère, maintenant. La mère, c'est ceux d'Arkhangelsk ou ceux de Kem qui l'ont prévenue. Ou c'est le Saint-Esprit. Qu'est-ce que j'en sais, moi ?

Ceux d'Arkhangelsk ou ceux de Kem. Je n'arrivais pas à imaginer comment ils pouvaient le lui avoir annoncé. Mais j'arrivais facilement à l'imaginer seule dans sa maison-étable, avec sa couverture en laine brute serrée sous le menton, dans le noir. Elle avait vécu quinze ans avec un fils idiot pour finalement découvrir que c'était un assassin et le voir mourir en taule, loin de chez eux, d'un coup de matraque en pleine gueule. Ou d'autre chose, allez savoir quoi.

— Vous voulez pleurer ? Faites des gosses.

C'était Monina, sage, éthéré, cynique.

— Pourquoi, ça ne pleure pas, quelqu'un qui ne fait pas d'enfants ?

— Eh, Capace, tu me deviens philosophe, on dirait. Du coup, c'est le moment de t'envoyer te faire foutre. Porte-toi bien.

Une affaire inventée… Pour une affaire inventée, il y avait déjà un tas de morts, des *vrais* : Valentin, Uwe, les trois Italiens, peu importe où étaient leurs corps. Et Misha, qu'est-ce qu'il était devenu, Misha ?

Monina avait raison : la mort de Valentin était providentielle. Maintenant qu'il y avait un coupable, rideau. Oui, c'était ce qui allait se passer. Fou, violent et mort : Valentin était le bouc émissaire parfait.

Dans *La Repubblica* du 7 décembre est sorti un article. Titre : *Valentin sort de scène*. Sous-titre : *Mort du psychopathe impliqué dans la disparition des trois Italiens aux îles Solovki.*

> Il s'en est allé, lui aussi. Valentin le Fou. L'homme accusé par les autorités russes de l'homicide de Uwe, le jeune bénévole allemand qui travaillait à la restauration du monastère orthodoxe des îles Solovki, en mer Blanche. Mais aussi l'homme qui, selon certains, connaissait le secret de la disparition des trois Italiens, en août dernier. Il est mort durant une rixe, à la prison militaire d'Arkhangelsk où il était incarcéré. À la demande de leurs homologues italiens qui auraient voulu interroger Valentin, la police russe a ouvert une enquête. Mais il est clair que, sans autres témoignages, cette enquête piétinera rapidement. Valentin emporte avec lui son mystère dans la tombe.
>
> Un double mystère, comme on a dit. Le premier concerne le bénévole allemand. Ont été retrouvés chez Valentin des dessins représentant le jeune Uwe mort, le crâne partiellement écrasé par sa chute du haut des rochers – signe que Valentin l'avait poussé en contrebas ? Certes, celui-ci n'avait pas alerté les autorités

mais – eu égard, notamment, à ses conditions psychiques – s'agissait-il là d'un indice suffisant pour l'estimer coupable ? Voilà précisément ce que le procès aurait dû établir, mais celui-ci n'aura pas lieu. Le second mystère concerne les Italiens. Valentin était entré en contact avec l'un d'eux dont il était devenu l'ami : Enrico Saraceno en parle dans le journal publié ces dernières semaines par l'hebdomadaire *Fatti*. Pour la police, il est probable que les trois Italiens soient tombés à la mer durant une excursion sur l'île, mais on ne peut pas exclure que Valentin ait également été impliqué dans cette affaire. Voilà ce que comptaient déterminer les enquêteurs italiens qui étaient sur le point de partir pour Arkhangelsk. Trop tard.

Ce mois de décembre n'a pas été heureux.

Galliano m'a fait écrire un autre article où j'ai résumé toute l'histoire jusqu'à la mort de Valentin, le tout pimenté de soupçons, hypothèses, conjectures. J'ai dit que la mort de Valentin comportait de nombreuses zones d'ombre. Que son implication dans la disparition des trois Italiens était tout sauf évidente. Que les investigations sur cette disparition n'avaient, tout simplement, pas été menées et qu'en creusant mieux il y avait fort à parier que... Je n'ai rien dit sur la citation de Pavese que j'avais trouvée dans le journal d'Enrico, la citation qui pouvait laisser présager son suicide. Je ne voulais pas griller cette découverte en trois lignes. J'espérais que ce n'était pas la fin de l'enquête mais un nouveau départ, la trace qui allait me mettre sur la bonne piste même si, pour le moment, je n'arrivais pas du tout à l'entrevoir.

Je n'ai rien dit, mais cet article a été le dernier. Il n'y avait pas d'autres témoins, pas d'autres pistes ; il était temps de lâcher l'affaire. « Tu es toujours en haut de la liste », m'a dit Galliano en guise d'au revoir. Mais il l'a dit en écartant les bras, du même ton résigné avec lequel il aurait pu dire : « Tant qu'il y a la santé... » Il n'y avait aucune liste. En fin d'année, le Groupe Éditorial Merde-en-branche allait envoyer pointer au chômage un tiers des journalistes et des graphistes qui travaillaient à la revue. Un mois plus tard, *Fatti* allait fermer.

Je me suis remis à travailler en free-lance. En réalité, je n'avais jamais arrêté. Mais pendant quelques mois, quelques merveilleux mois, cela n'avait été qu'un travail secondaire, une manière d'entretenir mes contacts pour ne pas me fermer bêtement des portes pendant que j'enquêtais sur « l'affaire Solovki » tout en attendant, confiant, le Coup de Fil qui m'aurait ouvert en grand les portes du Grand Journalisme. Au lieu de ça, je revenais maintenant pour rester. Et je pouvais voir devant moi des années de corvées sous-payées, de chroniques culturelles qui n'intéressaient personne, de déplacements dans les environs de Florence au terme desquels j'allais même devoir me bagarrer pour le remboursement de l'essence, des tickets repas... Je voyais Salsano qui me souriait gentiment de l'autre côté de la table, Salsano qui avait pris Chomsky pour Andy Warhol, et je comprenais que je vieillirais comme lui dans un coin, gentil, inutile et reconnaissant à la direction qui m'envoyait suivre pour la vingtième année consécutive le Festivalcinemagiovani de Migliarino Pisano, dîner et hébergement dans un hôtel moyen payés.

Sauf que non. Non, je n'allais pas devenir comme Salsano, parce que j'avais Julia. Je rentrais à la maison le soir, après une journée de travail absurde, mais à la maison, il y avait elle, maintenant. Et tout, je dis bien *tout*, disparaissait.

Julia faisait ce que Gaia n'avait jamais fait : elle prenait soin de moi. Avant de rencontrer Julia, je n'avais jamais vraiment compris la signification de cette expression. Chacun prend soin de soi-même, je pensais. Après, on va au lit ensemble, on essaie de prendre le plus de plaisir possible, on essaie d'en donner un peu à la personne qui partage notre lit, aussi, mais sans se prendre la tête avec ça, et puis fini. Le reste, c'est du blabla. À l'inverse, Julia était une virtuose pour prendre soin de quelqu'un. Les courses, le frigo rempli, les toilettes propres, le lit bien comme il faut – toutes ces choses matérielles qui étaient devenues incontrôlables par l'effet de mon indifférence et de la sublime nonchalance de Gaia, surtout après l'arrivée de Niccolò, sont rentrées dans l'ordre. Julia se préoccupait de me voir « sortir bien comme il faut », avec un col de chemise propre et des chaussures assorties à ma ceinture – une préoccupation que ma mère, l'indienne urbaine, n'avait jamais eue et que Gaia avait seulement eue pendant les premières semaines de notre relation avant de m'abandonner à mon laisser-aller, en désespoir de cause. Une ou deux fois par semaine je rentrais à la maison avec des *fleurs* ! Pas pour elle, pour *moi* ! Moi qui avais toujours considéré les fleurs comme un truc de femmes – et de femmes pourries gâtées ! –, un gaspillage inutile pour bourgeois décadents. Mais de toute évidence, j'étais moi aussi en pleine décadence, car je dois avouer que ces fleurs sur la table à côté de l'entrée, ça me plaisait. À un moment donné, autre chose est entré dans la sphère de ce qu'on fait pour « prendre soin de quelqu'un » : le sexe. Elle m'a appris que ce n'était pas un acte mécanique – donner et avoir – comme moi, je l'imaginais, une espèce de démonstration de force où il faut surtout « faire voir ce qu'on sait faire ». En quelques semaines, Julia m'a guéri de ces névroses adolescentes. Faire l'amour *sans vouloir s'imposer* : qui eût dit que c'était si simple, et si beau ?

D'elle, je ne savais rien. Son passé en Ukraine était un mystère, mais un mystère qui ne m'intéressait pas trop. Il y avait, à Kiev, une mère veuve que nous finirions un jour par aller voir et qui ne se débrouillait pas trop mal. Il y avait un frère, quelque part, que Julia ne voyait plus depuis des années. En revanche, le mystère qui m'intéressait était celui qui concernait ses années en Italie, mais sur ça, sur sa cohabitation avec le médecin d'Arezzo qui l'avait séduite à l'Ermitage, Julia avait jeté un voile. Autant oublier, point barre.

La seule chose qui s'était dégradée, si je comparais ma vie commune avec Gaia et celle avec Julia, c'était l'argent. Quand il y avait Gaia, mon mini-salaire et son mini-salaire suffisaient (largement, même) aux dépenses ordinaires car c'était les sous de papa qui faisaient la différence. La voiture pour Gaia, le chèque pour les vacances, les cadeaux pour Niccolò, le mobilier gratis… Cela dit, ça n'arrivait pas qu'à nous. C'était, pour ainsi dire, dans l'air du temps. Je connaissais un tas de gens de mon âge qui, malgré des revenus misérables, réussissaient à s'offrir un train de vie de grands bourgeois grâce aux pensions informelles qu'ils recevaient de leurs parents et, surtout, grâce aux héritages de leurs grands-parents, des dizaines, des centaines de grands-parents qui avaient sué sang et eau pendant les années du boom économique et investi dans des maisons modestes qui, entre-temps – d'exonération en exonération, de rénovations en rénovations –, étaient devenues des maisons bourgeoises où, après leur déménagement providentiel à l'hospice ou au cimetière, s'étaient naturellement installés leurs petits-enfants. *Naturellement*, car ce pillage transgénérationnel était justement jugé naturel, obligatoire – c'était le moins que cette génération chanceuse et heureuse pouvait faire pour ces précaires à vie et, après tout, pas si malheureux de l'être. Les petits-enfants du privilège. J'en faisais partie, mais uniquement tant que j'étais avec Gaia. Gaia partie, le privilège avait pris le même chemin.

Je n'avais plus revu le père de Gaia depuis notre petite clarification quant à l'annulation du mariage et, surtout, quant à l'avantage que *moi*, j'allais tirer de cette annulation. Mais j'avais revu Gaia. Quelques jours après ma rencontre avec mon ex-beau-père, j'étais passé la voir à son bureau – et cette visite m'avait au moins servi à me rendre un peu de la confiance que mes échecs professionnels étaient en train de me faire perdre. J'avais pu rater bien des choses dans le passé, mais celle-là, non : la séparation avec Gaia avait été providentielle. Notamment parce que cela m'avait aussi conduit à me séparer de ses collègues de travail, elles-mêmes petites-filles du privilège, qui après un master en histoire de l'art étaient montées sur le carrosse gris de la Mode Florentine, une espèce d'annexe miteuse de la scène milanaise, et passaient encore leurs soirées, à bientôt quarante ans, à s'abrutir de cocktails dans des bars en compagnie d'atroces *buyers* sino-japonais, toujours avec le vague espoir d'entendre tôt ou tard la voix de Giorgio Armani (débarqué là par hasard) leur lancer : « Toi, tu viens avec moi à Milan. » Quelques années plus tôt, ce monde-là m'avait fasciné ; c'était même une des choses qui m'avaient séduit chez Gaia – sa pratique familière de la Florence glamour. Maintenant, je regardais Gaia, qui avait subitement vieilli, et ses collègues avec un sentiment de pitié.

— Je le fais pour mon père.

— Mais enfin, Gaia, tu détestes ton père.

— Tu as toujours tout compris de travers. Tu comprends toujours tout de travers. Tu penses que la tendresse, l'admiration – oui, même l'admiration – doivent être inconditionnels, aveugles. Tu sais pourquoi ?

Pause. Je ne savais pas pourquoi, mais je pouvais y arriver.

— Parce que tu n'aimes personne vraiment.

Elle l'a répété en détachant bien les mots comme si c'était une dictée avec elle, la maîtresse, et moi, l'élève :

— Tu n'aimes. Personne. Vraiment.

— Je t'aime encore, assez pour ne pas vouloir annuler notre mariage.

— Mais tu sais très bien qu'il ne s'agit pas de ça. Il s'agit de simplifier les choses. De raccourcir les délais. Et oui, aussi pour rendre service à mon père, qui nous en a rendus pas mal dans le passé.

Et qu'il pourrait encore me rendre. C'était ça que Gaia sous-entendait ? Était-elle au courant de l'offre que m'avait fait son père ? Était-elle au courant que dans les faits, je l'avais déjà acceptée ?

— Et puis excuse-moi, c'est aussi un service qu'on te rend, non ? Tu n'as pas retrouvé ton grand amour de l'époque où tu étais à l'université ? Si on traite le dossier rapidement, tu pourras te remarier, avoir d'autres enfants, si tu veux. Je ne vois vraiment pas ce qui ne va pas.

Son ton devenait de plus en plus aigu et indigné.

— C'est de la vengeance ? Parce que tu en as après mon père ? Je ne comprends pas ce qu'on t'a fait, vraiment...

Ce pluriel était un signe, un mauvais signe. Il voulait dire que la conversation n'avait plus lieu entre elle et moi mais entre sa Famille et moi. Ce n'était donc plus une conversation mais une négociation : je n'étais plus son mari mais la partie adverse.

Je lui ai alors demandé pour couper court :

— Tu vois quelqu'un ?

— C'est sans importance. Sans importance. Je te dis que je l'ai fait pour mon père. J'ai, nous avons...

Elle a baissé la voix sur « nous avons ».

— ... profité des avantages que sa position nous a donnés. Maintenant, ça me paraît être le moins que...

— Tu vois quelqu'un ? j'ai répété.

— Quelqu'un, oui.

— Je le connais.

— Oui, tu le connais.

Mon Dieu, faites que ce ne soit pas lui. Carlo Rais, le loueur de Zodiac. La seule idée que ce débile puisse s'approcher de Gaia et de mon fils me donnait la nausée.

J'ai soupiré :

— Pas Carlo...

— Mais non, Carlo est un ami, c'est tout, qu'est-ce que tu crois ?

Traduction : tu ne crois pas qu'une fille comme moi va se mettre avec un type qui passe la moitié de sa vie à emmener des gens se balader sur son Zodiac et l'autre à télécharger des films sur Internet ? Effectivement. J'ai presque éprouvé une certaine fierté : Carlo Rais appartenait toujours à une division inférieure par rapport à moi.

Si le nom que Gaia a lâché juste après – Davide Tessitore – m'a aussi donné la nausée, c'est pour une autre raison. Davide Tessitore était tout sauf un imbécile. Un observateur objectif – et j'étais maintenant quelque chose d'assez proche d'un observateur objectif – aurait même dit qu'il était carrément mieux que moi, que n'importe quelle femme intelligente l'aurait préféré à moi. Beau, riche, sympathique, affirmé, David était un ami d'amis de nos années de fac qui, après deux années en architecture, avait arrêté ses études et ouvert, avec un cousin polonais, un cabinet de géomètre dont les sièges étaient à Florence et à Varsovie. Ses adieux à l'université étaient aussitôt devenus légendaires car ils avaient eu lieu pendant un cours d'histoire de l'architecture. L'amphi était plein, trois cents personnes dont la moitié étaient assises par terre ou debout, faute de chaises. Il était de notoriété publique que le professeur, les rares fois où il daignait faire cours, ne le préparait pas : il parlait avant tout des articles sur l'architecture qu'il avait trouvés dans tel ou tel journal et invitait les étudiants à en rire avec lui. À un moment donné, ce jour-là, celui-ci avait dit que Wright avait été accusé par un chercheur d'avoir « dénaturé le caractère des villes américaines ». David avait alors levé la main et demandé qui était ce chercheur. Le professeur avait répondu qu'il ne s'en souvenait pas mais que, de toute manière, ce n'était pas important. Un quart d'heure plus tard, le professeur a dit que Terragni et un autre grand architecte avaient travaillé au plan régulateur de Côme. David a alors levé la main et demandé qui était ce grand architecte. Le professeur, l'air angélique, a répondu qu'il ne s'en souvenait plus et par conséquent – a-t-il ajouté en souriant – qu'il ne devait pas être si grand, après tout. C'est là que David a pris ses livres, s'est levé, a souri, hurlé : « Alors va te faire foutre ! », et quitté l'amphi. Un héros. On en parlait encore des années après dans toute la fac.

Si le cabinet italo-polonais avait peiné à ses débuts, il y avait eu ensuite le boom des années 1990 et Varsovie était devenu un énorme chantier. La première année, ils n'étaient que deux dans l'équipe ; la troisième année, ils avaient quatre employés ; et maintenant, leur cabinet était l'un des plus gros de Varsovie. David était aussi arrivé à décrocher un diplôme dans une université privée polonaise, même si ce diplôme ne lui servait à rien. Décidé, le bonhomme. Et maintenant, il prenait Gaia. J'aurais préféré Carlo Rais.

— Mais il vit à Varsovie, j'ai objecté.

— Non, il ne vit plus à Varsovie. Maintenant, il vit surtout à Vienne, ils ont ouvert un siège à Vienne. Mais il rentre souvent à Florence, très souvent.

— Et le projet, ce serait de le faire venir à Florence ou de te faire venir, enfin, de *vous* faire venir, à Varsovie, toi et Niccolò ?

— À Vienne, je t'ai dit. Mais rien n'est décidé.

— Je t'ai demandé gentiment, ai-je supplié – mais avec fermeté.

— On va à Vienne.

— Et moi ?

— Quoi, toi ?

Il est probable que si je l'avais laissée faire, nous aurions continué à échanger des monosyllabes pendant une autre demi-heure.

— Bon, voyons si j'ai bien compris. Toi et ton père, vous voulez annuler notre mariage pour que tu puisses aller à Vienne vivre ton rêve d'amour avec le géomètre à qui tout réussit. Et moi, pour le dérangement, le dérangement de ne pas voir mon fils grandir, disons...

Je m'échauffais, mais je comprenais que c'était une feinte, c'était la grande scène de l'indigné. Malheureusement, Gaia me connaissait assez bien pour savoir que c'était une feinte.

— Pour le dérangement, je recevrai un chèque conséquent...

Gaia est restée silencieuse. Ça peut sembler arrogant de le dire, mais en étant loin de moi, elle était devenue vulgaire. Elle avait été de nouveau aspirée dans ce royaume d'hypocrisie et de vénalité qu'avait construit pour elle son père (ou son grand-père) et dont je l'avais héroïquement arrachée pendant dix ans. Maintenant, dans son open space à Pitti Immagine, elle était de nouveau – plus que jamais – la fille du *cavaliere* Mannelli. Tout avait un prix, et c'était un prix que papa pouvait se permettre de payer.

Sauf que, comme je l'ai déjà dit, Gaia avait un avantage : elle me connaissait mieux que quiconque sur Terre. Et elle savait comment je m'en sortais. Elle m'a pris la tête entre les mains, avec un sourire, et l'a secouée d'avant en arrière comme on fait avec les enfants capricieux. J'ai souri moi aussi en retour et demandé : « De quel chiffre on parle, de toute façon ? »

La nouvelle est arrivée un dimanche, mi-février. Je l'ai apprise au journal télévisé. Cette fois, Monina ne m'avait donné aucune information en avant-première, aucun préavis. Après tout, ce n'était que les derniers développements d'une affaire déjà close. Sur l'écran, il y avait le visage du pope en tenue d'apparat, dans un caftan sombre similaire à celui que je l'avais toujours vu porter mais avec une longue croix blanche brodée sur la poitrine et un médaillon doré d'un demi-kilo qui lui pendait au cou. Il souriait gentiment et indiquait à quelqu'un en dehors du cadre les icônes du monastère. La caméra a reculé. J'ai reconnu la crypte et, à côté du pope, la silhouette énorme du père Stefan. Il souriait lui aussi. C'était des images d'archives, peut-être filmées en septembre, à la période où avaient disparu les trois Italiens. Le journaliste disait que le pope du monastère des îles Solovki avait été arrêté pour le vol d'icônes sacrées. Avec lui, deux moines et deux douaniers. « Les Solovki, comme certains s'en souviendront, sont les îles au nord de la Russie où ont disparu l'été dernier les trois jeunes Florentins qui travaillaient comme bénévoles à l'Unesco. »

Rien d'autre. Aucun lien entre les deux faits. Le journaliste n'avançait même pas l'hypothèse. Mais sur l'écran ont défilé, pour la première fois depuis longtemps, les photos d'Enrico, Fabio et Francesco ; cela a suffi pour que je sente monter en moi un sentiment de culpabilité parce que je n'avais pas su les retrouver, mais aussi une nostalgie encore plus irrationnelle pour les mois où ma vie s'était étroitement liée à la leur.

J'ai rouvert la chemise où j'avais rassemblé toute la documentation du voyage. Relu le journal d'Enrico. Pensé à leurs parents, à leurs amis, à la nouvelle qui venait d'arriver chez eux et les ramenait à ce mystère et à cette douleur survenus six mois plus tôt. Mais j'étais probablement le plus désolé de tous. Leurs fiancées les avaient oubliés – non, elles avaient eu l'intelligence de disparaître avant qu'ils ne le fassent eux-mêmes. Et leurs proches s'étaient résignés. Comment se faisait-il qu'aucun d'eux n'ait pensé à me contacter quand mes articles avaient commencé à sortir dans

Fatti ? Comment se faisait-il qu'aucun d'eux n'ait éprouvé le besoin de partir pour les Solovki, au moins pour comprendre à quoi ressemblait le dernier endroit que leurs enfants avaient vu vivants ? Leur souvenir ne tourmentait que moi, qui ne les avais jamais connus. Ils s'étaient transformés en personnages de fiction : je les aimais comme on aime les héros d'un roman ou d'une série télé.

Quelques jours plus tard, je suis passé au journal. C'était un pèlerinage que je faisais chaque semaine, parfois plus souvent – si Vezzali ne se manifestait pas ou si les factures se faisaient pressantes. Je proposais des sujets, je me faisais voir. *Se faire voir :* une triste occupation qui accapare une bonne partie de la vie des journalistes précaires. On « fait un saut à la rédac' », on parle aux collègues, on prend le café, on espère qu'un rédacteur en chef nous remarque et dise : « Oh, tu tombes bien, je te cherchais... » Il y en avait, à cinquante ans, qui continuaient à mener cette vie. Je ne voulais pas devenir comme ça. Je devenais comme ça.

Ce jour-là, Vezzali n'y était pas, la visite était donc inutile. Mais dans ma chemise de courrier, dans le casier « Collaborateurs », j'ai trouvé une lettre. C'était une belle enveloppe bleu pastel, avec l'adresse du journal et mon nom écrits soigneusement à la machine, comme on le faisait autrefois dans les bureaux. Au verso, il y avait le cachet d'Arkhangelsk.

L'affaire des Solovki était close pour tout le monde sauf pour moi : j'attendais encore quelque chose, même si je ne savais pas exactement quoi. J'ai repensé à ce qu'on me disait quand j'étais petit : les choses qu'on souhaite ne se réalisent jamais. Du coup, j'ai fait tout mon possible pour éviter de désirer ce qu'évidemment je désirais : trouver dans cette enveloppe des nouvelles, des preuves suffisantes pour faire rouvrir le dossier, un Nouveau Départ pour mon enquête, la vérité sur les trois Italiens disparus...

J'ai descendu l'escalier du journal et, une fois dans ma voiture, j'ai ouvert l'enveloppe. C'était la mère de Valentin qui m'écrivait. Avec son écriture appliquée, son français appliqué, elle me remerciait pour les pulls. Je les lui avais envoyés par le service postal du journal, c'est pour ça qu'elle m'avait écrit à cette adresse. Ce n'était pas d'elle que pouvait venir ce Nouveau Départ, j'ai pensé. Mais je me trompais.

Cher Monsieur Capace,

Je n'ai pas oublié votre gentillesse lors de notre rencontre en septembre, votre gentillesse à mon égard et à l'égard de mon fils. Les pull-overs que vous m'avez envoyés ont rendu cet hiver moins froid. J'en porte même un, le blanc avec le col haut, pour vous écrire cette lettre. Comme vous le savez sûrement, je suis maintenant seule. Ils sont arrivés, au bout du compte, à me prendre mon fils pour toujours, cette fois. Je sais pour ma part que Valentin n'a fait de mal à personne, qu'il n'a tué personne. Après sa disparition et son retour, il y a plus de quinze ans maintenant, il a toujours été gentil avec tout le monde. Vous l'avez vu vous aussi : incapable de méchanceté. Mais que vaut le témoignage d'une mère ? Et pourtant, je sais qu'ils ont frappé mon fils pour me punir, moi, et punir mon mari, le souvenir de mon mari.

Mais tout cela, c'est du passé. Si je vous écris maintenant, c'est que j'ai repensé au dessin que Valentin vous a donné, un dessin semblable à d'autres qu'il avait faits ces derniers mois – le dessin où il est sur une échelle qui va vers le soleil. Eh bien, je me suis demandé si la signification de ces dessins n'était pas différente de celle que nous lui avons attribuée. Il pourrait s'agir non pas d'une échelle vers le soleil mais d'une échelle vers la terre. Et les arcades… Est-ce que ces arcades ne ressembleraient pas aux échafaudages pour le poisson, aux séchoirs qui – vous vous en souviendrez peut-être – se trouvent à côté du port, non loin de l'ancienne fabrique qui a brûlé.

Je sais ce qui est arrivé à mon fils, il y a quinze ans. Tout le monde sait, ici, ce qui est arrivé à Valentin, mais personne ne dit rien, personne ne dira rien. Valentin s'était disputé avec un des enfants de Filippov, le plus grand. Une histoire de gosses, ils avaient tous les deux quinze ans. Mais un soir, Filippov est venu chez moi me menacer. Il a dit qu'il était prêt à me faire chasser du village si mon fils ne restait pas à sa place. Il pouvait le faire, il était capable de le faire : aux Solovki, sa famille commande depuis l'époque des tsars. Le lendemain, Valentin a frappé le fils de Filippov, devant tout le monde. Deux semaines plus tard, Valentin a disparu.

Il est revenu près de deux mois après, dans les conditions que vous avez pu voir. Il est quasiment impossible qu'il ait quitté l'île et il est quasiment impossible qu'il ait réussi à survivre dans les bois. Je crois qu'ils l'ont retenu prisonnier et qu'ils l'ont torturé. Et la torture lui a fait perdre la raison. Je crois que c'était Filippov, ou quelqu'un que Filippov a chargé de la séquestration. Chaque fois que je le vois dans la rue, il sourit. Il sait que je sais. Et il sait que je ne peux rien faire. J'ai fait part de mes soupçons à son ami Enrico, en août dernier. C'est maintenant à vous que j'en fais part.

Voilà peut-être ce qu'a dessiné Valentin : le lieu où il a été détenu pendant deux mois, lui qui rêve de retrouver la lumière du soleil. Valentin a-t-il peut-être également montré ce lieu à ses amis italiens ? S'est-il peut-être ensuite passé quelque chose de grave dont Valentin n'a pas pu ou su me parler ? Comme vous le savez, je suis bloquée chez moi et je ne peux compter sur personne, personne à qui je puisse faire confiance. Mais vous pouvez peut-être faire part de mes doutes à la police italienne…

Je savais pourquoi elle m'avait écrit, à moi personnellement. À part Enrico, j'avais été le seul être humain qui l'avait traitée avec un peu de gentillesse depuis toutes ces années. Il est probable que personne n'avait jamais été vraiment gentil avec elle, malgré les luxes de la jeunesse, les voyages en Italie, les études en France… La gentillesse désintéressée, je veux dire. Pendant la première partie de sa vie, elle avait fait l'expérience de la fausse courtoisie, le faux respect auquel son rôle de femme de cadre du parti la destinait ; dans la seconde partie, là, sa vie avait fait naufrage – comme le parti, comme l'Union soviétique – et elle s'était retrouvée cernée par d'anciens sujets libérés qui lui renvoyaient à la gueule ses privilèges passés, son éducation européenne, son fils dément. C'était pour ça qu'elle m'avait écrit : j'étais son seul allié.

Tout le monde savait, donc. Tout le monde aux Solovki était au courant du fait que c'était Filippov qui avait fait disparaître et rendu fou Valentin. Seulement, personne ne parlait, car personne n'avait le courage de s'opposer à ce type. Enrico aussi avait fini par savoir. Voilà ce que voulaient dire ces lignes de son journal : « Je sais des trucs sur Filippov, Filippov sait des trucs sur moi. »

Une échelle vers la terre.

Je suis allé prendre la chemise où j'avais rassemblé les pages du journal d'Enrico et les dessins de Valentin. En effet, il y avait une certaine distance entre le haut de l'échelle et le soleil. Et avec un peu de chance, la ligne qui, à première vue, m'avait semblé être la ligne de l'horizon (dans une fausse perspective – mais c'était la perspective d'un fou) était en fait, beaucoup plus simplement, la terre. Valentin ne rêvait pas d'atteindre le soleil, il rêvait, non, il espérait atteindre la terre. Et ces arcades, cette galerie que j'avais prise pour un chemin imaginaire menant au paradis, pouvaient tout à fait être les séchoirs dont les squelettes se voyaient encore, par dizaines, dans le périmètre de ce qui était autrefois la fabrique de poisson. Pendant deux mois, Valentin avait disparu de la circulation. Il avait réapparu subitement, sale, diminué, ahuri, mais *vivant*. Il était évident qu'il avait trouvé refuge quelque part. Et où aurait-il pu mieux se cacher que dans un souterrain ? Ou plutôt : où aurait-il pu être enfermé, si ce n'est dans un souterrain ? Chaque maison en avait un. Sauf que l'échelle du dessin était trop longue, sa vingtaine de barreaux occupaient les trois quarts de la feuille, comme si Valentin regardait le ciel du fond d'un puits. D'ailleurs, il était inimaginable que Valentin ait passé deux mois dans le sous-sol d'une maison du village sans que personne ne le voie ou ne l'entende. À moins que quelqu'un l'ait retenu prisonnier… J'ai repensé à une scène du documentaire sur les Solovki. Pile dans la zone de la fabrique, près du port, il y avait un souterrain qui aurait été le lieu de détention idéal. À un moment donné, la caméra suivait le travail des prisonniers à l'intérieur d'un entrepôt où étaient entassés les sacs remplis de morue séchée. Je n'avais pas besoin de le revoir : je me souvenais de l'échelle et des prisonniers qui se passaient les sacs les uns après les autres puis, à la fin du stockage, de la trappe qu'on refermait avec, au-dessus, le soleil très haut de l'été russe, mais aussi… des râteliers blancs, luisants d'huile, entre le soleil et la terre.

Oui, c'était possible. Un souterrain fermé et oublié après l'incendie de la fabrique, quarante ans plus tôt… Seulement, je n'étais pas le seul à en connaître l'existence. Enrico aussi avait vu le documentaire. Dans son journal, il évoque les échafaudages avec leurs ribambelles de morues blanchâtres étendues pour qu'elles sèchent. « Une gigantesque buanderie », écrit-il. Il avait certainement vu les dessins de Valentin. Avait-il compris ? Avait-il reconnu l'endroit ? S'était-il fait accompagner là-bas par Valentin ?

Je ne savais pas si c'était le Nouveau Départ que j'attendais ou si ce n'était qu'une illusion supplémentaire destinée à me faire perdre encore plus de temps et encore plus d'argent. Mais j'avais du temps devant moi, et même trop. Quant à l'argent, est-ce que je n'avais pas tout juste décidé de vendre mon fils ?

9

Le ferry qui reliait Kem aux îles, l'un des premiers de la saison, était quasiment vide. En plus de l'équipage, il y avait seulement une demi-douzaine de personnes, rien que des hommes, qui devaient avoir quitté les Solovki le matin même parce qu'ils n'avaient pas de bagages. J'ai essayé de discuter avec eux mais ils ne connaissaient, semble-t-il, aucune autre langue en dehors du russe et, de toute façon, n'avaient pas l'air de mourir d'envie de parler avec le touriste barjo qui avait choisi de s'aventurer, à la fin du mois de février, en pleine mer Blanche. En débarquant, j'ai vu qu'ils transportaient deux gros groupes électrogènes qu'ils avaient sûrement achetés à Kem. J'ai entendu, un peu étouffé par la distance, le vacarme de la centrale électrique. J'ai alors pensé à la mère de Valentin qui m'avait pour ainsi dire appelé ici. Je ne l'avais pas prévenue de mon arrivée. Je savais ce que je devais faire, et je pouvais le faire seul : elle ne me servirait à rien. En un sens, j'espérais pouvoir me présenter chez elle, une fois ma mission accomplie, pour lui dire que oui, j'avais compris ce qui était arrivé des années plus tôt à son fils et que je pouvais démontrer, même si tout portait à croire le contraire, que ce n'était pas lui qui avait tué Uwe et les trois Italiens. J'aurais frappé à sa porte, elle m'aurait ouvert, paniquée, vêtue d'un des pulls que je lui avais envoyés, et je l'aurais prise dans mes bras avant de lui dire que Valentin était en dehors de tout ça, que c'était la faute de… tiens, oui, c'était la faute de qui ? De personne, ce n'était la faute de personne : pour mes histoires romantiques, je voulais un heureux dénouement, que tout le monde soit innocent et en vie, par miracle.

En septembre, nous nous étions demandé, Julia et moi, ce que ça devait faire d'arriver aux Solovki en plein hiver, avec le froid et la nuit. Maintenant, je le savais. Ou plutôt, même si je ne pouvais pas imaginer l'angoisse de ceux qui étaient conscients de ne jamais pouvoir repartir dans l'autre sens, au moins, je voyais maintenant ce qu'avaient vu les milliers et les milliers de personnes qui, pendant des siècles, étaient allées mourir aux Solovki – d'abord les moines, puis les détenus du goulag. Le noir de l'eau et du ciel qui se mélangeaient ; le froid glacial du vent qui entrait par les fentes du bateau. Et puis, presque soudainement, la silhouette du monastère, noir contre noir, et les rares lumières qui venaient de la centrale électrique ou du port.

Une dizaine de minutes après l'amarrage, j'étais devant la porte fermée de l'épicerie. Deux jours plus tôt, j'avais demandé à Julia de téléphoner à Tibor pour savoir s'il pouvait me louer une chambre où passer la nuit. Une nuit seulement, car je comptais repartir le lendemain avec le Fokker qui reliait, chaque semaine, les Solovki à Arkhangelsk. Il pouvait y avoir une chambre, si je m'adaptais. J'allais m'adapter. J'ai frappé, mais personne n'a répondu. À ce moment précis, trouver un autre refuge pour la nuit n'aurait été ni facile ni agréable ; du coup, j'ai prié *mezza voce* pour que le dieu des free-lance étende sa main bienveillante sur moi. J'ai frappé plus fort et le dieu s'est manifesté sous les traits de Tibor qui est apparu, tout sourire, à la fenêtre du premier étage. « Ah, je savais que tu reviendrais ! »

En réalité, aucune raison ne pouvait m'obliger à revenir – aucune raison que Tibor aurait été susceptible de connaître ou d'imaginer. Revenir aux Solovki ? En hiver ? Il fallait être fou. Ou bien – et c'était peut-être à ça que Tibor faisait allusion – il fallait avoir compris où étaient les cadavres des trois Italiens. Et tandis que Tibor descendait l'escalier pour venir m'ouvrir, il s'est dessiné dans mon cerveau une explication, une version des faits qui m'avait souvent traversé l'esprit mais que je n'avais jamais eu l'aplomb ou le courage d'évaluer avec attention. Peut-être que tout le monde savait. Non seulement où avait fini Valentin pendant ces deux mois, quinze ans plus tôt, comme me l'avait écrit sa mère. Mais aussi ce qui était arrivé aux trois Italiens, à Uwe, aux deux touristes américains et à tous les autres malheureux qui, au fil du temps, avaient disparu des îles Solovki sans laisser de trace. Les gens savaient. La majorité d'entre eux, si ce n'est vraiment tous. Et parmi cette majorité, mon ami et mon hôte de cette nuit, Tibor. Je me suis alors souvenu de la fois où, depuis le bureau d'Orlachov, j'avais vu Lila, Filippov et le pope parler entre eux avant de pointer le doigt dans ma direction, le visage dans l'ombre. J'ai pensé au *Crime de l'Orient-Express*, où Poirot enquête sur un meurtre commis par une douzaine de personnes, un coup de couteau chacun. Était-ce un complot ? Ou du moins, un complot du silence – une communauté entière qui sait mais qui ne parle pas. Par peur, par désintérêt ou, comme me l'avait dit Orlachov, parce que les Solovki « sont une *enclave* » et ne suivent pas les règles de l'État mais leurs règles tribales ? Mais quelle règle tribale pouvaient bien avoir enfreint ces trois jeunes ?

Le sourire de Tibor, quand il a fini par ouvrir la porte, n'a pas suffi à éradiquer l'angoisse que ces quelques secondes de réflexion – comment se fait-il que tous ces trucs me soient venu à l'esprit à cet instant seulement ? – avaient provoquée tout au fond de moi. Néanmoins, la chaleur de la pièce a su dissiper mes craintes.

— Tu as mangé ? Il y a de la soupe. Poisson. Tu veux manger quelque chose ?

Sans attendre ma réponse, Tibor m'a mis sous le nez une assiette fumante avec de la morue et des patates. Je n'avais rien mangé depuis la matinée, dans le train ; du coup, j'ai baissé la tête vers mon assiette et, en deux minutes, tout était vide. Tibor ne m'a pas demandé ce que je faisais là. Peut-être qu'il n'était pas curieux. Peut-être qu'il était curieux mais qu'il ne voulait pas avoir l'air intrusif. Ou peut-être qu'il était déjà au courant et qu'il se préparait à me trancher la gorge dans mon sommeil.

— Mon journal m'a demandé d'écrire un article sur les Solov-ki en hiver. Six mois après, tu vois… alors du coup…

— Bien, bien, a-t-il répondu en bâillant.

J'ai dit que oui, j'étais fatigué moi aussi. Je l'ai suivi à l'étage du dessus, dans la chambre d'amis nue et minuscule que sa mère avait préparée.

— Tu te souviens de ma mère ?

Bien sûr que je m'en souvenais.

— Elle dort déjà, a-t-il dit en m'indiquant sa chambre à l'autre bout du couloir.

J'avais apporté mon sac de couchage. Je préférais ne pas compter sur la propreté de l'auberge de Tibor, sur ses draps. Je l'ai étendu sur le lit et je me suis couché, en m'enfonçant d'au moins quinze centimètres dans le vieux matelas en laine. Je n'ai pas réussi à m'endormir tout de suite, même si j'étais vraiment fatigué du voyage et du froid que j'avais pris dès l'instant où j'étais descendu du train qui m'avait conduit à Kem. Au bout de quelques minutes, j'ai entendu Tibor qui montait dans sa chambre. Puis, dans un demi-sommeil, je l'ai entendu parler avec quelqu'un. Ils avaient beau chuchoter, j'ai reconnu la voix de sa mère dans le silence parfait de l'île. Quelques mots filtraient distinctement à travers la porte et j'ai regretté que Julia ne soit pas là pour traduire. J'ai quand même tendu l'oreille, en luttant contre le sommeil qui arrivait déjà, et il m'a semblé, étrangement, que la mère de Tibor parlait avec son fils en *riant*. Finalement, le froid et le sommeil ont pris le dessus et je me suis endormi.

Je me suis réveillé alors qu'il faisait encore nuit. J'ai vérifié l'heure sur mon portable. Six heures cinquante. J'ai supprimé le réveil que j'avais programmé pour sept heures. Un bruit, dans le couloir, m'avait arraché au sommeil plus tôt que prévu. Ou peut-être que c'était seulement la tension, l'angoisse à l'idée de ce que j'étais censé voir – ou ne pas voir – ce jour-là. J'ai enroulé mon duvet et l'ai rangé dans mon sac à dos. J'ai fait quelques gargarismes avec un reste d'eau gazeuse que j'avais apportée d'Italie et avalé à la fois l'eau et la salive dense du matin. Comme petit déjeuner, ça pouvait suffire.

J'ai ouvert la porte de la chambre. Le couloir était dans le noir. J'ai deviné, au fond, la chambre où devaient avoir dormi Tibor et sa mère ; la porte était entrouverte. J'ai trouvé les toilettes à tâtons et entendu une porte s'ouvrir en bas pendant que j'étais en train de pisser : probablement Tibor qui ouvrait l'épicerie pour les marins de retour de la pêche. J'ai pris mon sac à dos et commencé à descendre l'escalier sur la pointe des pieds.

— *So you came back !*

Je me suis arrêté d'un coup. La phrase venait d'en bas, d'une ombre assise au comptoir du bar. Toutes les lumières étaient éteintes, l'aube tachait à peine les carreaux des fenêtres, à l'autre bout de la pièce, mais j'avais reconnu cette voix car c'était précisément celle que j'espérais ne pas avoir à entendre pendant mon second séjour aux Solovki. Filippov était là. Il savait que j'étais sur l'île. Et il parlait anglais. Tibor avait dû le prévenir. Ou c'était sa mère qui s'en était chargée. Est-ce que c'était pour ça qu'elle avait éclaté de rire, cette nuit ? Est-ce qu'elle s'imaginait ma surprise en le voyant en bas, le lendemain ? L'entendre parler anglais était une surprise, bien sûr. Car la seule fois où je l'avais rencontré, en septembre, il avait fait semblant de ne pas connaître cette langue. Pour me surveiller sans être surveillé.

J'ai continué à descendre. En silence, je suis allé m'asseoir à côté de lui au comptoir : autant faire semblant que je n'avais pas peur.

— Je suis journaliste : je vais où on m'envoie.

Filippov a acquiescé avec un sourire, sans dire un mot.

— Et vous êtes ici pour moi ? ai-je alors demandé.

Avec le même ton léger que j'aurais pris à l'arrêt de bus pour dire : « Ça fait longtemps que vous attendez ? »

— Oh non, a-t-il répondu. Non, vous n'êtes pas si important…

Puis, après une pause :

— Je suis désolé pour votre ami.

Je savais à qui il faisait allusion, mais j'ai quand même demandé de quel ami il parlait.

— Le fou.

Sauf qu'il a dit « *the fool* », un terme qui collait mieux, me semblait-il, au caractère de Valentin tel que je l'ai connu : un fou joyeux, un bouffon, un *fool* shakespearien, voilà, grotesque et tragique.

— Oui, je suis sûr que vous êtes désolé.

— Oui, et je suis aussi désolé de m'être trompé. Je pensais que vos amis italiens s'étaient noyés. Mais en fait…

— Mais en fait ? Qu'est-ce qui s'est passé, d'après vous ?

Il a approché son visage du mien, comme pour s'assurer que je l'écoutais attentivement.

— Eh bien, ce que tout le monde pense…

La voix de Filippov n'était maintenant qu'un murmure, comme s'il me faisait une confidence.

— Inutile que quelqu'un d'autre vous dise qui était votre ami Valentin. Demandez à n'importe qui ici. On vous dira ce que je vous dis, moi : qu'il a toujours été un type violent, dangereux. Ils auraient dû, nous aurions dû y penser avant. Et vos amis seraient peut-être encore en vie.

J'allais lui répondre : « Mais vous, vous y avez pensé, il y a quinze ans. » Et puis je me suis abstenu. « Je sais des trucs sur Filippov, Filippov sait des trucs sur moi », avait écrit Enrico. Et Filippov devait aussi avoir les idées claires sur moi. Il ne pouvait pas savoir pourquoi j'étais revenu, mais il savait certainement que j'avais vu Valentin pendant mon dernier voyage ainsi que sa mère, un peu plus tôt. Et il savait également, grâce à un instinct animal, que j'avais peur de lui, même si je m'efforçais de prendre une attitude désinvolte, là, assis au comptoir.

— Julia n'est pas venue cette fois. Elle vous a laissé seul.

Il savait ça aussi. Et il se souvenait du nom de Julia.

— De toute façon, ai-je répondu, on dirait que tout le monde ici parle anglais, non ?

Au même moment, la porte s'est ouverte et Tibor est entré avec un seau rempli de lait. Il m'a salué, tout guilleret, puis a dit quelque chose en russe à Filippov, sans cesser de sourire. J'avais pensé que Tibor l'avait prévenu de mon arrivée et que Filippov était venu pour moi, ce matin-là, dans un but que j'ignorais mais – c'était à craindre – avec des intentions guère amicales. Maintenant, en regardant la désinvolture, presque la tendresse avec laquelle Tibor remplissait de café nos deux tasses, je me suis demandé si mes soupçons n'étaient pas hors de propos. Qu'y avait-il d'étrange à ce que Filippov vienne prendre son petit déjeuner ici ? Est-ce que ce n'était pas à ce même bar que je l'avais rencontré, par hasard, lors de mon premier voyage ? Certes, c'était une étrange coïncidence. Mais il valait mieux l'ignorer.

J'ai fini mon café. Et fait mine de payer – le café et la chambre – mais Tibor m'a fait signe que non, qu'on en parlerait plus tard, au retour de ma « *little investigation* ». Je pouvais laisser mon sac à dos ici. Je l'ai salué, j'ai salué Filippov, qui s'est contenté d'acquiescer en souriant. Alors que j'étais sur le pas de la porte, j'ai entendu qu'il disait quelque chose en russe à Tibor, et Tibor qui répondait. J'étais content que Julia ne soit pas là. Je préférais ne pas savoir. Je suis sorti.

Dehors, c'était une journée glaciale. Le vent soufflait du nord par bourrasques et soulevait les cristaux de glace en les poussant avec une force telle que je pouvais les entendre rebondir contre ma parka tandis que je descendais vers le port depuis l'épicerie. Mais il y avait du soleil, la seule journée de soleil que j'aie vu aux Solovki. Et il y avait le silence. Il n'y avait pas de mouettes en train de hurler dans la baie, il n'y avait pas les voix des pêcheurs, il n'y avait pas le bruissement des embarcations. Le seul son, dans le lointain, était celui de la centrale électrique. On aurait dit que le soleil brillait sur une planète inhabitée. Non, sur une planète jadis habitée mais désormais désertée par les hommes, vu que les vestiges d'une espèce de civilisation se devinaient encore au milieu de la bruyère gelée. Dans le lointain étincelait la façade du monastère. Les branches des quelques arbres qui longeaient le sentier luisaient de givre et, en me concentrant sur eux, j'ai réussi à imaginer, l'espace d'un instant, qu'au lieu d'être en pleine mer Blanche j'étais dans les Dolomites et que l'épicerie de Tibor où j'avais dormi était en réalité un refuge alpin, où les autres randonneurs dormaient encore alors que moi, héroïque, je me mettais en chemin au petit matin… Je me suis dit que ça ne m'aurait pas déplu d'avoir mon fils près de moi à ce moment-là, pour voir ce matin parfait, dans ce coin du monde si étrange. Et dans ce vague sentiment – dans ce « ça ne m'aurait pas déplu » – j'ai reconnu avec stupeur et un peu de honte une étincelle de sentiment paternel, la seule qui se soit allumée en moi depuis longtemps. Une fois arrivé au port, j'ai pris la direction du monastère.

Durant mon précédent voyage, nous n'avions pratiquement jamais quitté les sentiers qui reliaient notre hôtel au port, au monastère, au bureau de poste. La pluie avait rendu impossible la moindre déviation hors du parcours balisé. En revanche, le sol était maintenant durci par la glace ; du coup, j'ai décidé de quitter le sentier et de me promener autour du monastère. Je marchais depuis un quart d'heure, et je n'avais encore vu personne. Le seul bruit, dans le lointain, était le cliquetis des drisses que le vent agitait contre les mâts des rares chalutiers amarrés au port. J'ai tourné autour du monastère et le cliquetis s'est arrêté. Je me suis approché des murailles, gigantesques, avant de poursuivre en direction des séchoirs qui s'étendaient entre les décombres de la fabrique où on travaillait le poisson. Le soleil était encore bas à l'horizon mais les rayons étaient assez forts pour me réchauffer – ou peut-être était-ce l'effort pour grimper cette petite côte ou la tension suscitée par la solitude et l'idée de ce que je m'apprêtais à faire. Tout était si agréable que je ne me suis senti ni surpris ni effrayé quand j'ai vu les chiens.

Ils étaient à une centaine de mètres de moi, du côté de la falaise. Ils étaient quatre mais – j'ai pensé – les autres pouvaient être dans les parages. Ils ne me voyaient pas et ne m'entendaient pas non plus car j'étais contre le vent. Mais je me suis arrêté. Est-ce que c'était ceux que j'avais vus à Rebolda ? Pavel m'avait dit que parfois, pendant l'hiver, ils poussaient jusqu'au village. Je suis resté immobile quelques secondes, puis je me suis remis à marcher lentement, en suivant l'enceinte des murailles. Les chiens ne m'ont pas remarqué. Ils ont regardé dans ma direction mais n'ont pas bougé. Je n'ai pas pressé le pas, je n'avais pas peur. Je savais déjà qu'ils étaient innocents : ce n'était pas eux qui avaient fait disparaître Enrico, Francesco et Fabio. J'ai encore avancé et, quelques minutes plus tard, je suis arrivé devant les ruines de la fabrique de poisson. Les chiens étaient restés à leur place mais ne m'avaient pas perdu de vue.

C'était comme s'ils m'avaient escorté sain et sauf jusqu'au lieu où – je l'espérais – allaient se terminer mes recherches. La trappe devait être dans cette zone.

J'ai longé le grand côté de la fabrique. Le toit était tombé ; seule une partie des murs extérieurs qui, au cours des décennies, avaient dû servir comme carrière de briques était encore debout. Ce qui restait était presque entièrement couvert de moisissure et de végétation. Je me suis dirigé vers la zone où les séchoirs pour le poisson étaient plus ramassés. À cet endroit, les mauvaises herbes se faisaient plus rares. J'ai marché les yeux rivés au sol quelques minutes avant de voir une dalle en béton avec, au centre, un gros couvercle en métal. J'ai écarté avec les pieds un peu de l'humus glacé qui le recouvrait puis fait levier avec une branche dans la fente entre le béton et le couvercle, qui s'est mis à se soulever. J'ai regardé en l'air. Le ciel était limpide, sans nuages ; les fils des séchoirs luisaient sous les rayons su soleil. Oui, le dessin qu'avait fait Valentin, quand on savait le lire, était très précis.

J'ai commencé à descendre. La torche jetait un rayon de lumière net, précis. J'ai rapidement balayé le plafond et les murs, puis en dessous. Il y avait une vingtaine de marches en béton couvertes de moisissure. J'ai cherché une rambarde pour m'appuyer, mais sans la trouver : des deux côtés de l'escalier, il n'y avait rien, sauf l'obscurité. J'ai continué à descendre lentement, en me tenant au centre des marches et en faisant attention à ne pas glisser. La torche illuminait des murs grisâtres et nus comme ceux de n'importe quelle cave. J'ai touché terre, mais au bruit qu'ont fait mes chaussures, j'ai compris que le sol était couvert d'environ cinquante centimètres d'eau. J'étais dans un couloir de deux mètres de large. Au fond, la torche a éclairé deux portes fermées. J'ai avancé. Dans l'eau flottait un agglomérat où j'ai cru entrevoir des lambeaux de vêtements et de couvertures. Au-dessus, le bruit de la centrale électrique s'entendait à peine. Si Valentin avait fini là-dedans, peut-être avait-il souffert de la faim et du froid, mais il n'avait pas été tourmenté par le bruit qui le persécutait jour et nuit chez lui, à la surface. J'ai encore avancé. L'eau qui filtrait d'en haut avait creusé dans le sol de petites flaques et j'avais l'impression – mais si ça se trouve, c'était uniquement mon imagination – que quelque chose de vivant s'agitait à l'intérieur. J'ai braqué ma torche. Ce n'était pas mon imagination. La queue de deux grands rats noirs venait de disparaître derrière un paquet de fils entassés près de l'escalier. Je suis allé vers la porte à ma gauche. La poignée a cédé, la porte s'est ouverte, mais quelque chose à l'intérieur empêchait de l'ouvrir complètement. J'ai poussé plus fort et senti quelque chose de mou qui se pliait sous la pression que j'exerçais. Je suis entré. L'intérieur était sec. Une petite volée de marches séparait la pièce du couloir et cela avait suffi à ne pas faire entrer l'humidité. La torche a éclairé un matelas.

À quel endroit me suis-je trompé ? Qu'aurais-je dû faire ? Qu'aurait fait un journaliste plus expérimenté, plus malhonnête ou, simplement, moins bête que moi ? Ne rien dire à personne, rentrer en Italie, écrire un article fracassant (« Vous trouverez les cadavres des trois Italiens disparus dans un souterrain des îles Solovki, dans un état de décomposition avancé… »), entrer dans l'histoire du journalisme d'investigation ? Oui, il aurait fait ça, probablement.

Le problème, c'est que je ne suis pas comme ça. Car après avoir refermé derrière moi la porte du souterrain, après être remonté à la surface, l'idée que ces trois corps continuent à pourrir pendant des jours et des jours m'a paru intolérable. C'est ainsi que j'ai fait un choix de conscience (ou, pour le dire avec les mots de Galliano, « la connerie de ta vie, Capace ! ») et appelé Monina pour avoir des instructions.

À partir de ce moment-là, tout est allé très vite. Trois heures plus tard, quatre hommes, tous en uniforme, sont venus me chercher à l'épicerie de Tibor ; ils étaient arrivés en hélicoptère d'Arkhangelsk. Dix minutes après, nous étions devant la trappe qui menait au souterrain. Et encore un quart d'heure après, la zone de la fabrique de poisson était entourée de ruban orange, même si cela ne semblait pas nécessaire vu que ce n'était pas un lieu susceptible d'attirer des curieux – pour la simple raison qu'il n'y en avait pas, des curieux. Depuis la veille au soir, les seules personnes que j'avais vues étaient Tibor, Filippov et, au loin, un petit groupe de pêcheurs dans la zone du port – le port qui, maintenant, alors que le soleil de quinze heures disparaissait à l'horizon, paraissait désert.

J'ai demandé à être raccompagné à l'épicerie. J'ai dit que je devais récupérer mon bagage et payer Tibor ; mais la vérité, c'est que je voulais revoir Filippov, lui parler, le mettre au courant de ma découverte, voir comment il réagissait. Sauf que Filippov n'a pas montré le bout de son nez.

À ce moment-là, tout le village savait qu'il s'était passé quelque chose de grave, beaucoup avaient vu l'hélicoptère atterrir près de la fabrique de poisson. J'ai fait cadeau de la nouvelle à Tibor : « Oui, on a trouvé les corps. » Puis je lui donné un billet qu'il a fait mine de ne pas vouloir accepter (« *It's too much!* ») mais qu'il a empoché dès que j'ai commencé à insister. Nous nous sommes donné l'accolade avec une chaleur tout à fait disproportionnée, une accolade dans laquelle sont entrés différents sentiments qui n'avaient rien à voir avec l'amitié – une tristesse partagée face à ces trois morts, le pressentiment de la douleur renouvelée que cette découverte allait provoquer et, surtout, la certitude que nous ne nous reverrions jamais plus.

L'hélicoptère est reparti de l'île alors qu'il faisait déjà nuit. À bord, à part moi, il y avait les quatre officiers qui avaient récupéré les corps. Et derrière, à quelques centimètres de mon sac à dos, il y avait Enrico, Fabio et Francesco, ce qui restait d'eux, dans trois housses noires. Les voilà, finalement. Dans ces housses noires, il y avait les trois êtres humains à qui j'avais pensé le plus intensément ces derniers mois, presque au point de les transformer en symboles, en projections de mes inquiétudes. Quelques heures plus tôt, je les avais éclairés avec ma torche, allongés sur le sol du souterrain, mais je n'étais pas arrivé à les apercevoir. La pièce était un carré de cinq mètres sur cinq et elle était vide à l'exception de deux matelas et d'une dizaine de séchoirs métalliques repliés et posés contre le mur face à la porte. À côté de cet empilement, une forme sombre m'avait fait penser un instant à celle d'un gigantesque insecte – comme s'il vivait dans ce souterrain des animaux monstrueux qu'on n'avait jamais vus à la surface. Mais c'était l'un des trois corps, de dos, replié sur lui-même. Les deux autres étaient allongés près de la porte. Avec ma torche, je m'étais arrêté sur un visage tuméfié, décharné, méconnaissable. Je n'avais pas eu le courage de la braquer sur le troisième. J'avais juste eu le temps de m'apercevoir d'un détail étrange : ça ne puait pas, le gel avait conservé les cadavres et la fermeture étanche les avait sauvés de l'eau et des rats. Ils ne s'étaient pas décomposés, ils n'avaient pas été dévorés – c'était le seul dénouement heureux auquel nous avions droit, eux et moi.

D'en haut, j'ai entrevu une dernière fois le monastère, puis l'épicerie, devant laquelle s'était rassemblée une petite foule. L'hélicoptère a fait un demi-virage et nous sommes passés au-dessus de la centrale électrique. À deux cents mètres de là, il y avait la cahute où la mère de Valentin survivait et attendait. Mais il faisait déjà trop noir pour que je réussisse à la voir.

10

La mort de Fabio ressemblait à une exécution : un coup de pistolet dans la nuque. Elle avait dû être immédiate. C'était son corps recroquevillé qui m'avait fait penser à la carapace d'un énorme insecte. Il avait également suffi d'un coup pour Enrico : une autre exécution. Sauf qu'on lui avait tiré dans la tempe. Francesco, en revanche, avait été touché deux fois, la première au thorax, l'autre à la base du cou – comme si l'assassin avait tiré tandis qu'il allait vers lui pour l'arrêter.

— Les parents ont reconnu les vêtements, les corps, mais nous ne leur avons pas fait voir les visages.

Monina était en train de me faire part, sous le sceau de la confidence, des résultats de l'autopsie à laquelle les trois cadavres avaient été soumis par le médecin légiste du parquet de Rome, le jour même de leur arrivée en Italie depuis les Solovki, à bord d'un avion militaire. Cette confidence, c'était ce qui me récompensait de ne pas avoir fait « la connerie de ma vie », c'est-à-dire de ne pas avoir gardé pour moi la découverte des trois cadavres, quitte à renoncer au scoop qui aurait pu relancer ma carrière de journaliste balbutiante.

— Le pistolet ? j'ai demandé.

— Pas de pistolet. Qu'est-ce que tu crois ? Que le type qui vient de buter trois personnes va laisser son flingue sur place pour que la police puisse relever ses empreintes et le choper chez lui ?

Voilà qui excluait l'hypothèse du suicide. Une hypothèse que, par ailleurs, j'avais été le seul à prendre en considération.

— Ça ne se fait pas, c'est ça ?

— Non, a répondu Monina, ça ne se fait pas. Seulement, celui qui les a tués a quand même commis une erreur. Il ne les a pas fouillés. Tu te souviens des témoins qui disaient avoir vu Enrico discuter de temps en temps au téléphone, un téléphone dont personne ne connaissait l'existence et qu'on n'avait pas réussi à trouver dans ses bagages ?

Bien sûr que je m'en souvenais.

— Bon. Ce n'était pas un téléphone portable. C'était un enregistreur vocal, un de ces machins gros comme un paquet de cigarettes que les journalistes trimballent avec eux. Un truc moderne, sans cassette. Numérique.

Un dictaphone. J'aurais pu avoir le déclic. La mère d'Enrico m'avait dit que son fils aurait voulu écrire des reportages sur les lieux qu'il visitait, qu'il en avait même déjà écrit quelques-uns, jamais publiés. Le *voice recorder* est l'instrument parfait pour donner à un amateur l'impression d'être un professionnel.

— Le fait est, a continué Monina, qu'Enrico l'avait sur lui quand il est descendu dans le souterrain.

— Allumé ? Je veux dire, il a enregistré le moment de sa mort ?

— Non, a répondu Monina. On n'a pas été aussi vernis. L'enregistreur était éteint.

— Et donc ?

— Et donc...

J'ai essayé de poursuivre :

— Il donne le nom de son assassin.
— Presque, a répondu Monina.

Le dictaphone contenait une dizaine de minutes de paroles. Pour l'essentiel, c'était de brefs pense-bêtes, des choses qu'il fallait faire sur le chantier, des instructions à donner aux ouvriers, des observations sur l'état des travaux. Vu qu'il était le seul à parler russe, Enrico faisait la liaison entre les architectes et les moines. Les enregistrements types étaient des choses comme : « Demande de Fabio. Aller voir le père Stefan pour les échafaudages à mettre dans le réfectoire. »

Il y avait ensuite des réflexions à haute voix semblables à celles qu'Enrico avait écrites dans son journal, rien de vraiment nouveau. Et puis il y avait ce qui semblait être l'ébauche d'une lettre qu'il comptait écrire à sa mère.

Non, nous ne sommes pas encore morts de froid. Ici, il fait une dizaine de degrés, l'été ressemble à l'automne, et on est bien. Assez bien : Francesco a quelques problèmes d'estomac que je ne vais pas te décrire, mais cela fait deux jours qu'il n'a pas quitté la chambre – enfin, les toilettes. Les Solovki sont comme nous les avions laissées : une route, l'épicerie, le bureau de poste sur une petite colline à deux cents mètres de l'endroit où nous dormons. Le monastère ne s'est pas amélioré, lui non plus, malgré l'équipe d'ouvriers qui travaille dessus depuis six mois. En arrivant par bateau de Kem, j'ai encore pensé à ce que ça devait faire d'arriver ici en 1500 ou, tout simplement, dans les années 1920, peut-être en hiver. C'est la vie qu'on quitte, ni plus ni moins. Je les ai vus, les visages de ceux qui vivaient ici en 1928. Ça fait vraiment bizarre de se dire que leurs os sont tous là, à cinquante centimètres sous terre. Tu te souviens de notre voisin de Vallombrosa, celui qui enlevait toujours son chapeau quand il te croisait, Ruosi ? Le moine qui dirige les ouvriers, c'est son portrait craché, il est aussi énorme que lui. Il a dit de s'adresser à lui pour tout et n'importe quoi. C'est ce qu'il a dit, « tout et n'importe quoi ». Pour le moment, ce dont on a besoin, c'est un peu de nourriture digne de ce nom. Le seul bar-restaurant a seulement des cornichons et un peu de pain sec. Demain, nous commençons le travail au monastère – c'est-à-dire que nous allons « aller en reconnaissance » pour établir une espèce d'agenda des travaux. Il y a des Italiens partout, naturellement ; nous avons même rencontré un couple de Varese, Dario et Chiara. Ça fait trois ans qu'ils viennent aux Solovki, toujours en août. Ils étudient le russe et ont atterri ici quasiment par hasard, la première fois. Ensuite, cette désolation leur a plu et ils sont revenus. Ils sont devenus copains avec les officiers. Du coup, ils sont maintenant dans une chambre de la caserne et ils partagent les toilettes et la buanderie avec les recrues. Je ne sais pas trop comment s'en sort Chiara…

Pour ce qui est de ces deux personnes, les touristes de la désolation, c'était la première fois que leurs noms apparaissaient dans l'enquête. Aucun Italien ne s'était manifesté pendant les semaines suivant la disparition. Et naturellement, aucun autre Italien – aucun Dario ni aucune Chiara – n'avait disparu aux Solovki en dehors des trois que nous connaissions. Mais si Dario et Chiara étaient là au moment où les trois disparus y étaient aussi, et s'ils sont ensuite rentrés en Italie, ils ont dû apprendre ce qui était arrivé à leurs compatriotes. C'était très étrange qu'ils n'aient pas songé à contacter la police. Le « moine qui dirige les ouvriers » était sans aucun doute le père

Stefan ; Enrico en parle aussi dans son journal. Ça m'a remué de me dire que la chose qui avait le plus frappé Enrico était celle qui m'avait le plus frappé, moi aussi : ce que ça voulait dire de débarquer aux Solovki il y a cinq cents ans ou il y a cent ans, en plein hiver. Exactement comme moi, Enrico semblait à la fois effrayé et attiré par les âges prétechnologiques. Comme de nombreux intellectuels (mais ça vaut aussi pour moi, qui n'en suis pas un), il se sentait plus proche des morts que des vivants, des exilés débarqués aux Solovki dans un passé lointain plutôt que de ses compagnons de voyage ou de séjour.

Néanmoins, les enregistrements les plus intéressants étaient au nombre de trois, tous à quelques jours d'intervalle.

13 août. *J'ai découvert une chose. Le père Stefan m'avait parlé des handicapés cachés dans les souterrains, de ce fruit difforme de l'endogamie ou de la mauvaise étoile des îles Solovki. J'ai demandé à l'un des moines ce qu'on faisait des fous dangereux, il m'a dit qu'il ne savait pas ce qu'on en faisait maintenant, mais qu'autrefois les chefs de village – je ne sais pas à quoi correspond vraiment cette charge, à une charge dans le parti ou… – bref, les chefs de village se chargeaient de « les faire disparaître ». Ils étaient jetés à la mer. Ou enfermés jusqu'à ce qu'ils guérissent, et s'ils ne guérissaient pas… Il n'a pas fini sa phrase. Je lui ai dit que, pour les enfermer, il n'y avait pas d'hôpitaux psychiatriques ici. Il m'a répondu que ce n'était pas nécessaire. Qu'à l'époque du communisme on utilisait les souterrains du monastère. Un goulag au rez-de-chaussée et une prison pour les fous en dessous. Je lui ai demandé : « Et maintenant ? » Il a répondu : « Maintenant… » Et haussé les épaules.*

18 août. *Aujourd'hui, au déjeuner, j'ai parlé avec deux ouvriers de Kem qui sont venus sur l'île pour travailler au chantier. Mais ils sont nés ici, m'ont-ils dit. Mon russe est rouillé, j'ai eu du mal à les comprendre. Mais ils m'ont raconté quelque chose sur les fous. Ils m'ont expliqué que, quand ils étaient petits, dans les années 1960, les fous les plus dociles étaient gardés chez eux ou enfermés au monastère, qui était presque vide. On les amenait là-bas et on les abandonnait. De temps en temps, un docteur venait d'Arkhangelsk et s'assurait que tout allait bien. Seulement, les choses ne se passaient pas toujours aussi bien. Il arrivait que les fous se fassent du mal, à eux-mêmes ou entre eux. Parfois, on les entendait hurler depuis l'autre côté des murailles, ils criaient à cause de la faim, du froid, mais personne ne faisait rien. Personne ne pouvait rien faire sans l'intervention du responsable d'Arkhangelsk. Une fois, le médecin n'est pas venu pendant deux semaines, il était malade. À la visite suivante, il a découvert qu'un des fous en avait tué deux autres et qu'il les avait mangés. Cela dit, les deux ouvriers ne savent pas si c'était juste une histoire qu'on racontait aux enfants pour les tenir loin du monastère. Quoi qu'il en soit, les plus violents, les plus difformes, ceux qu'on ne pouvait pas rattraper, étaient conduits dans le nord de l'île et jetés de la falaise. J'ai demandé qui s'occupait de ces exécutions. Les chefs du village, m'ont-ils dit. Je leur ai demandé qui élit les chefs du village. Et ils m'ont dit qu'il n'y avait pas besoin d'élire qui que ce soit. Les chefs du village ont toujours été les Filippov.*

25 août. *Rendez-vous avec Filippov demain à 14 heures. Il a dit qu'il me fera voir « l'asile de fous du village », c'est-à-dire l'endroit où, au fil du temps, on a enfermé les personnes qui « posaient problème ».*

Je suis quasiment sûr que parmi ces personnes problématiques, il y avait Valentin. Je ne sais pas avec quelle autorité Filippov, ou quelqu'un d'autre, a pu décider d'une chose pareille. On a l'impression que tout le monde au village était au courant et – même si c'est très troublant – que tout le monde approuvait cette pratique. Incroyable. J'ai demandé à Francesco et à Fabio de venir avec moi. Mieux vaut être trois que tout seul.

Les informations suivantes proviennent de conversations que j'ai eues plus tard avec Monina et des articles que Julia a réussi à trouver sur Internet et traduit pour moi.

Filippov avait des ennemis. C'était inévitable. Il avait hérité des ennemis que s'étaient fait ses ancêtres, les gardiens du goulag ; et vu l'effet qu'il m'avait fait, il n'y avait rien d'étonnant à ce que la liste se soit allongée au fil du temps. Comme il avait également des ennemis parmi les dirigeants de la police d'Arkhangelsk, ces derniers ont décidé qu'il était temps d'arrêter de considérer les Solovki comme une *enclave*. Le dernier enregistrement d'Enrico ne laissait guère de doute sur ce qui – à tout le moins – *avait pu* arriver. Cette fois, Filippov, maître de l'archipel par droit héréditaire, avait laissé la situation lui échapper. Un mandat d'arrêt a été lancé.

Sauf que Filippov avait aussi des amis, et ces amis sont passés à l'action. Il habitait à une centaine de mètres du port, dans une des rares constructions en brique de l'île, la grande maison blanche avec un toit en tôle ondulée que j'avais vue dans le documentaire de 1928 avec, devant, le vieux Filippov, le commandant du camp qui regardait la caméra *sans* sourire. Une belle maison de famille où étaient nés et morts, sereinement, des générations de tortionnaires. Ils ont dit à Filippov de partir de chez lui, de disparaître quelques jours. Et il a disparu.

Quand les policiers d'Arkhangelsk sont venus le chercher, ils ont trouvé porte close. Un voisin leur a dit qu'on ne l'avait pas vu depuis des jours, qu'il était sans doute allé pêcher dans la baie de Kem et qu'il n'allait pas rentrer avant une semaine.

Seulement voilà, Filippov avait donc des ennemis, et l'un d'eux avait parlé. Il n'avait jamais quitté l'île, il s'était juste réfugié sur la côte nord, dans un des cabanons de pêcheur abandonnés que j'avais vus avec Pavel. Et il n'était pas seul.

Maintenant, tuer trois Italiens fouineurs était une chose, échapper à l'autorité constituée qui entendait l'arrêter en était une autre. Une brigade d'élite a été envoyée d'Arkhangelsk avec l'ordre de ne pas faire de détail. Ils n'en ont pas fait.

Personne ne les a vus arriver sur l'île. On a su plus tard qu'ils avaient atterri d'un hélicoptère militaire au nord-ouest, à la lisière de la tourbière, et qu'en l'espace de quelques minutes ils avaient déjà encerclé le cabanon où s'étaient réfugiés Filippov et ses sbires. D'un côté, il y avait la mer; de l'autre, une douzaine d'agents : une opération sans risques. Le chef d'escadron lui a hurlé de se rendre. Filippov est sorti de sa cachette sans arme, les mains bien en évidence le long du corps, et a répondu qu'il allait se rendre tout de suite, d'autant qu'il n'avait jamais été en guerre avec personne. Il l'a dit avec le sourire, parfaitement détendu. Il connaissait deux des agents qui étaient venus le chercher. C'était des jeunes de l'archipel qui s'étaient retrouvés à travailler sur le continent, les enfants de gens qu'il connaissait bien et qui lui devaient du respect et de la reconnaissance. Du respect, surtout. Il les avait vus gamins, il les avait toujours traités avec la tendresse d'un père. Mais aussi avec l'autorité d'un père : il avait toujours été le plus fort. Voilà maintenant qu'ils étaient face à lui, armés ; les petits avaient grandi d'un coup. Il y avait moyen de se mettre d'accord, a-t-il dit. Il avait été soldat, lui aussi : il savait qu'il y avait des lois, un règlement, des ordres à respecter. Seulement, cette île était à lui, c'était chez lui. Il n'était pour rien dans la mort des trois Italiens : tout le monde savait que c'était Valentin qui les avait tués, tout le monde savait que ce fou était dangereux, qu'il l'avait toujours été et qu'on aurait dû l'enfermer des années plus tôt. À quoi bon vouloir corriger une erreur si c'était pour en commettre une autre maintenant ? Autant qu'ils baissent leurs pistolets et qu'ils le suivent chez lui pour discuter.

Personne n'a ensuite été en mesure de dire qui avait tiré. L'un des amis de Filippov, caché derrière le cabanon – voilà ce qu'a dit la version officielle. La balle a frôlé l'un des agents, sans le blesser. Il y a eu un moment d'hésitation, aussi bien parmi les amis de Filippov que parmi les agents. Et puis Filippov a essayé de reprendre le contrôle de la situation. Il a souri comme à une blague d'enfant capricieux et fait signe à ses sbires de ne pas bouger. Il n'y avait aucune raison de perdre son calme. C'est là qu'il a bougé, lui. Il a avancé en direction des policiers les mains levées, comme s'il allait les prendre dans ses bras. Un père. Mais l'un des agents, pris de panique, a tiré. Filippov est tombé, son sourire encore plaqué sur son visage, avec une rose de sang qui s'ouvrait à la base de son cou. Appeler les secours était inutile : il était déjà mort quand ils sont arrivés près de lui.

Je ne crois pas que les choses se soient passées comme ça. Monina n'y croit pas lui non plus. Car il y a de fortes chances pour que les agents aient profité de l'occasion pour régler les comptes et mettre un terme au règne plus ou moins officiel de Filippov et de sa famille sur les îles Solovki. Une vendetta.

Sur ce qui s'est passé après, j'ai des informations encore plus vagues. Elles aussi en partie fausses, probablement. Filippov – comme sa famille – était un personnage de saga ou de film d'horreur ; il n'y a rien d'étrange à ce que sa mort ait été attirée dans l'orbite de la légende.

Son cadavre a été ramené au village. Il aurait été logique de le mettre dans l'ancien siège de l'administration du goulag, là où nous avions rencontré Orlachov, Julia et moi, mais personne, semble-t-il, n'a réussi à retrouver les clés du bâtiment. Du coup, ils l'ont laissé au rez-de-chaussée de l'ancienne caserne, portes et fenêtres ouvertes pour éviter que la puanteur envahisse la pièce. C'était l'affaire d'une nuit, de toute manière : on était censé le transférer à Arkhangelsk le lendemain pour l'autopsie. Seulement, le cadavre n'est jamais arrivé là-bas. Il y a des chances pour que les agents s'en soient eux-mêmes débarrassés pour se venger – ou pour couvrir leur bavure. C'est l'explication la plus probable. L'autre explication – celle qu'ont donnée les agents et que m'a rapportée Monina – est plus romanesque.

La nouvelle de la mort de Filippov s'est immédiatement répandue dans le village. Le soir, autour de l'ancienne caserne, s'est rassemblée une petite foule où on pouvait sentir de la curiosité, certes, mais d'abord un certain soulagement. Dans la foule, il y avait aussi les petits-enfants et les enfants des prisonniers que Filippov et ses ancêtres avaient massacrés. Le garde personnel qui avait accompagné Filippov pendant sa période de fuite s'était volatilisé et ses amis, ceux qui, depuis l'époque du goulag, avaient servi de ministres à la famille Filippov pour gouverner l'île, n'avaient pas donné signe de vie. Vers minuit, les agents sont allés dormir. Le cadavre est resté là, dans le bâtiment ouvert, sans personne pour le surveiller. Le lendemain matin, il n'y était plus. A alors commencé une recherche grotesque de maison en maison : « Vous avez vu le cadavre de Filippov ? » Sauf que personne ne l'avait vu, personne n'avait rien vu. Le cadavre a réapparu quelques heures plus tard. Une femme qui avait poussé jusqu'aux environs de la fabrique de poisson est rentrée au village en riant et dit que Filippov était allé nourrir la terre de ses pères. Les agents ont refait le chemin en sens inverse avec elle et récupéré le corps, démembré en une douzaine de morceaux. Mais ils n'ont pas retrouvé la tête. La tête n'a jamais été retrouvée.

11

Comment est-ce qu'on change ? Qu'est-ce qui nous pousse à changer ? À vrai dire, les grands changements de ma vie, les décisions qui m'avaient fait choisir telle route et pas telle autre à un carrefour n'avaient pas été le fruit d'une longue macération, de convictions lentement mûries, à tête reposée, en réfléchissant aux pour et aux contre. Les livres, les films, les discussions avec des amis plus vieux ou plus intelligents n'avaient rien à voir là-dedans non plus. Certes, tout cela avait joué, tout cela s'était sédimenté en moi d'année en année. Mais les changements radicaux – la décision d'arrêter l'université, la décision de me marier, la décision de quitter Gaia – avaient pris un autre chemin, que je pourrais appeler – faute de mieux – le chemin de l'Illumination. Rien de mystique, attention, pas de lumière céleste capable de dissiper subitement le brouillard et t'indiquer où aller. Non, rien dans ce goût-là, d'autant que la quasi-totalité de mes illuminations m'avaient conduit, semble-t-il, à toujours prendre la mauvaise décision. Peut-être que j'aurais dû m'accrocher à l'université, peut-être qu'il aurait mieux valu ne pas passer par la case mariage, et peut-être qu'une fois marié et père d'un enfant... Non, ce n'était pas une illumination, mais de petits faits, de petites choses quasi imperceptibles mais qui, une fois perçues, avaient eu des conséquences fatales sur ma vie – des conséquences qu'en toute logique *elles n'auraient pas dû avoir*.

Un matin, au cours d'une discussion avec mon directeur de thèse – discussion pendant laquelle nous devions évoquer ma future inscription en doctorat et ma victoire quasi certaine –, celui-ci avait été interrompu par un appel et, étant face à moi, avait gentiment essayé de se dépêcher en coupant court à la conversation avec la phrase : « Allez, je te rappelle plus tard, j'ai des choses à te dire. » Une minute plus tard, je lui faisais part de mon intention de ne pas m'inscrire en doctorat. Je voulais faire une coupure et pourquoi pas « tenter d'autres voies ». En réalité, je n'avais besoin d'aucune coupure ; peu de temps auparavant, je pensais encore que ma voie était celle d'une carrière universitaire calme et sereine. Ce qui m'avait décidé, c'était cette expression, *« des choses »*, et le sourire entendu qu'il m'avait alors lancé, ce sourire qui sous-entendait plus ou moins : « Tu es des nôtres, mais tu ne l'es pas encore vraiment, il y a des secrets que tu ne peux toujours pas écouter. » Mais surtout, il y avait ce pluriel. Pas *une* chose, *des* choses. Aujourd'hui encore, je serais incapable de dire pourquoi j'ai trouvé cette expression insupportablement vulgaire. Seulement voilà, c'était un pluriel qui avait décidé de ma vie, à vingt-six ans.

Pareil pour le reste. La fois où Gaia m'avait dit qu'elle comptait passer chez moi « je ne sais pas… une semainounette… », chamboulé par ce diminutif – et par rien d'autre –, j'avais décidé que nous devions absolument nous marier *avant la fin du mois*. Et plus tard, la fois où Gaia avait employé de travers une phrase toute faite et dit que le film que nous venions de voir « n'était pas dans ses cordes », j'avais soudain compris un truc : ce qui, encore une minute plus tôt, me semblait être une routine érotico-sentimentale – agréable, même – était en réalité un enfer dont je devais m'échapper *avant la fin du mois*. Oui, il fallait que je m'impose à moi-même ces délais-couperet absurdes, c'était un aspect de ma névrose...

Du coup, comme je me connaissais bien, je n'ai pas négligé l'importance qu'allait avoir pour moi et pour ma vie future la phrase que mon fils a prononcée un samedi après-midi, alors que je lui retirais le T-shirt qu'il avait utilisé pour jouer. J'allais lui passer un polo plus élégant en prévision du dîner avec Gaia et ses grands-parents quand il m'a dit : « Mais papa, pourquoi il faut se changer ? » N'ayant pas compris tout de suite, j'ai répondu avec cette suffisance qu'on prend pour répondre au jeu du « Pourquoi ceci ? Pourquoi cela ? » : « Parce qu'on se salit, non ? » Sauf que ce n'était vraiment pas un jeu. « Non, pourquoi il faut changer ses habits même s'ils sont propres ? »

C'est tout ? C'est tout, oui, mais c'était suffisant. Car à ce moment-là, j'ai saisi pour la première fois que mon fils était, d'une certaine manière, la continuation de moi-même, un moi en miniature qui avait, toutefois, un merveilleux avantage par rapport à moi : alors que je trouvais absurdes, faux et douloureux bien des aspects de la vie sociale, alors que j'essayais autant que possible de me soustraire à cette vie, ce qui suscitait la colère et l'indignation de gens comme Gaia ou comme mon beau-père, Niccolò était naturellement, spontanément asocial, et il avait le droit de l'être. Maintenant, il s'agissait, à travers l'éducation, de le priver de ce droit, tout comme on m'en avait privé. Un autre T-shirt que celui utilisé la veille, pour que les gens ne doutent pas qu'on en a des pleins tiroirs. Un polo élégant pour la visite chez les grands-parents. Du coup, j'ai soudain compris ce que je devais et voulais faire ; et compris que celui que j'avais jusqu'ici toléré comme un petit être empoté ayant toujours besoin de soins et d'attentions était en réalité mon meilleur, mon seul allié. Un autre moi, un moi plus pur. J'ai alors décidé d'empêcher qu'ils le mettent sous leur coupe. Ce qui revient un peu à faire la même chose, je sais, mais peu importe. Avec ces grands-parents-là, et avec Gaia comme mère, j'étais indispensable. Absolument indispensable. Non, je n'allais pas accepter le « petit coup de pouce » qu'on m'avait promis en échange de mon fils. Le père de Gaia, l'Opus Dei, la Rote romaine – ils pouvaient tous aller se faire foutre. J'ai répondu : « Tu as parfaitement raison. Je n'y avais jamais pensé. Un T-shirt, ça suffit largement. Ça te dirait de manger une glace avant d'aller dîner chez papi et mamie ? »

Un jour, vers la fin du mois de juin, je suis allé à un enterrement. J'essaie de ne jamais y aller, aux enterrements. Je n'ai jamais compris pourquoi il faut aller « honorer un mort » qui ne peut ni nous entendre, ni nous voir. C'est cathartique de pleurer avec les autres ? Vraiment ? Ça vous est vraiment arrivé de rentrer *soulagés* d'un enterrement ? Vous le faites pour les proches ? Et si vous ne connaissez pas les proches en question, si vous ne les avez jamais vus ?

À la rédaction, où je m'étais rendu pour ma cérémonie habituelle (il fallait « se faire voir », comme chaque semaine), mon habit noir n'est pas passé inaperçu. Salsano m'a accueilli avec un : « Eh ben, quelqu'un est mort ? » Je lui ai répondu : « Oui, malheureusement », et il est resté humilié, muet. J'ai pris un air contrit pour qu'il se sente coupable et éviter que la conversation s'engage :

je ne voulais pas l'empêcher de me demander qui était mort et pourquoi ça me tenait tellement à cœur que j'avais traversé Florence dans la canicule de juin pour être présent à l'office.

Non, il n'y avait aucune mission particulière, rien qui vaille la peine d'user de mon bagage en « Tact & Compétence ». Peut-être, pendant le week-end, l'interview d'un jeune écrivain à la Versiliana… À mon retour des Solovki, je m'étais empressé d'appeler Galliano – qui, après la fermeture de *Fatti*, avait reçu une promotion bien méritée au rang de directeur général du Groupe Éditorial Merde-en-branche – pour qu'il m'aide à placer mon dernier reportage, le plus crucial : le sang et le mystère qu'il m'avait demandés six mois plus tôt étaient arrivés, enfin.

Seulement, c'était trop tard. La police russe avait aussitôt convoqué la presse à Arkhangelsk, les agences avaient diffusé la nouvelle qui était sortie dès le lendemain dans tous les journaux. Les trois Italiens disparus en août avaient été retrouvés morts. C'est la police russe qui les avait trouvés, à partir des informations d'un dynamique journaliste italien. Sur le cadavre d'une des trois victimes, un enregistrement, rapidement traduit, révélait le nom de l'assassin présumé. Non, pas présumé, avéré. Pendant des années, l'homme en question avait gouverné les Solovki comme un fief personnel. Il avait emprisonné, tué, remplacé la loi de l'État par la sienne. Non, pas sa loi, mais celle de ses ancêtres : une histoire de cruauté et d'oppression qui remontait jusqu'aux temps des tsars, de père en fils. Les trois Italiens avaient découvert quelque chose, parlé avec la mère d'une des victimes, ils étaient prêts à le dénoncer. Hélas, ils avaient fait l'erreur de faire confiance à cet homme, ils l'avaient suivi dans les souterrains d'une fabrique abandonnée et…

Galliano m'a aidé du mieux qu'il pouvait. Mais le scoop s'était évaporé, évanoui. Je l'avais fait s'évanouir. *La Repubblica* a publié un long reportage signé de mon nom, trois jours plus tard : *Du sang sur la mer Blanche.* Huit cents euros bruts, même pas de quoi rembourser le prix du vol. J'étais de nouveau scribouillard pour deux journaux locaux et obligé de faire la queue pour pouvoir travailler. Ma laisse me permettait d'aller à Viareggio, au maximum jusqu'à Monte Argentario.

J'ai récupéré mon scooter et pris la direction du cimetière de Trespiano pour l'enterrement de Mme Saraceno. Elle était morte deux jours plus tôt, alors qu'elle rentrait chez elle du supermarché avec ses sacs de courses. La fatigue, la chaleur, l'âge. « Et le chagrin », a ajouté après l'office sa voisine, qui l'avait trouvée allongée de tout son long sur le palier, abattue par un infarctus.

— On se voyait deux fois dans la semaine, m'a-t-elle dit. On jouait aux cartes, je suis veuve moi aussi, et on parlait. Mais elle ne parlait jamais d'Enrico, jamais. Une fois, c'est moi qui l'ai amenée sur le sujet et elle m'a dit une chose qui m'a laissée sans voix. Depuis que son fils était mort, elle n'avait plus prononcé son nom à haute voix. Elle sentait que, si elle le faisait, elle mourrait de douleur dans la seconde. Il se peut qu'elle ait décidé d'en finir comme ça, l'autre jour, en prononçant son nom, tout simplement…

La voisine a ensuite ouvert son sac et sorti une enveloppe avec mon nom dessus, mon nom et la mention « *À remettre en mains propres* », en plus de mon adresse personnelle et de mon numéro de téléphone : Mme Saraceno voulait être sûre que je la reçoive.

— Elle était dans une boîte avec écrit dessus : « *Ouvrir cette boîte après ma mort.* » Elle était très méticuleuse, vous savez, elle avait vraiment pensé à tout. Elle voulait que tout soit clair.

Ce qui m'a ému, ce n'était pas tant la boîte avec cette inscription, cette idée de s'imaginer morte, que ce verbe à l'infinitif, « *Ouvrir* ». La mère d'Enrico n'avait laissé personne derrière elle, personne à qui dire « *Ouvre* » ou « *Ouvrez cette boîte* ». Ce verbe à l'infinitif résumait cette solitude.

Dans l'enveloppe, il y avait une lettre, trois pages rédigées d'une écriture précise, sans ratures, comme une rédaction mise au propre. Je n'ai pas eu besoin de commencer à lire pour comprendre que c'était les trois feuilles qui manquaient dans le bloc-notes d'Enrico. Une lettre d'Enrico à sa mère, datée du 20 août. Et je n'ai pas eu besoin de commencer à la lire pour savoir que, confusément, j'en connaissais déjà le contenu. « Mais bien sûr, bien sûr » : voilà ce que je me suis dit plusieurs fois pendant que je la lisais.

Chère maman,

À l'heure qu'il est, je souris. J'aimerais que tu souries aussi en me lisant.

En réalité, je voulais écrire « Chère Elda », car cette lettre s'adresse plus à une amie, à une alliée, qu'à une mère. C'est ce qu'on a été, d'abord et avant tout, non ? Des alliés, des complices. C'est pour ça que je n'ai jamais eu besoin de te cacher mon mal, ni toi, le tien.

J'ai décidé d'arrêter de me battre pour rien. Je sais, il y a dans tout ça quelque chose d'anormal, clairement, quelque chose de fou si on l'envisage comme le ferait tout un chacun. Surtout parce que – je t'en prie, même si c'est absurde de te le demander, continue de sourire – j'ai décidé que Francesco et

Fabio se battent pour rien, eux aussi. Ma décision les concerne eux aussi. Ils viennent avec moi. À l'heure qu'il est, je suis parfaitement lucide. Ému, mort de peur, mais lucide. Nous en avons parlé tant de fois, sans vraiment en parler. Tu te souviens de la phrase d'un philosophe que je te citais tout le temps ? « Civilise-toi jusqu'à l'insupportable. » Pour dire que la vie s'est tellement éloignée de la nature, qu'elle est devenue si monstrueusement compliquée et incontrôlable qu'elle ne mérite plus d'être vécue. Tu te souviens ? Quand j'étais petit, j'étais étonné que personne ne parle jamais de la mort, de la peur de la mort, cette chose horrible qui, à mes yeux, devait occuper le moindre recoin de l'esprit des gens, toujours. Comme si on pouvait seulement s'accrocher en oubliant le destin atroce qui nous attend. Maintenant, j'ai l'impression qu'il arrive la même chose non pas avec la mort, mais avec la vie ; j'ai l'impression que la manière dont on vit est si absurde qu'il faut entièrement passer sous silence cette absurdité pour pouvoir lui résister sans devenir fou. Alors on l'enfouit sous des discussions sur l'argent, la politique, l'amour, le sexe. Comme si, secrètement, tout le monde savait mais se sentait trop isolé pour parler, pour protester. J'ai beaucoup lu Simone Weil, ces derniers jours, et j'ai trouvé ça : « Je ne désire nullement que ce monde créé ne me soit plus sensible, mais que ce ne soit plus à moi qu'il soit sensible. » C'est ce que je ressens, et après toutes ces années, je suis serein.

Ici, il y a un soldat russe, une espèce de chef de meute, qui m'a trouvé un pistolet pour une centaine d'euros. Je vais m'en servir. Encore du mal, je sais, encore de la douleur. Mais c'est la dernière fois. Et c'est l'occasion de faire quelque chose de bien, à travers ce mal – c'est d'ailleurs la raison qui m'a de nouveau poussé ici. Qui me pousse à mourir ici.

C'est l'occasion de remettre de l'ordre dans certaines choses. Tu te souviens de ce que tu disais pour te moquer de moi, quand j'étais petit ? « Il y a des torts à redresser, des injustices qui doivent être réparées… Voilà le petit Enrico qui s'élance, l'épée au clair… » Je t'avais parlé de Valentin, le garçon attardé que j'ai rencontré pendant mon dernier voyage. Et aussi de sa mère qui vit avec lui dans un taudis près de la centrale électrique : elle te plairait… Je sais qui a mis Valentin dans cet état, je sais qui l'a rendu fou. C'est le type qui gouverne le village, le dernier d'une famille de tortionnaires. Valentin m'a conduit dans le souterrain où cet homme l'a tenu prisonnier pendant deux mois. C'est horrible. Ils retrouveront nos corps mais pas le pistolet dont je vais me servir. La mère de Valentin se sera déjà chargée de le faire disparaître. L'enregistreur que j'ai pris avec moi dira qui est le responsable de notre mort. Et en un sens, il l'est vraiment. Je pourrais, nous pourrions vivre si la vie n'était pas autant peuplée d'êtres humains comme Filippov.

Mais tout cela est secondaire, et concerne uniquement ceux qui restent. Moi, je ne reste pas. Et toi non plus. Nous ne nous reverrons pas. C'est triste. Mais c'était beau et étrange de vivre avec toi, de partager tes saines idées. Je te souris encore, et t'embrasse.

J'avais lu la lettre dans un bar. La serveuse qui m'avait apporté mon cappuccino était mignonne. Des étudiants, autour de moi, discutaient des sujets du bac. Dehors, le ciel s'était voilé et des bourrasques de vent annonçaient la pluie. C'était le début de l'été et cette journée était parfaite. Quel rapport y avait-il entre les belles choses autour de moi et ce que je venais de lire ? Comment était-il possible que trois vies aient pris fin si loin des lieux où elles avaient commencé, des lieux où elles s'étaient déroulées, des gens qui leur étaient chers ? Dans le souterrain d'une vieille fabrique où on travaillait le poisson, sur une île en pleine mer Blanche. Ce n'était pas l'idée du suicide et du double homicide qui m'a frappé, au moins au début, mais un sentiment d'incongruité, d'inadéquation, comme si deux films différents étaient projetés simultanément sur l'écran que je regardais. Derrière la porte-fenêtre, j'ai vu passer des touristes, la route qui mène du centre-ville aux collines, les magasins en train de fermer pour la pause déjeuner. Des choses qu'Enrico, Fabio et Francesco avaient vues mille fois en sortant de chez eux. Au lieu de ça, la dernière image de leur vie avait été une cave plongée dans le noir et le canon d'un pistolet. Et derrière ce canon, il y avait Enrico.

J'ai remis la lettre dans l'enveloppe, et remis l'enveloppe dans la chemise « Solovki » que j'avais rangée avec celles qui concernaient des enquêtes closes. Celle-ci l'était aussi, désormais. J'ai téléphoné à Vezzali et lui ai demandé un rendez-vous. Nous nous sommes vus le lendemain et je lui ai raconté toute l'histoire, dans les moindres détails. Je lui ai dit que j'étais prêt à l'écrire, et à la publier – elle ne ferait plus de mal à personne, maintenant. Vezzali m'a proposé de faire un livre-enquête en supplément du journal puis a donné un chiffre. Je l'ai multiplié par quatre et ajouté un pourcentage fixe sur les ventes à partir du dix millième exemplaire. Non, aucune négociation. Ça m'a déplu d'encore utiliser ces morts pour récolter quelques sous. Mais si je ne pense pas à moi, qui va y penser ?

Une fois à la maison, allongé sur le canapé, en attendant que Julia rentre de l'université, j'ai repensé à tout. Mais plutôt que de penser aux morts, j'ai essayé de me remettre en mémoire les visages des vivants, les vies des vivants. J'ai pensé à Lila, à la fois où je l'avais vue en grande conversation avec le pope et Filippov, avant qu'elle pointe le doigt dans ma direction, l'air sérieux. Est-ce qu'elle savait, est-ce qu'elle connaissait elle aussi les secrets de l'île, cette fille de vingt ans qui ne voulait pas mourir en Russie ?

Et sans véritable raison, sans jamais l'avoir vu, j'ai aussi pensé à Misha, avec ce nom de mascotte, le soldat violent que personne n'avait jamais retrouvé et qui, à cette heure-ci, devait se trouver à bord d'un sous-marin, quelque part au-dessus du cercle polaire arctique. C'était grâce à lui qu'Enrico s'était procuré le pistolet, c'était à ça qu'il faisait allusion dans cette ligne de son journal : « J'ai parlé à Misha. "Pourquoi pas ?", m'a-t-il dit. Oui, pourquoi pas ? » C'est ce qu'avait écrit Enrico. Comment se seraient passées les choses sans Misha, sans pistolet ? Ça ne servait à rien de se poser la question.

Mais surtout, je pensais aux mères. À la mère de Valentin, qui s'était servi de moi pour sa vengeance. Je pouvais l'imaginer en train de descendre, clopin-clopant, dans le souterrain où son fils était devenu fou, puis en train de fouiller avec sa torche parmi ces trois cadavres pour retrouver le pistolet. Ça n'avait pas dû être facile. Était-ce elle qui avait envoyé Valentin sur le bateau pour qu'il m'apporte le journal d'Enrico et les dessins ? Probablement que oui. Elle avait besoin d'un complice, de quelqu'un pour boucler la boucle, et je lui avais inspiré confiance – plus que la police russe, quoi qu'il en soit. C'était à moi qu'elle avait écrit, pas à eux, pour donner l'emplacement de la tombe où gisaient Enrico, Francesco et Fabio. Et si j'avais été moins perspicace ? Est-ce qu'elle m'aurait écrit à nouveau, est-ce qu'elle aurait envoyé une lettre anonyme à la police ? C'était encore des questions inutiles : je n'allais plus la revoir, je n'allais plus revoir personne. Les mères s'étaient alliées. Celle de Valentin avait fait en sorte que la faute retombe sur Filippov. Et celle d'Enrico avait tenu cachée la lettre qui le dédouanait. Elle savait comment s'étaient passées les choses, elle le savait déjà quand nous nous étions rencontrés chez elle. Mais elle avait voulu participer elle aussi au plan de son fils – car de ce mal, comme l'avait écrit Enrico, pouvait naître quelque chose de bien. Oui, les mères s'étaient alliées.

Je n'ai pensé qu'à un seul mort : Filippov. Mais pas au Filippov qui s'était fait tuer par la police d'Arkhangelsk, pas au chef de village qu'Enrico avait réussi à punir, d'une manière tordue et atroce. Pas à lui, mais à son grand-père, le bourreau du goulag, l'homme du petit film. J'ai pensé à Ivan Gavrilovitch Filippov. Est-ce qu'il n'était pas à l'origine de tout, quelque part ? Est-ce que ce n'était pas lui qui avait commencé à faire le mal ? Des milliers d'êtres humains tués par le froid, la faim, les coups… Et ce mal avait perduré, il s'était transmis de père en fils par le sang, il avait détruit d'autres vies et, finalement, avait même su trouver un vengeur, quelqu'un qui n'avait rien à voir dans tout ça, qui était né des années et des années après, à des milliers de kilomètres de distance, quelqu'un qui était venu mourir aux îles Solovki. Le mal s'était conservé, endormi, comme un virus.

Et moi ? Moi, j'avais la sensation de presque avoir été embarqué dans cette histoire contre ma volonté. Continuellement en mouvement, alors que les autres restaient immobiles. Je suis vacciné contre le mysticisme, je sais bien que les morts sont morts et qu'ils ne reviennent pas parler aux vivants; seulement, je ne pouvais pas ne pas penser qu'en un sens, étrangement, Enrico m'avait appelé. Pas lui directement, bien sûr, mais, disons, sa situation, sa nature, que j'avais appris à reconnaître comme très semblables aux miennes. Pour la première fois de ma vie, j'avais tenu un rôle de premier plan. Et maintenant que tout était vraiment fini, je pouvais retourner parmi les figurants.

J'ai un peu traînassé entre le canapé, le frigo et la fenêtre. Il était neuf heures passées mais dehors, il faisait encore clair. C'était une de ces journées de juin où on avait l'impression de pouvoir regarder Florence avec les yeux des voyageurs venus du nord de l'Europe qui la voyaient pour la première fois : un véritable enchantement. Un an plus tôt, à cette même époque, Enrico et ses amis se réunissaient à cinq cents mètres de là pour organiser leur second voyage aux Solovki. Un an plus tôt, je ne connaissais presque pas Julia. En réalité, je ne pouvais pas dire que je la connaissais vraiment bien maintenant : son passé restait mystérieux. Mais est-ce que ce n'était pas mieux comme ça, au fond? Est-ce qu'il ne vaut pas mieux savoir uniquement l'essentiel sur les personnes qu'on aime? La douleur ne se cache-t-elle pas dans les détails? Ce que j'avais, ce que je savais sur elle me suffisait. Un an plus tôt, mon fils était encore une entrave, la conséquence d'une décision prise avec une trop grande légèreté, alors que maintenant… Maintenant, je ne pouvais pas encore prétendre être un père modèle, je devais encore faire un effort pour me convaincre que lui sacrifier un peu de mon temps et de mon argent était une bonne chose.

Mais j'y travaillais, je pouvais m'améliorer, j'étais optimiste.

J'ai allumé mon ordinateur et tapé dans Google le nom de jeune fille de ma mère. Je ne l'avais jamais fait, je ne l'avais jamais cherché. Cinq ans avaient passé depuis la dernière fois où j'avais eu de ses nouvelles. Cinq ans. Elle était venue à Florence pour l'enterrement de mon père mais, comme il fallait s'y attendre, elle était arrivée en retard. Elle nous avait rejoints chez moi, plusieurs heures après la cérémonie, avec un chien énorme au bout d'une laisse, et, même cette fois-là, un peu à cause du chien et un peu à cause de la demi-cuite qu'elle avait prise, elle avait réussi à voler la vedette à mon père. « Quelle personne fascinante ! C'est qui ? », m'avaient plus tard demandé deux collègues venus me présenter leurs condoléances. Ma mère. Cette personne fascinante, c'était ma mère, la femme du mort. Elle m'avait dit que j'aurais dû aller la voir avec Gaia, le temps qu'elle s'installe définitivement. Et puis elle ne s'était plus manifestée. Pas d'adresse, pas de coup de fil, pas de lettre à Noël, mais au moins, ça ne me surprenait pas. Elle ne savait pas qu'elle était devenue grand-mère. De fait, pour ce que j'en savais, il se pouvait même qu'elle soit morte.

J'ai trouvé le nom de ma mère dans une dizaine de sites allemands spécialisés en herboristerie. C'était elle. Oh, ce n'était pas une de ces fanatiques qui refusent les produits de la médecine moderne. Elle était trop intelligente. Mais elle aimait les plantes. Il y avait de bonnes chances pour qu'elle ait arrondi la rente que lui avait laissée mon grand-père en mettant à profit sa main verte pendant toutes ces années. Je pouvais presque la voir, avec ses cheveux longs et gris ramassés en queue-de-cheval, en train de chouchouter ses bocaux de sauge et de marijuana sur le balcon d'un appartement à Hambourg, ou à Berlin, ou à...

J'ai été étonné de ne ressentir aucune émotion particulière. J'aurais dû être tendu, impatient, mort de peur. J'aurais eu le droit d'être en colère, même. Furieux. Elle m'avait confié à une *nurse* quand j'étais enfant, ignoré pendant l'adolescence. Et à un moment donné, comme cadeau pour mes vingt ans, elle était partie. Oui, j'avais entièrement le droit de la mépriser. Mais je n'arrivais pas à oublier ce que m'avait dit mon père peu avant sa mort : ma mère ne pouvait pas être jugée « selon des critères terrestres ». Et puis c'était comme si cette année passée à fouiller dans l'existence de trois inconnus, comme si cette longue habitude avec la mort m'avait guéri de toute rancœur. La vie était si courte et si fragile que la gâcher en haïssant n'avait aucun sens. Les êtres humains étaient si peu libres et leur destin, si déchirant... Il n'y avait qu'à pardonner, pardonner tant qu'il était encore temps, avant que les ténèbres ne rendent tout indifférent.

Le numéro sonnait dans le vide – un son en plastique, comme celui des téléphones des hôtels. J'ai entendu mon cœur qui s'emballait. J'ai espéré, un instant, m'être trompé de numéro ou qu'il n'y avait personne. À la quatrième sonnerie, quelqu'un a répondu, une voix de femme.

— *Hallo*.

— Maman ?

Une seconde a passé, et pendant cette seconde, je suis arrivé à percevoir, dans le fond, la voix de quelqu'un, un gamin qui disait quelque chose en riant, dans une langue que je ne comprenais pas, et, dans le combiné, une espèce de souffle, une bouffée d'air nasal qui pouvait être synonyme de surprise, ou de gêne, ou peut-être même de joie, ou, plus probablement, ces trois choses à la fois.

Et puis ma mère a parlé :

— Oooh, le voilà. Ça fait longtemps ! Qu'est-ce que tu me racontes de beau ?

COMPOSITION RÉALISÉE PAR LUMINA DAMATICS, INC.
IMPRESSION RÉALISÉE PAR
MAURY MALESHERBES
POUR LE COMPTE DES ÉDITIONS J. C. LATTÈS
EN DÉCEMBRE 2020

LE MASQUE
s'engage pour l'environnement
en réduisant l'empreinte carbone
de ses livres.
Celle de cet exemplaire est de :
290 g éq. CO_2
Rendez-vous sur
www.lemasque-durable.fr

PAPIER À BASE DE
FIBRES CERTIFIÉES

N° d'édition : 01
N° d'impression : 250883
Dépôt légal : janvier 2021
Imprimé en France